海嶺

（下）

三浦綾子

角川文庫
17544

目次

桝井寿郎

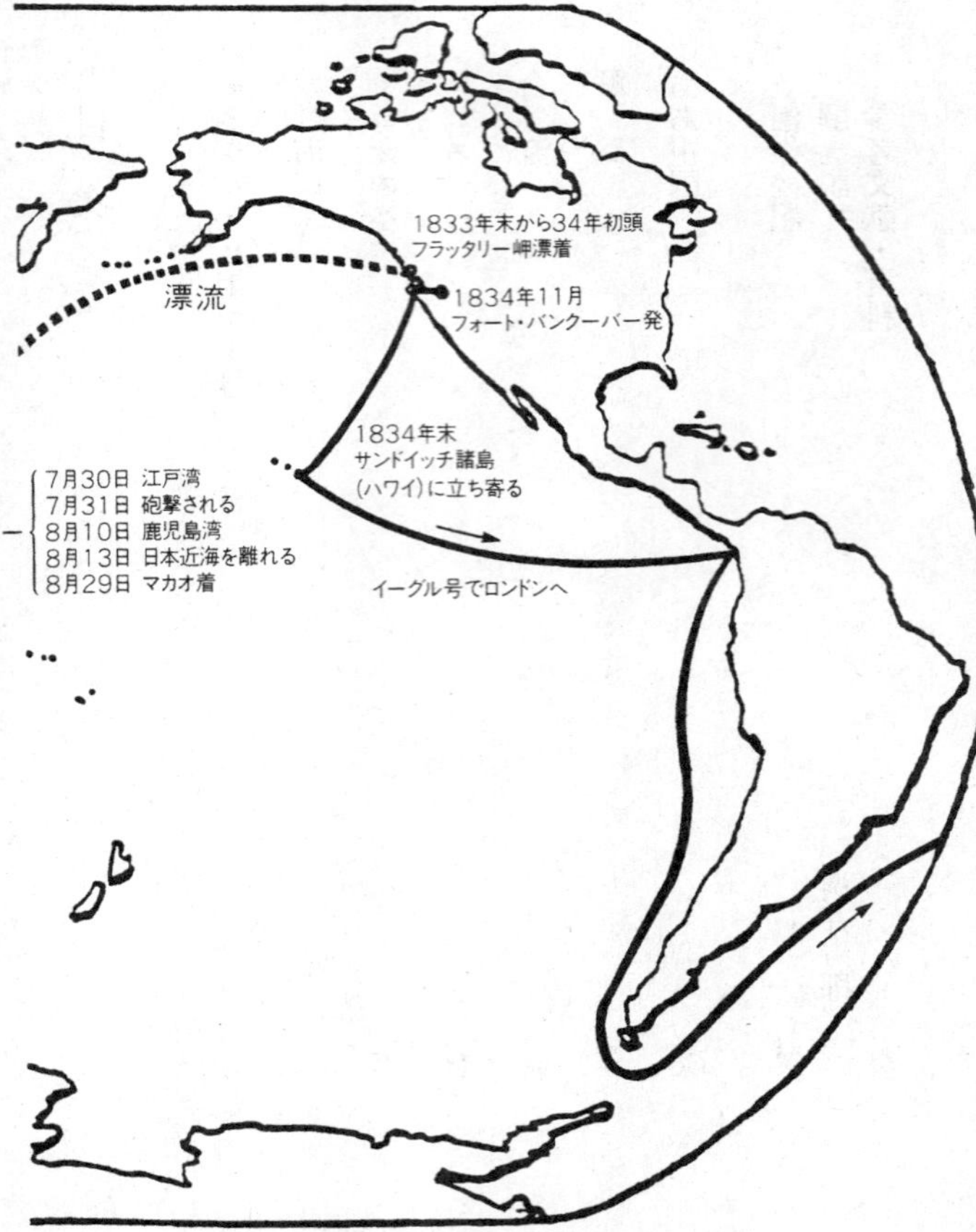

参考文献：春名徹著「にっぽん音吉漂流記」

宝順丸の漂流　岩松(吉)久吉　音吉の帰還経路

ゼネラル・パーマー号

一

テームズ河をおよそ七十キロ下ったゼネラル・パーマー号は、ノース・ホワーランド岬を右に見、南に進路を取って、ドーバー海峡に入った。夕空を映して、六月のドーバー海峡は静かな凪(なぎ)であった。白い波頭さえ立たないおだやかな海だ。甲板(かんぱん)の中央にボンネットをかぶった女が一人、船客たちの中に立ちまじっていた。

「きれいな海やなあ」

音吉は海を眺(なが)めてしみじみと言う。

「海もきれいやけど、あのご新造もきれいやな」

先刻から、ちらちらと女に目をやっていた久吉が、音吉にささやいた。

「ご新造？」

音吉はあたりを見まわした。四、五人の船客と談笑しながら、女はその整った横顔を見せていた。大きくひろがった黄色い裾(すそ)が華やかだった。

「うん。きれいやな」

「女はもう一人いる筈(はず)やで。どこにいるんやろな」

久吉は女から視線を離さずに言った。音吉は再び海に目をやった。久吉がまた言った。

「なあ、音。船の中に女がいるの、どう思う？」

「どう思う？」

「うん、どう思う？」

「そうやな。長い船旅でだな、酔うたりされたら、かわいそうやな」

「それだけか」

「ま、それだけやな」

「ほんとか。俺はなあ、何や落ちつかんで、体がむずむずするで。音は血が騒がんのか」

「何や、そんなことか。いくら女や言うても、異人やからな」

「異人やから？　音、異人やいうても女やで」

「久吉、女やいうても異人やで」

「阿呆(あほ)やなあ、音。女に、異人も異人でないもあるもんか」

「あるわ。日本の女と人種がちがう。わしには女のような気がせんでな」

「阿呆やなあ」

「久吉こそ阿呆や。異人の女にわくわくして」

「音、お前、ほんとにそう思うか」

久吉は真顔で音吉の顔をのぞきこんだ。

「思うで。鼻がつーんと高くて、目が青くて、髪が縮れていて、エゲレスの言葉をぺらぺらしゃべって、どこも女くさいところあらせんで」

「へーえ。お前、まだ子供とちがうか。一人前の男になっとらんのやな」

「馬鹿にするな。これでも一人前やで」

音吉はちょっと顔を赤らめた。

「いや、一人前なことあらせん。一人前いうのはな、女を見てわくわくする男のことや。どんな肌（はだ）をしているか、抱いてみたいと思うのが一人前の男や」

「けど、異人は異人や。異人の女は、異人の男のためのものや。わしらの相手は、やっぱり日本の女や。黒い髪を結い上げて、着物を着た女が、わしにはほんとの女やで」

「まあな、そりゃあ日本の女はいいけどな。ピーコーだって、ミスター・グリーンのご新造だって、ハワイのパーソンのご新造だって、それぞれ愛らしい女やった」

「ませた男やなあ、久吉は。自分より年上の者まで愛らしいとは、驚いたわ」

二人は顔を見合わせて笑った。

「ごきげんいかがです？　久吉、音吉」

不意にうしろで声がした。ふり返ると、先程（さきほど）見かけた女と共に、背の高い船長のダウンズが、パイプを手に立っていた。

「ありがとう。大そういい気分です。あなたがたはいかがですか」

あわてて久吉が答えた。音吉は思わず赤くなった。日本語で話し合っていたとはいえ、二人に聞かれたような恥ずかしさを覚えた。そこへ岩吉が近づいてきた。

「ちょうどよかった。紹介します。これが私の妻ルイスです。ルイス、こちらが岩吉、久吉、音吉だ」

「船長（キャプテン）のワイフですか」

久吉は驚きの声を上げた。商船の場合、船長の妻が乗ることがあるとは聞いていたが、この背のすらりとした女が、船長の妻だとは夢にも思わなかった。

「どうぞよろしく」

ルイスは快活に言って手をさし伸べた。音吉が思わず後ずさりした。久吉がすかさずその白い手を握り、

「こちらこそよろしく」

と、うれしそうに言った。ルイスはつづいて音吉のほうに手を伸べた。音吉は恐る恐るその指先を軽く握った。

「日本の方ですって？　お知り合いになれてうれしいですわ」

ルイスは最後に、岩吉に手を伸べた。岩吉を見るルイスの目がつややかだった。

「あなた。わたくし、この日本の方たちと少しお話をしたいわ。よろしくって？」

「ああ、いいとも。昨日から君が楽しみにしていたことだからね」

そう言って船長は後部甲板（かんぱん）に立ち去った。

「皆さんは、大変な英雄ですってね？　夫から伺っておりましたわ」

ルイスが言った。

「英雄？　そんなことはありません。只、一年余り漂流しただけです。そして北アメリカに流れついただけの、平凡な人間です」

岩吉が答えた。

「よほど精神が強くなければ、そんな状況に人は耐えられませんわ。夫は、皆さんの真似は絶対にできないと申していましたわ」

明るいはきはきしたものの言い方が、気持ちよかった。

「あら、あちらをごらん下さいな。向こうに見えるあの陸地がフランスですわ」

ルイスが岩吉を見た。

「フランス？」

「ええ、フランスですわ。フランスとわたくしたちの国とは、あまり仲がよくありませんでしたのよ。きっとあまりに近いからでしょうね」

ドーバー海峡の最も狭い所は五十キロもない。

「なるほど、わたしたちの日本は遠すぎて、名前さえわからない。けんかのしようもありませんね」

久吉が答えて言った。

「ほんとうに、おっしゃるとおりですわ」

にっこり笑って久吉を見たが、ルイスは再び岩吉に視線を戻して、

「これは内緒のことなんですけれど、わたくし実はフランスが好きですの。とりわけフランスの英雄ナポレオンが好きですの」

と、いたずらっぽく笑った。三人はどう答えてよいかわからない。

「もちろん、イギリスの提督ネルソンのほうが、彼より英雄ですけれど。でも、大西洋の孤島に流されたナポレオンのほうが、女の心を捉えますわ。ご存じかしら、その流されたナポレオンを追って、僅か十八歳のマリ・ワレヴスカ伯爵夫人が島に行ったことを」

ルイスはうっとりとしたまなざしになって、

「すてきだわ。こんな美しい恋物語は」

久吉は目ばたきもせずにルイスのよく動く赤い唇を見つめていた。これで二度目の航海だというルイスは、並のイギリス婦人とはちがっているようであった。

ルイスを呼ぶ船長の声がした。

「残念。でも、長い船旅ですから、まだまだお話できますわね」

ルイスは身をひるがえすようにその場を去った。

「ええ女や」

久吉は嘆息した。

「何や、ぺらぺらしゃべってたな。わからんところがだいぶあったわ」

音吉が言った。

「わからんでもええわ、音。いい声や。よく口を動かしてしゃべるんやな。あのよう動く口が、愛らしかった。桃色の舌がひらひら動いてな」

「何や久吉、話を聞いていたんやないのか。口を見ていたのか」

「それで結構やないか。けど、あのご新造、誰の顔より舵取りさんの顔ばかり見とったわな。それが気に喰わんな。なあ、音」

岩吉は、久吉の言葉も聞こえぬように、広々とひろがるフランスの低い陸地に目をやっていた。

二

遅い夕食をすませた後、岩吉たち三人は、他の客たちと同様に、薄暗い船倉の床にごろ寝をしていた。船員の中で船室を持っているのは、船長と航海士だけだ。平水夫たちも岩吉たち同様毛布を着てごろ寝をしている。イーグル号とちがって、商船であるゼネラル・パーマー号は船倉が広い。そしてその天井が高い。より多くの荷を積みこむのが至上の使命だからだ。したがってこのゼネラル・パーマー号にも、上等な客室などはなかった。いや、そればかりか、商船に便乗させてもらうだけでも大変な苦労をしなければならない。船主に贈り物をし、船長に金品を贈り、様々な手を尽くして、ようやく乗船の許可が出る。

だが、この東インド会社の持ち船ゼネラル・パーマー号の場合、それでもまだ扱いがよかった。客種がよかったからでもある。政府から派遣される貴族、ロンドンでも名うての豪商、そしてまた東インド会社から転任を命じられた高級社員とその家族、これらが主な客であったからだ。

これがアメリカ行きの貨物船だとこうはいかない。横になる場所さえろくに与えられぬ客が、ざらにあった。

「ニャーオ」

猫の声がどこかでした。誰かが口笛を吹いた。乗船第一日で、誰も気持ちが昂（たかぶ）っている。あちこちでひそひそ語り合う声がする。

「猫がいるとええわな。鼠（ねずみ）を獲（と）ってくれるでな」

音吉が久吉にささやいた。

「うん。猫の声って、何や女みたいやな」

「久吉、何や、今日はすぐに話が女のほうにいくんやな」

「当たり前や。この船の中に、女が二人もいるだでな」

久吉が寝返りを打った。

「それよりなあ久吉、やっぱりイーグル号とはこの船はちがうわなあ。船の様子がずいぶんちがうわ。さっきの晩飯にしてもな」

広い船倉に、わずか二つ程（ほど）しか灯（とも）は点していない。その灯を見つめながら、音吉は先刻の夕食の様子を思って言った。

「そやな、コーヒーを飲んでいるのもいたし、ワインを飲んでいるのもいたしな」

「水主は相変わらず固いブレッドと塩肉やけどな。それでも今日は野菜があったわな」

三人はそれでも、今朝サムたちがくれた柔らかいパンを食うことができた。

「うん、今日船出したばかりだでな。けど野菜の出るのも、二、三日でないか」

「けど、イーグル号より、羊や豚や雞が多いわな。おまけに牛まで積んどるわ」

「人数が少ないのにな」

「金持ち客が多いということや、きっと」

「そうや。けど中には貧乏人もいるやろな」

「俺たちも貧乏人や。金などあらせん」

「船ん中で金は無用や」

傍らで岩吉の寝息が聞こえた。

「それもそうやな。何を買うわけでもあらせんしな。食い物はみんなハドソン湾カンパニーが用意してくれたでな」

客船では、食糧は自分持ちなのだ。水さえ自分持ちの船があると聞く。夕食の卵を持参した客は、自分でフライパンで焼いていた。

上甲板の小さな調理場で、客が順を待っている様子も見た。音吉は、ビン詰めをあけて何か食っていた若い男の尖った鼻を思い浮かべながら、

「千石船はよかったなあ、久吉」

「そうやなあ。親方も、岡廻りも、わしら炊と同じ物を食うていたわな」

「ほんとや。船長だけ肉を食うたり、ふかふかのブレッドを食うたりというのと、ちがうでな」

「やっぱり人の数が少なかったからや。だからおんなじ物を食えたんや」

「それはそうやな」

音吉が言った時、眠っていた岩吉の寝息がぴたりととまって、

「今、何刻頃や、音」

と、顔を向けた。

「まだ、テン　オクロック（十時）にならんわ」

「まだそんな時刻か。ぐっすり眠ったと思うたがな」

岩吉は腹這いになって、

「テン　オクロックか。四つやな、日本で言えば」

「そうやな。けど舵取りさんよう眠れるな。わしら目が冴えて、よう眠れせんわ。何やハンモックのほうが眠れるような気がしてな。な、音」

「そうや。久吉のいうとおりや。板の上はごつごつして、体が痛いでな」

「お前らハンモックに寝た時は、寝れせん言うたがな」

「うん、何でも、馴れてくるもんやな、舵取りさん」

「いつ頃着くんやろ、マカオとやらに」

「わからせん、明日のことは」

　やや投げやりに岩吉が答えた。真実、岩吉はそう思っている。あの熱田の港を出た時、江戸までの一航海で帰宅するつもりであった。それがもう、正月を三度も過ごしたのだ。幾ら自分がどうしようとしても、事は自分の思いどおりにはならないのだ。思いもかけぬアメリカにまで渡り、聞いたこともないホーン岬の嵐にも遭った。目くるめくような暑い赤道も通った。そしてイギリスという国の土も踏んだ。日本を出る時は、こんな大廻りをして帰ることになろうとは、夢にも思わぬことであった。

（戦船にも乗った。今度はこの船に乗った）

　そしてこの船が、どんな運命を辿ってマカオに着くのか、あるいは着かぬのか、岩吉にもわからない。イーグル号での最後の夜、岩吉はマッカーデーとワインを酌みかわしながら、地球儀を見せてもらった。マクラフリン博士にも、イーグル号の艦長にも見せてもらった地球儀だったが、マッカーデーの血色のいい指先が辿る自分たちの来た道、行く道を、幾度も幾度も、岩吉もまた辿ってみた。まさしく世界を一周する旅なのだ。海賊船のことも、岩吉はマッカーデーに聞いた。商船がよく狙われるとマッカーデーは言っていた。

「明日のことはわからせんか。ほんとうやなあ舵取りさん」

　音吉がしみじみと言った。思いは音吉にしても久吉にしても同じなのだ。

「昨夜舵取りさんが言うたけど、ほんとに海賊船は出るんかな」

「運がよければ、襲われんやろ」

突き放したような言い方だった。

「運がよければか。この船にもたくさんの大砲があるのは、その備えのためやろうしなあ。嵐もいややけど、海賊もいややなあ、なあ音」

「いやや言うても仕方あらせん。けどなあ、考えてみたら、わしらはまだまだ運がいいんやで」

「運がいい？　何が運がいいんや、音」

「そうやないか、久吉。熱田を出た時は十四人やった。それが十一人死んだ。そしてわしら三人だけが、こうして生き残ったでな」

岩吉が大きくうなずいて、

「久吉、音の言うとおりや。あの宝順丸の中で死んでも、誰にも文句は言えせん。フラッタリー岬から助け出されなかったとしても、仕方あらせん。考えてみりゃあ、運が悪いようだが、ええとも言えるで」

「言われてみればそうやな、舵取り（かじと）りさん。ま、ここまで助かった命や。無事日本に着くやろ」

「まあ、明日のことは知らんが……」

今しがた言った言葉を、岩吉はくり返した。

「そうや、明日のことは知れせんけど、悪い明日ばかりが待っているわけはない。いい明日かて待ってるかも知れせんで」

久吉は楽天的に言って、裾にあった毛布を腹まで引き上げた。

三

「これで今日の礼拝を終わります」

牧師がそう言った時、上甲板に牛の眠そうな声が聞こえた。船員も船客も、何となく顔を見合わせて笑った。牧師もにやりと笑った。と、安心したようにもう一度笑い声が起きた。

「牛も礼拝をしていたらしい」

誰かが大声で言った。和やかな雰囲気だった。が、音吉と久吉は浮かぬ顔で岩吉を見た。船が静かに左右に揺れている。

船の左手に、遠くポルトガルの陸地が見える。ゼネラル・パーマー号はポルトガルのサンビセンテ岬の沖合を、時速八ノットの速度で過ぎようとしていた。追い風を帆に一杯に受けて、快く船は走る。ロンドンを出て、今日は初めての日曜日であった。

「舵取りさん。まさか、この船にもキリシタンのワーシップ（礼拝）があるとは知らんかったなあ」

今、シュラウド（綱梯子）を巧みに登って行く船員の長い足を見上げながら、久吉がぼやいた。

「ほんとやな。イーグル号だけやと思ったが、大きなまちがいだったな」

岩吉も苦笑した。音吉が言った。

「こうなったら何やな、日本に帰るまでは、キリシタンから逃れられんと覚悟しなければならんやろな」

「まあ、そうや、音。なんぼワーシップに出とうないと思うても、何やみんなに悪いし……」

久吉が答えた。

「日本に帰って、黙っていれば、わからんことやしな。第一、お上やって、船の中にまでパーソンがいて、お勧めしてるなんぞとは、思いもせんやろしな」

岩吉は音吉たち二人の話を聞いていたが、

「しかし何や、さすが本職や。イーグル号の船長の話よりわかりやすかったわな」

岩吉は今聞いた説教を思いながら言った。牧師は言ったのだ。

「昔、ある女がいました。その女は男の心をそそるような、顔と体を持っていました。この女が姦淫の場をみつけられたのです。イスラエルの掟では、姦淫をした者は、石で打ち殺されなければなりませんでした」

そう言って、牧師は人々の顔を見まわした。岩吉の胸にふっと絹の顔が浮かんだ。そして、あの銀次の眉の秀でた顔を思った。

「人々は、この女をその家から引きずり出して、ジーザス（イエス）のもとにつれてきました。そしてジーザスに言いました。

『この女を石で殺そうか。あんたはどう思う。何しろモーセは、こういう女は石で打ち殺せと言っているのだがね』」

　ここで再び牧師は言葉を切った。岩吉はその相手の男はどうなったのかと思った。なぜ女だけが引きずり出されたのか。不意に怒りを感じた。日本では「姦夫姦婦は重ねて四つに切る」という仕置きがある。不公平だと思った。

（男は逃げやがったな）

　岩吉は銀次の逃げていくうしろ姿を見たような、いやな心地がした。

　と、牧師は言葉をついで、

「皆さん、この男共は、ジーザスを試そうとして、こんな難題を吹きかけたのです。なぜなら、石で打ち殺せというのは、モーセが定めたユダヤの掟です。これはユダヤ人として絶対守らなければなりません。何しろ、ユダヤ人にとっては、掟を守ることが何よりも大事なのです。たとえば、安息日には女が食事の仕度をすることも、許されません。歩く距離も何歩までと決められているほどのきびしさです。だから、安息日にユダヤのある町が攻められた時、戦わずに亡びた例さえあるのです。ユダヤ人にとっては、戦うことよりも、神の掟を守ることが大切でした。そんな国のことですから、ジーザスの時代もまた、掟を守ることが至上命令でした。皆さんなら、ここで何と答えますか、女をゆるすと言いますか、殺すと言いますか」

　岩吉は心の中で叫んだ。

（野郎を殺すべきだ！）

　牧師の話がつづいた。

「男共は息をのんでジーザスの答えを待っていました。もし、掟のとおり、女を石で打ち殺せと答えるなら『ではジーザスよ、あんたが日頃人の罪を許せと言ってることはどうなるんだ。あんたは言ったろう。人の罪は七度ではなく、その七十倍、つまり四百九十回許さねばならんと言った。要するに無限に許せと言うことだろう。そのあんたの教えはどうなるのだ』と、難癖をつけるつもりでした。もしイエスが、女を許しなさいと言えば、『みんな聞いたか。このジーザスという奴は、神聖な掟をふみにじる男だ』と、みんなを煽動しようと思っていたのです。どう答えても、ジーザスを訴えることができると、ちゃんと計算して、男共はやってきたのです。あなたたちがイエスなら、どうしますか」

　ゆっくりとした語調は、明らかに岩吉たち三人を心に置いてのようであった。この牧師もまた、他の国々にキリストの愛を伝えることを大いなる喜びとしている一人であった。商船や客船には、こうした牧師たちが必ずといってもよいほど、私費で乗りこんでいた。長い航海の中で、争いもあれば、病人が出ることもある。暴風に遭うこともあれば、海賊船に襲われることもある。そうした時に人々にとって大きな力となるのは、牧師の祈りであり、励まし慰めの言葉であった。

　この牧師フェニホフは、資産家の長男に生まれたが、その事業を受けつぐより、神の言葉を宣べ伝えて一生を送ることに使命を感じた人物であった。

　フェニホフ牧師の視線が、岩吉に向けられた。岩吉はその視線をしっかりと受けとめた。

（女をゆるしても、殺しても、この男共はジーザスをゆるさない。じゃ、いったいどうしたらよいのか……）

　岩吉がそう思った時、牧師は言った。

「困りましたねえ。男共はジーザスをわなに陥れようとして、やってきたのです。しかしジーザスは、彼らの心を見透していました。ジーザスは不思議な方です。相手がどんな気持ちで自分にものを言っているのか、すべて見ぬいていた人でした。それは聖書を読めばわかります。この時、ジーザスは、何も答えずに、身を屈めて、地面に指で何かを書いていたのです。絵を描いていたか、字を書いていたか、それはわかりません。その時、ジーザスがどんな気持ちであったか、それも私たち人間にはわかりません。男共は、ジーザスが答えられないと甘くみたのでしょう。ますます居丈高になって返答を迫りました。ジーザスは静かに身を起こして、彼らに言われました。これがかの有名な言葉です。『汝らのうち罪なき者先ず石を投げ打て』」

　聴衆は牧師の言葉に大きくうなずいた。「『汝らのうち罪なき者先ず石を投げ打て』ジーザスはこう言うと、また身を屈めて、地面にものを書きつづけられたのです。もしこの場にあなたがいたとしたら、どうしますか。この女に石を投げ打ちますか。罪のない者が石を投げなさいと言ったのです。男共はこそこそと一人去り、二人去り、みんな行ってしまいました。罪のない者は一人もありません」

牧師の声が不意にきびしくなった。

「人間である限り、すべて罪人です。罪のない者はありません。この私はむろんのこと、金持ちも貧しい者も、貴族も平民も、皇帝も、すべて罪人です。どこの国の民もどこの国の王も、人間である限りすべて罪人です。誰も石を投げ打つ資格はありません。ジーザスはこの男共にだけこう言われたのではありません。世界のすべての人に言われたのです。即ち、あなたがた一人一人にも言われたのです」

牧師の語調に権威があった。

今、その説教を思い返しながら、岩吉の胸にまたしても銀次の顔が浮かんだ。

(大変な教えやな。信じないほうが楽かも知れせん)

そうは思ったが、地面に何かを書きつづけていたというイエスの姿が、岩吉には驚嘆すべき存在に思われた。

その牧師の話を思い返しながら、岩吉は再び言った。

「さすが本職。ええ話やった」

「うん、わかりやすい、ええ話やったな」

音吉もしみじみと答えて言った。

四

「舵取り(かじとり)さんも、音もわかりやすいというけどな、俺にはようわからせんかった」

「どうしてや。パーソンはわしらにわかるように、やさしい言葉をつこうてくれたやないか。な、舵取りさん」

「音、久はな、あの若い女や、船長(キャプテン)のご新造の顔ばかり、ちらりちらり見ていたんや。わかる筈(はず)あらせん」

「何や舵取りさん、知っていたんか」

久吉が頭を掻(か)いた。

「ま、きょろきょろしてたのは、久吉一人ではないでな。仕方あらせんがな」

岩吉の言葉のとおりだった。上甲板(じょうかんぱん)の船尾に向かって、乗客と船員たちは礼拝を守った。が、中にはいびきをかいて寝ていた者もあるし、船縁(ふなべり)に寄りかかって遠くに見えるポルトガルの陸地を眺(なが)めていた者もある。イーグル号のように、整然と並んで話を聞くのではない。居眠りをしても、よそ見をしても、咎(とが)める者はなかった。

「けど、あの若い女、何や日本人に似ているのとちがうか。色は白いけど、髪は黒いで。じっと見つめていたら、すぐ赤くなったで」

「そりゃあ、赤くもなるわ。いつまでもじっと傍(そば)で見つめていられてはな」

岩吉が笑った。久吉は気にもとめずに、

「舵取りさん。あの女、ご新造やろか、娘やろか」

「ご新造やろ。たとえ娘やったとしても、久には関係ないことや」

二人の話を聞いていた音吉が、真顔で言った。

「な、舵取りさん。パーソンは確か、金持ちも貧乏人も、貴族も平民も、どこの国の王さまも、みんな罪があると言うたわな。あれはわしの聞きちがいやろか」

「いや、ようはわからんが、わしにもそう聞こえた」

「何やって、帝も貧しいものも、罪があるってえ？　何のことや、それ」

「パーソンがそう言うたんや、久吉」

「じゃ、俺にも罪があるというんか。俺、人のものを盗んだことも、人を殺めたこともあらせんで」

久吉は不満げな顔をした。その久吉に音吉が、

「そりゃあ当たり前や。パーソンの言う罪は、そんなことではないやろ。そら、イーグル号の艦長も言うてたやないか。自分のことばかり考えているのが罪やって」

「自分のことを考えん奴が、どこにいるかいな」

「それそれ、それが罪やそうや」

「なあるほどな。自分のことばかり考えるのは、手前勝手ということだでな。手前勝手でない者は先ずあらせん。金持ちも貧乏人もないわな」

「それはそうと……なあ舵取りさん」

音吉は、日がかげって少し色の変わってきた海を眺めながら、

「この船には、貴族も金持ちもいるのに、あのパーソン、ようはっきり言うたわな」

「うん。わしもそう思うた。見てたら、貴族が大きくうなずいて聞いておったな」

「へえー。大きくうなずいて？」

久吉は自分でも大きくうなずいて見せながら、

「だけどなあ、舵取りさん。もしここにエゲレスの帝がいたら、帝はえらい怒ったやろな」

「さあ、どうやろな。わしにもわからんな」

「あのな、久吉。やっぱり帝も怒らんのとちがうか。キリシタンの教えって、ちょっと変わっとるでな。フォート・バンクーバーにいた時からの聞きかじりやけど、だれも人間はみな同じやと言うわ。キリシタンの教えって、元々そうと決まってるんやないか。だから帝やって怒らんのやろ。怒るんやったらとうにキリシタンは禁制や。禁制にならんとこをみると、怒らんのやろ」

音吉が考え深げに言った。不意に掌帆長の声が甲板にひびき渡った。一部縮帆を命ずる声である。

何人かの船員が、ばらばらと動索に近づいた。風の向きが少し変わったのだ。見なれた光景であった。上甲板には、先程まで説教を聞いていた船客たちが、すわったり、立

ったり、歩いたり、思い思いの時を過ごしていた。その中に、船長夫人のルイスの姿と共に、東インド会社の支店に転勤して行く社員の妻エミー・ハワードのつつましい姿もあった。

「じゃ、音。つまり日本のお上は怒るいうことやな」

「まあ、そうやな。日本のお上はな、することがまちごうとるなどと言われたら、たちまち腹を立てて、牢にぶちこむんや」

「第一、わしらは、お上にまちがいはないと思うとるしな」

「そうや。よその国のお上はどうか知れせんけど、日本のお上はまちがいあらせんと思うてきたでな」

「そやそや。第一わしは、金持ちとわしら貧乏人は同じ人間とは思えん。お上とわしら船子とは、同じ人間やなどと思えん」

「思えん、思えん。第一、住んでる家からちがう。着とる物からちがう」

「歩き方もちがう。言葉もちがう。食う物からしてちがう。お上や金持ちと、わしらとは一緒にはならんわな」

久吉と音吉はうなずき合った。

「やっぱりジーザス・クライストは、日本の事情がわからんのや。こっちの神さんは、日本のお上がどんなに恐ろしいのか、わからんのや」

「ほんとや。何せキリシタンを信じたら一族縛り首だでな」

「だから、音、わしのように説教なぞ聞かんで、女子の顔をきょろきょろ見てるほうが、安心やで」

「女子はともかくな、久吉の言うとおりや。わしも今度からは、説教を聞く時、心の中で般若経でもとなえていることにしよう」

「それがええで。みんなが一人残らずワーシップに出るのに、わしらだけ知らんふりして、下で寝ころんでいるわけにもいかんでな」

「そうや。何せ、人さまに金を出してもろうて、旅をしてる身だでな。手前勝手なこともできせんわ。な、舵取りさん」

　黙って二人の話を聞いていた岩吉が、

「勝手にするがええ。けどな、音、久。わしはな、パーソンのさっき言うたことはほんとやと思うで。金持ちやって貧乏人やって、それはうわべがちがうだけや。裸にしてみい。みんな同じ人間や」

「そ、そんな、舵取りさん……」

「金持ちの家に生まれたのと、貧乏人に生まれたのとのちがいや。侍の家に生まれたのと、船子の家に生まれたのとのちがいや。只それだけや」

「そんな！　か、舵取りさん、舵取りさんはキリシタンになったのか」

「ならん！」

　きっぱりと岩吉は答えて、

「けどなあ、人間にちがいがないということだけは大賛成や。エゲレス人だって、日本人だって、考えてみりゃあ人間であることには変わりはない。全くちがう人間のような気がしたが、それはまちがいや」

再び牛の啼く声がした。と、呼応するように羊が啼き、豚が啼いた。

「そうかなあ。志摩守と、わしとおなじ人間かなあ」

久吉が首をひねった。千賀志摩守は小野浦一帯の船方を統御し、師崎の領主でもあった。

「ちょっとちがうようやな」

音吉が言った。

「そうやろ、わしもそう思うわ」

「けどな。久、音。罪があるということでは、みんな同じやそうや」

「まあ、意地の悪いお役人や金持ちは確かに多いけどなあ。けど、こんなことお上に聞こえたら、大変だでなあ。やっぱりキリシタンは桑原や」

久吉が首をすくめた。かげっていた日が、また雲間から出て、海の色が明るくなった。マストの上で何か叫ぶ船員の声が、のどかにひびいた。

奴隷海岸

一

ゼネラル・パーマー号は今、アフリカ大陸とベルデ岬諸島との間を通過したところであった。左手前方に、小さな島が現れた。アフリカ大陸から、どれほども離れてはいない。ふと見るとフェニホフ牧師が、その島のほうをじっと見つめている。その身辺に何かはりつめたものを音吉は感じた。と、フェニホフ牧師は指を組み、首を垂れて何か祈りはじめた。

「何を祈ってるんやろ、音」

先程まで暑い暑いと言っていた久吉が言った。

「ほんとうに、何を祈っているのでしょう」

背後で、不意に船長夫人ルイスの声がした。船長夫人のうしろには、数人の船客たちが、船旅に潮焼けした顔を見せて立っていた。

「牧師は祈るのがしょうばいさ。旅路の平安を祈ってるんだよ」

パイプを銜えた赤ら顔の男が言うと、他の男が、

「いや、妻子のために祈ってるのかも知れませんよ」

「船旅の平安を祈ったり、家族の平安を祈ったりするのなら、わたしたちと変わりませんねえ」

いつも反り身になって歩く背の高い男が、幾分皮肉に言った。

「じゃ、何を祈るというのかね」

赤ら顔が尊大な態度で言った。

「それはわかりませんがね、吾々俗人とはちがうことを祈っていますよ」

反り身の男が昂然と答えた。と、小肥りの汗っかきの男が、ハンカチで額を拭きながら、

「じゃ、賭けようじゃありませんか。タバコ一箱だ。牧師は旅路か妻子の平安を祈っている。あるいは全く別のことを祈っている。このどっちかに賭けましょう」

男たちは誰もが賭け事を好んだ。特に船旅の退屈を凌ぐために、何かと言えば賭けをした。トランプやチェスの勝負にも賭けたが、明日の天気や、些細なことにも賭けてひと時を楽しんだ。

「よろしい。わしは思いもよらぬことを祈っているほうに賭けよう」

反り身の男が言い、他の男たちは反対のほうに賭けた。

フェニホフ牧師の祈りが終わるのを待って、男たちはルイスを先に立て牧師に近づいて行った。久吉も音吉の肩を突ついた。音吉は、

「舵取りさんも行こう」

と、岩吉を誘った。岩吉はむっつりと口をつぐんでいたが、何を考えたのか、それでも音吉と一緒に牧師の傍に近づいた。ロンドンを出てから今まで、フェニホフ牧師が一人甲板に祈る姿を、誰も見たことがなかった。それだけに、心が惹かれたのかも知れない。

「フェニホフ先生、何をお祈りになっていらしたの」

ルイスが無邪気に尋ねた。フェニホフ牧師は、自分をぐるりと取り囲んだ人々の顔を見つめていたが、

「あの島が、有名なゴレ島です」

と、島を指さした。

「おう！」

男たちも、ルイスも共に声を上げた。近づいて来る島は、低いなだらかな丘のある、何の変てつもない島だ。

「何か珍しいものがあるんですか」

音吉が尋ねた。

「珍しいもの……」

フェニホフ牧師は、音吉たちに語る時のゆっくりとした語調で言った。

「あそこは……恐ろしい島です」

「恐ろしい島？　幽霊でも出るんですか」

恐ろしいと聞いて久吉が身を乗り出した。

「幽霊よりも恐ろしい、有名な奴隷貿易の島です。十七世紀の初めから、あの小さな島で、たくさんの血が流されました」

牧師は吐息をついた。

岩吉たち三人は、むろんゴレ島の名も歴史も知らなかった。が、この長さ九百メートル幅三百メートル程のゴレ島はアフリカ西海岸への進出を目指すオランダ、イギリス、フランス等の諸国が血で血を洗う争いを繰り返してきた島である。ゴレ島は小さくはあったが、海賊の跳梁する大西洋航路の安全を期するためには重要な地点であったし、アフリカの諸国に武力を行使するためには、大きな拠点となる島であった。この島が発見されたのは一四四四年で、ポルトガル人によってであった。が、一六一七年にこの島をオランダ人が所領とし、ゴレ島と命名した。オランダ人は、この島に二つの要塞を築き、アフリカ本土への足がかりとした。一六六三年代わってイギリスがこの島を手中にし、更に翌年にはオランダが奪還し、三年後にはフランスが占領した。その後更にイギリスとフランスがこの島をめぐって、幾度か争ったが、遂に一八〇二年和約し、フランス領となった。この島には、アフリカで奴隷狩りによって捕らえられた黒人たちが押しこめられ、ここから世界の各地に売られて行った。海に向かって、奴隷収容所の入り口が無気味にひらかれている。奴隷たちはそこに吸いこまれ、吐き出されて行ったのである。一四〇〇年代から一八〇〇年代まで、約四百年間、ゴレ島は奴隷貿易の島として名を馳せた。ヨーロッパ及び南北大陸に売られたアフリカ人の数は、千三百万人とも、千五百万人とも、または三千万人ともいわれている。奴隷売買の商人たちはアラビア人と西ヨーロッパ人が多かった。だが、アフリカ人自身、隣接の村落を襲撃し、奴隷狩りに加わった。更には酋長自身、己が財産を増すために、同族を売ることも珍しくはなかった。

こうした事実を、フェニホフ牧師は明確に知っていた。

「では、フェニホフ先生は、売られた奴隷のために祈っておられましたの？」

尋ねたルイスに、牧師は言った。

「そうです。そして吾々白人の罪をざんげしていました」

牧師はそれだけ言って、静かに一人船倉に降りて行った。

「やっぱりわしの勝ちだ。皆さんからタバコを一箱ずついただきますよ」

差し出した手に、二人の男がタバコをのせた。いかにもいまいましそうであった。が若い男がタバコを渡しながら言った。

「せめてタバコの一箱ぐらいは罪ほろぼしに出しませんとね。ゴレ島の前を通れませんよ」

ゴレ島は、音吉には船のような形に見えた。

「今、何と言いました？」

赤ら顔の男が聞き咎めて言った。巨万の富を持つというイギリス商人である。

「は？　わたしが何かお気にさわるようなことを言いましたか」

「今、あんたは確か罪ほろぼしと言いましたな。罪ほろぼしとは何ですか。牧師のざんげはさておくとして、あんたのような考えの連中がいるんで困るんだ。イギリスじゃとうとう奴隷制度廃止になってしまったじゃないですか」

「なるほど。あなたは大金持ちでしたね。大金持ちはみんなたくさんの奴隷を持っていた。まことにお気の毒さまでした」

若い男がにやにやした。

「何がおかしいのかね。わしは、王室の名によってなされたことだから、しぶしぶとでも従ったわけだがね。あんな法律を作った議員共は、どいつもこいつもロンドン塔にぶちこんでやりたいほどだ」

「おや、ジェントルマンらしくないことを」

「だってそうじゃないのかね。吾々は長いこと奴隷を使ってきた。金を出して買って来たものだよ、君。奴隷はいわばわしらの財産だ」

「そうとも、そうとも。第一、奴隷制度は、ジーザス・クライストが生まれる前からあった制度ですからな。世界中で奴隷制度のなかった国はありますまい」

他の一人が、赤ら顔の肩を持って言った。が、若い男が言った。

「はーて、人間が、人間を買ったり売ったりしてもいいんでしょうかねえ」

「人間が人間を売買することは、むろん悪いことだよ。だがね、君。奴隷はありゃあ物だよ。道具だよ。アリストテレスが、奴隷を何と言ったか知ってるかね。『命ある道具』

と言ったんだ。『声を出す道具』と言った偉い人もいる」

　若い男は肩をすくめ、両手をひろげて頭を横にふった。話にならないという仕ぐさである。他の男が言った。

「奴隷はね、君。吾々白人社会の幸福のためには必要なんですよ。安い労働力であったからこそ、白人社会は繁栄したんです。イギリスばかりじゃない。フランス、イタリア、スペイン、オランダ……どれほど多くの国が奴隷を使ったために繁栄したか。奴隷のいない国がありますかね」

「じゃ、奴隷個人の幸せはどうなるんです」

「奴隷個人の幸せ？　君、冗談を言っちゃいけないよ。わしらは牛や羊の幸せを思って、それらの肉を食っちゃいけないというのかね」

「驚きましたねえ。人間を牛や羊と一つにするとはねえ。あなたがたはとんだベニスの商人ですよ」

「君！　失礼なことを言うな！　わしはあれほど強欲じゃない」

　赤ら顔の大声に、人々が寄ってきた。

「そうでしょうとも。あなたはちっとも強欲じゃない」

　若い男は皮肉な笑いを浮かべ、

「確かに強欲でもなければ冷酷でもない。世間の人々から富める商人だと尊敬されている。奴隷たちが、奴隷市場で壇の上に立たされ、買い手から値ぶみされている。そんなことにもあなたの心臓は少しも痛まない。実に丈夫な心臓だ。あなたの人生の唯一の意義は、金を貯めることですね。脱帽しますよ、ああ、脱帽する帽子が百も欲しいところです」

「君！　金を儲けるのが商人の使命だよ。金を儲けて何が悪いのかね。人生万事金だ。金があれば女の体どころか心さえ買うこともできるんだ」

「なるほど。わたしは知らなかった。神以外に全能の存在があったとはね。あなたの神は黄金ですか」

赤ら顔が言葉に詰まった。若い男がつづけて言った。

「大変な信心深さだ。わたしはね、人間には金で買っちゃいけないものがあると思っていた。人間の心もその一つだし、奴隷はいうまでもない」

「こりゃあ驚いた。ジーザス・クライストも涙をこぼすようなお説教だ。ありがたいお説教だ。諸君この若僧は、どうやら牧師の才がありそうだ。自分の手で金を儲けたこともない親のすねかじりには、奴隷がどれほど吾々の世界に必要なものか、わかるわけがない」

「わからなくて幸いだ。とにかくわが大英帝国には、あんたの考えより、わたしと同じ考えの人が多かったことを、奴隷制度廃止は物語っているということですよ」

「何いっ！」

赤ら顔がますます赤くなって拳をふるわせた。と、それまで黙って、なりゆきを見ていたルイスが言った。

「わたくし、論争する時の殿方ほど、緊張に満ちていて、魅力的なものはないと思いますわ」

朗らかな声に男たちは不意に気勢を殺がれた。

「胸のわくわくするような、すてきな時間でしたわ。まさか、この海の上で、あのゴレ島を眺めながら、こんな迫力に満ちたドラマを見れるとは、夢にも思いませんでしたわ。一体どなたの演出だったのでしょう。これは」

いつもの明るい語調だった。どうなることかと先を楽しんで見ていた船客たちが拍手をした。赤ら顔が、あごひげをしごきながら、

「まだせりふが一つ残っている。こいつを言わなきゃ、まだドラマは終わりませぬ、吾らの女神よ」

と言い、若い男を睨みつけ、大仰に言った。

「やい若僧、この船にハイド・パークがなかったことを感謝するんだな」

ハイド・パークはしばしば決闘に使われたロンドン市中にある公園である。

「ああ感謝しよう。あんたの拝む神、光眩い黄金にね」

若者は肩をそびやかした。ルイスが再び言った。

「上出来の一幕ですね。できたらアンコールをかけたいところですけど、時間がなくて残念。そろそろ夕食の仕度をしなければなりませんものね」

再び拍手が起こり、人垣がくずれた。

「何やつまらん。殴り合いにでもなるかと思うたのに、言い合いだけか」

久吉ががっかりしたように言った。

「阿呆なことを言うな。船ん中で怪我人ができたらことや」

「けど、日本なら、あれだけ言い合わんうちに、すぐにカーッとなって、ぽかぽかっと、拳骨が飛ぶわな」

「ま、そうやな。殴り合うかと思うと静まり、もっと大声を出すかと思うたら静まり、あれはちょっとわしらにはできん芸当やな」

「音、一体どっちが悪かったんや。あんまり早口でわからせんかった」

「わしにもようわからんけど、スレーブ（奴隷）を売ったり買ったりすることは悪いことだと、あの若者が言うたんや。したら相手が、何が悪いと言うたんや」

「スレーブいうたら、フラッタリー岬で、わしらもスレーブやったもなあ。アー・ダンクに鞭で殴られたわな。牛や馬みたいに」

「そうやなあ、牛や馬みたいになあ。けど、わしらよりもっとひどい目に遭わされるスレーブもいるんやなあ。親子兄弟ばらばらに買われるのやら……」

「いややなあ」

「いやや、いやや」

「けどな音、わしらインデアンのスレーブやったのを、ドクター・マクラフリンが買い取ってくれたやろ。けど、わしらをスレーブにはせんかったな。そして、こうして高い金を出して、日本に戻してくれるわな。その同じ国で、スレーブがいた。わからんな」

「ほんとやなあ。なあ、久吉、いつかの日曜日、パーソン（牧師）が説教したやろ。人間は誰も同じやって。したら、みんなうなずいていたわな。けど、スレーブは、同じ人間ではないって言うたわな。あの顔の赤い男がな。そしてそれに賛成してるのが何人かいたわな。わからんなあ」

「ほんとにわからんな。同じ人間同士なら、売り買いしたらいかんわな。人間は馬や牛とちがうだでな。けど、日本にも娘を売る話は聞くわな。男の子を売る話は聞かんけど、女子は売るわな」

「うん、売る売る。久吉の言うとおりや」

と、音吉は考える顔になって、

「女は男より下に見られているでな。女は偉くない。男は偉い。それで男が女を勝手にするんやな」

「そうや。エゲレスでは女の扱いがちがうようやな。日本の女より、大事にされているみたいやな」

「けど、ほかの国の人間なら、売ったり買ったりするんやな。パーソンの説教とちょっとちがうわな」

「ちがう。わしら日本人にやさしくするように、あそこの国の人たちにも、やさしくするとええのにな」

音吉は左手彼方に横たわるアフリカ大陸を指さしながら言った。

「ほんとやな」

「あ、そうか、わかった久吉。パーソンが、どんな人間もみな同じやと教えたのは、みんながそれをようわかっていないからや。王様も金持ちも、貧乏人も同じやと言うのは、そう言わねばわからんから言うて聞かせたのとちがうか。まだエゲレスの人も、よくわかってはおらんのや」

「そうかも知れせんな。みんながわかっていることなら、聞かせる必要はあらせんもな」

「あらせん、あらせん」

「みんな理屈ではわかっているんやけどな」

「そうや、理屈ではわかってる。言われんでもな。けど、言われてもわからん」

「そんなもんやな、人間って」

二人は、今もまだ奴隷狩りに狩り立てられる奴隷のいるアフリカ大陸に目をやった。

その夜、夕食が終わってから、音吉はフェニホフ牧師に尋ねた。

「先生、スレーブとイギリス人も、やはり同じ人間ですか」

牧師はあたたかいまなざしを音吉に向け、

「大変大事な質問です。神の前に、只の一人もちがう人間はおりません。一人残らず同じ人間です」

「ではどうして、アフリカの人を売ったり買ったりしていたのですか」

「恥ずかしいことです。説教を自分の問題としてではなく、聖書の中の物語として聞いている人が多いからです」

フェニホフ牧師は悲しそうに答えた。

二

胡椒海岸を過ぎて、船は巨大なギニア湾に向かっていた。坐っていても立っていても、船倉にいても甲板にいても、汗の噴き出る暑さであった。岩吉たち三人は、今三度赤道を通過しようとしていた。

「暑いなあ、舵取りさん。かなわんなあ」

久吉は岩吉に言った。朝からこれで六度目だ。

「うん」

答える岩吉の額にも玉の汗が滴っている。

「あと二、三日したら、おてんとさんの真下やな」

「うん」

「おてんとさまも律義やな。わしらがここを通る時ぐらい、ずーっと北の国に行っててくれてもいいのにな」

「うん」

「何や舵取りさん、うんうんばかり言うて、人の話を聞いとるんかな」

岩吉はシャツの袖をまくり上げ、腕を組んで、左彼方に見えるアフリカ大陸に目をやっていた。そこはアイボリーコースト（象牙海岸）と呼ばれる所だと、今朝食事の時に船客の一人から聞かされた海岸である。象牙の輸出される海岸帯があり、つづいて黄金海岸があり、更に奴隷海岸が見えてくる筈である。ゴレ島に劣らず奴隷の積み出された海岸である。

「うん」

「また、うんうんや」

「久吉、舵取りさんがものを考えとる時、話しかけたって無駄や」

船縁によって、音吉もまた、くもり空の下に見える象牙海岸を眺めていたのだった。

「そやな。音も何か考えていたな。何を考えていたんや」

「うん。今朝聞いたエレファント（象）な。ほんものはどんな獣やろかと思うてな」

今朝、音吉たちは象の話を聞いた時、象がどんなものか、想像もつかなかった。そのアイボリー（象牙）なるものが、大きなものは長さが十一フィートもあると聞いた。十一フィートといえば、大人二人の背丈はある。そんな長い牙を持つ大きな動物を想像することはできなかった。岩吉が、相手の語るままに、象の絵を描いてみた。その絵を船客がなおし、出来上がったものは、ひどく鼻の長い、ふしぎな動物だった。久吉がいった。

「この獣、どこかで見たことあるで。どこやったろ」

「あそうや。久吉、わしも見たわ。この獣がひっくり返って、涙流しとるところを見たわ。ほら、小野浦の良参寺の極楽の絵に出てくる獣や」

「そうそう。そうか、極楽の絵か。けど……そんなに大きくあらせんかったで。牛や馬と同じくらいに描いてあったで」

「そうや！　大きくはなかった。そうか、あれがエレファントか。確か象といったわな」

　音吉や久吉の頭の中にあるのは仏陀が涅槃に入る図であった。死んだ釈迦を取りまいて、獣たちが涙を流している絵であった。だが二人は、それを極楽の絵だと思っていた。釈迦が共に描かれていたからである。

　そんな今朝の会話を、あらためて思い出しながら久吉がいった。

「けどふしぎやなあ。そんな大きな獣の住む所がこのあたりやなんて……その傍をわしらが通っているなんて」

「久吉、ほんとやなあ。けど、もっとふしぎなのは、その象の牙があの浜一帯から、どんどんどんどん積み出されるのがふしぎやなあ」

「何でふしぎや？」

「だって、そんなに仰山象がいるんかいな。なあ舵取りさん」

「ほんとや。わしもそう思って聞いてみたわ。するとな、なんぼ積み出してもきりがない程、ちゃんと土地のもんが、秘密の場所に隠してきたそうや。何百年も前からな。だからまだまだアイボリーは、たくさんあるんやそうや」

「ふーん。何百年も前からなあ。宝物にしてたんやなあ」

久吉がうなずき、

「ああ、暑いなあ。はよ、またスコールが来んかい」

と、くもり空を仰ぎ、

「音、昼寝に行かんか」

と、音吉を誘って船倉に行った。

岩吉は、一人象牙海岸に目をやったまま、他のことを考えつづけていた。象牙海岸、黄金海岸があるほどに、大量の宝がこの大陸からイギリスをはじめヨーロッパ諸国、そしてアメリカに積み出されていることにも、関心がないわけではなかった。だが、黄金海岸につづく奴隷海岸と呼ばれる海岸のあることが、岩吉には何としても許せなかった。

（もしわしがあの土地で生まれたら、売られて行ったかも知れん）

買い手は、奴隷がどれだけの重い物を持てるかを試し、大きく口を開けさせて、奥歯の一本一本に至るまで、虫歯がないか調べるという。そしてその筋肉にさわり、つねったり叩いたりした挙句に、安い値で買い叩くという。しかもその金は、奴隷のふところには入らないのだ。海で獲れた魚や、畠の作物同然、奴隷は只売られるだけの存在だった。それが今も尚、イギリスとオランダを除いた欧米の諸国に売られているという。

（売られる人間と売る人間、そして買う人間がいる）

岩吉は憤りを覚えた、岩吉も幼い頃、人買いの話を聞いた。

「岩坊、そんなに暗くなるまで外で遊んでいると、人買いがくるでな」

よく養父母に言われたものだ。やがて子供たち自身が、

「人買いがくると大変だで、もう帰る」

と言ったものだ。

岩吉たちは幼な心に、人買いは子供だけを買うものと思っていたのだ。が、とにかくこのあたりの人買いはちがう。大人も子供も一家すべてが買われて行くのだ。夫婦や親子が、別々の買い主に買われて行く哀話も聞いた。

（人間というものは、恐ろしいものだ）

そう思った岩吉の胸に、ふっと、師崎にいた頃の絹の姿が甦った。母のかんに強いられて、私娼になっていた絹は、言わば母親に売られた存在だった。かんはわが娘を売り、且つ買い占めていたようなものだ。

（あの因業婆が）

絹は、言ってみれば奴隷のような存在だった。その絹を、自分も、他の男たちも買ってなぐさみものとした。そう思うと岩吉の心は次第に重くなっていった。

考えてみると、親が娘を売るということは、日本ではそう珍しいことではなかった。

男が女を金で買うことも、ごく当たり前のことだった。が、今岩吉は、その何れも、ひどく冷酷な、非情なことに思われた。ひどい罪を犯してきたような、いやな気持ちだった。

(……そうか。金にもならぬ赤子は捨てられるというわけか)

熱田の境内に捨てられていたという自分の姿を、岩吉は連想した。恐らくは貧しかったであろう自分の親は、赤子のわが子さえ育てかねて、熱田の杜に捨てた。犬に食われようと、猫になめられようと、逃げるに逃げられぬ赤子の自分を捨てた。もし自分が年頃の娘であれば、どこかの廓に売られていたかも知れないと思う。

(捨てるも売るも一つことか)

何れにせよわが子を見殺しにすることだと、岩吉は心の冷える思いがした。その岩吉を、叩きつけるように突如としてスコールがやってきた。船客たちが喜びの声を上げた。今まで見えていた黄金海岸が、かき消すように視界から失せていた。

三

「珍しい船旅やなあ。嵐らしい嵐に、一度も遭わんでな」

眠りに入るにはまだ早い。一人の船客の弾くバイオリンに耳を傾けながら、音吉は久吉にささやいた。

「ほんとやな。今までの航海のうちで、一番穏やかかやな。誰ぞ心掛けのいい人が、この船に乗っとるのとちがうか」

　嵐で有名なビスケイ湾の沖合もさほどのことはなかった。むろん、幾度か嵐がなかったわけではないが、腹わたのねじれるような嵐はなかった。ホーン岬の嵐をはじめ、宝順丸での嵐など、幾度か凄まじい嵐に遭ってきた音吉たちにとって、この度の航海は確かに穏やかと言ってよかった。

「けどな、音。そんなこと言うてると、ケープタウン（喜望峰）が待ってるで、ケープタウンがな」

　ケープタウンは、ホーン岬と同様、難所として知られたアフリカ大陸の南端である。

「けど、ホーン岬のようなことは、あらせんやろな」

「わからせんで。今まで穏やかだった分をケープタウンで帳消しにするつもりやないか、神さんは」

　ナミーブ砂漠の砂嵐が、黒煙のように空に立ち込める光景も見て、船は今ケープタウンに近づきつつあった。ロンドンを出て三か月になろうとしていた。

　その夜、音吉は大きな黒雲が船の真上にとどまった夢を見た。それはナミーブ砂漠の上にひろがった黒い砂嵐が眼底に刻まれていたからかも知れない。あるいは、嵐が来ると久吉におどされたためかも知れない。

　だが、翌々日、ケープタウンの空は春だというのに秋空のように澄み切っていた。テーブルマウンテンと人々の呼ぶ、テーブルの形をした岩山が、間近に見えた。つづく海岸には、ごつごつとした岩ばかりで、木がほとんどない。穏やかなケープタウンの海は、この世のものとも思えぬほどに美しかった。船員も船客も、声もなく海の色に見とれた。ここにだけ、全く別の海があるようであった。帆は気持ちよく和風を受けて、するすると海をすべる。嵐を覚悟していた一同にとって無気味なほどに静かな海であった。

「ここがこんなに穏やかなことは、今まで一度もなかったことです」

船長の言葉に、

「きっと珍しい日本人が乗っているからですな」

と、人々は言った。

「伊勢湾のように静かやな。けど、やたらに広く見えるな」

音吉たちは言った。ケープタウンの海は、なぜか太平洋よりも広々として果ての果てまで見えるような思いがした。

こうして難所のケープタウンを、ゼネラル・パーマー号は事なく通過したのである。

船は既に北上をつづけていた。そして船は、アフリカ大陸と大陸のようなマダガスカル島の間の、モザンビーク海峡を半月もかかって通りぬけた。印度洋にさしかかると気温は俄に高くなった。

船は再び赤道に近づきつつあった。岩吉たちにとって、四度目の赤道通過が待っていた。

その日の午後、行く手に大きな入道雲の峰々が輝いていた。波がぎらぎらと太陽を照り返していた。人々は暑さから逃れようとして、船倉に入ったり、甲板に出たり、落ち着きなく時を過ごしていた。

と、晴天に雷鳴がとどろいた。

「ありがたい、夕立ちが来るで」

音吉と久吉は顔を見合わせて喜んだ。雷鳴はくり返し空にとどろいた。押し迫って来る入道雲に稲妻の走るのが見えた。

ゼネラル・パーマー号の遥か前方に、二、三日前から白い帆影が見えていた。同じくマカオに行くのか、シンガポールに行くのか、あるいは印度に寄るのかと、相変わらず男たちは賭けをしていた。その船はアフリカ東海岸から出たもののようであった。

「海賊船とちがうやろな」

船影さえ見れば、久吉は口癖のように言う。

不意に、マストの上で船員が大声を上げた。

「あれは何だ⁉」

船員が再び叫んだ時、暑さに弱っていた船客たちも、はっとして行く手に目を据えた。入道雲の下から黒雲が細長く水上に垂れていた。黒い雲は、ゆっくりと揺れ動きながら近づいてくる。

「何だ、あれは⁉」

「珍しい雲じゃないか！」

「ぶらぶらと垂れ下がっている様子は、象の鼻そっくりだ」

人々が立ち騒いだ。雷鳴が一段と激しくなった。

突如、誰かが叫んだ。

「竜巻だーっ！」

「竜巻ー⁉」

人々は青ざめた。

「巻きこまれたら大変だぞうーっ！」

客の一人が叫んだ。

「進路を左に取れーっ！」

言う間もなく竜巻は異様な速さで近づいて来る。

と、前方を行く船にまともに黒雲の立ち向かうのが見えた。

「あーっ！」

誰もが叫んだ時、竜巻は巨大な水柱に変じた。人々は声もなかった。ある者は打ち伏し、ある者は呆然と立ちすくみ、ある者は船縁にしがみつき、ある者はその場に倒れた。

水柱は何百メートルも突っ立ったかと思うと、一転して右手に走った。が、次の瞬間巨大な水柱は消えていた。

雷鳴はなおも激しくとどろいていた。魔のようなひと時であった。

つづいて、マストの上で大きな声がした。

「船が消えたぞーっ！」

誰もが、その言葉をすぐにはのみこむことができなかった。はっとして岩吉が目を前方に凝らした時、前方の帆影は全く姿を消していた。

「船が消えた」

呟く岩吉に、歯の根も合わぬ久吉が言った。

「き、消えた？　消えたって、どうしたんやろ」

「巻き上げられたんや」

「巻き上げられた⁉」

「恐ろしい！　恐ろしい！」

久吉が叫ぶ。

「ほんとや。恐ろしいものを見たな。船が空に巻き上げられるなんてな」

岩吉が言い、

「嵐よりも恐ろしいものがあったんやな」

と、音吉も青ざめた。

「船の人、死んだんやな」

語る間も雷鳴はとどろき、いつの間にか頭上を無気味な雲が覆っていた。と思う間もなく、大粒の雨がぱらぱらと降りはじめた。人々は船倉に駈けこんだ。船倉に入っても、人々は色を失っていた。

「ナンマンダ、ナンマンダ」

久吉が念仏をとなえた。

「船玉さまーっ、お助け下さーい！」

音吉も叫ぶ。船倉に入ってかえって誰もが恐怖をつのらせた。多くの者が十字を切った。

波が高くなったのか、船が揺れはじめた。大きな揺れではなかったが、人々は今にも竜巻に吸いこまれるような恐怖にかられた。叫ぶ者、呻く者、泣き出す者、様々だった。

やがて雨が止み、雷鳴が遠ざかった。船客たちは恐る恐る甲板に顔を出した。既に青空が大きくのぞき、入道雲は遠く東に移っていた。

「おう！　魚やこれ！」

ぬれた甲板に久吉が屈みこんだ。その手に一尺ほどの魚がつかまれていた。人心地を取り戻した人々が、珍しげに久吉のまわりに集まった。その時、舷側に落ちていた大きな木片を岩吉も拾った。

(これは！)

明らかに船の一部と思われた。竜巻に吸い上げられた船の一部にちがいない。

(恐ろしいことだ)

再び岩吉は心の中に呟いた。引き裂かれたようなその木片は、甲板に張りつめてあった板でもあろうか。

岩吉はふと、この板切れで何かを作り、一生大事に持っていようと思った。この木片こそは、先程(さきほど)の竜巻にまき上げられて死んだ者たちの形見だと岩吉は思った。

（それにしても、一里(り)程前を走っていた船がまき上げられ、この船が助かった）

なぜ前の船がまき上げられ、この船が助かったのか。岩吉にはそれがひどく厳粛(げんしゅく)な事実に思われた。木片を見つめる岩吉の目に深い畏(おそ)れの色があった。

マカオの空

一

一八三五年十二月の中旬、岩吉たち三人を乗せたゼネラル・パーマー号は遂にマカオに到着した。船客たちは全部船を降りたが、三人だけは船に留めおかれた。三人は、ロンドンでの十日間、船の中で出発の日を待っていたことを思い出した。マカオ向けの便を待ってロンドンを出発したように、十日もすれば日本への便があるかも知れぬと、三人は帰国の期待に心をおどらせていた。

船から見るマカオは、小高い丘の起伏（きふく）する美しい岬であった。

「七つの丘があるんやって、キャプテンのご新造が言うてたけどな、その倍も丘があるようやな」

早耳の久吉が、所在なげな音吉に言った。

「うん、丘だらけやな。緑もあるな。向こうの大陸の禿山（はげやま）とはちがうな」

音吉は西のほうを指さした。マカオの西側にあたるこの港は、海というより、大きな河のような感じだ。マカオの対岸に大陸が見え、大陸の山々が幾重（いくえ）にもたたなわっている。

「音、あそこに十字架（クルス）が見えるな。チャーチやな」

「うん。チャーチや。ハワイへ行っても、ロンドンに行っても、どこへ行ってもチャーチやな」

　音吉が言うと、

「音、がっかりやな」

　久吉が声を上げて笑い、

「けどな、あと何日かの辛抱（しんぼう）や。ここを出たら、あとは日本や。もうチャーチはないで」

「それもそうやな」

　風が涼しく心地よい。十二月とは思えぬ暖かさだ。

「けど、うれしいな。今度こそは日本やで」

「ほんとや。日本まではひと月かからんいうでな」

「かからん、かからん。日本の国はきれいやで。どこもかしこも松や竹で、深い緑や。こんなちょぼちょぼ緑とはちがうで」

「何より、父（と）っさまや母（かか）さまがいるでな」

「大福餅（だいふくもち）やそばもあるでな」

「おさとも大きくなったろな。もう十二になったんかな」

「うちのお品も、娘らしゅうなってるわな」

音吉は琴を思ったが口には出さず、

「けど、お上がわしらを引き取ってくれるやろか」

「わざわざよそさまの国が届けてくれるのに、断りはせんやろ」

「けどなあ。よその国から帰ったもんは、お仕置きとも聞くでな」

「音、わしらはな、自分から好きこのんで、出て行ったんではないで。嵐で流されて行った者だでな」

「そうやな。お上やって、よう話したらわかってくれるやろな」

「くれる、くれる。遠いエゲレスの人が、こんなに親切にしてくれるんや。同じ日本人が、話わからん筈はあらせん」

「そうやな。キリシタンになったわけでもあらせんし、なんぞ悪いことをするわけでもあらせんしな」

「そやそや。舵取りさんかてそう言うてたわ。わしら三人ぐらい日本に入れたかて、日本の迷惑になることはあらせんでな」

帆をおろしたマストの上の空は青く晴れていた。岩吉が一人、舳先のほうに立ちつくしている姿が見えた。港には幾隻かの大船が停泊し、小船が賑やかに行き来している。

マカオは南北五キロ余りの小さな半島で、一五五七年、ポルトガルが居住権を獲得した。海賊平定の実績を明に認められたからである。以来ポルトガルは居住権を永続させるために、毎年五百両の年貢を明に払っていた。マカオはマラッカ、ゴアと並んで、ポルトガルのアジア貿易の根拠地である。この数年前よりイギリスが香港に進出して以来、やや衰退を見せてはいたが、音吉たちが船から見る港も、街も賑わっていた。

マカオに着いて三日目の午後、三人は船長室に呼ばれた。

「帰る船が決まったんやな」

久吉が弾んだ声で言い、

「そうや、きっとそうや」

音吉も喜んだ。岩吉だけが、

「そんなに早く見つかるかな」

と、疑わしげだった。

船長室には、船長と、夫人のルイス、そして見馴れぬ婦人の三人が待っていた。その見馴れぬ婦人は背が高く、肉づきがよかった。目が青く澄み、きらきらと輝いている。うすい唇とやや張ったあごが、意志の強さをものがたっていた。年の頃三十前後と思われた。

「やあ、いよいよお別れだね」

ゼネラル・パーマー号の船長ダウンズは、いつもの穏やかな微笑を三人に向けた。

「じゃ、日本に帰れるんですか」

弾んだ久吉の声に、

「帰れる。何れそのうちにね」

と、船長はうなずいた。

「そのうちに?」

「そう。すぐには船が見つからないんでね。とりあえずこの方の家におせわになることになった。この方は、ミセス・メリー・ギュツラフ。ギュツラフ牧師の奥さんです。ミセス・ギュツラフ、この三人が岩吉、久吉、音吉」

ダウンズ船長は紹介した。

「どうぞよろしく。よくおいでになりました」

ギュツラフ夫人の亜麻色(あまいろ)の髪が、濃い眉(まゆ)の上で揺れた。

「岩吉です。どうぞよろしく」

岩吉につづいて、二人も挨拶(あいさつ)をした。

(パーソンのご新造か、この人は)

音吉は力のぬける思いだった。久吉も、すぐには船に乗れぬと知って、ありありと失望の色を見せた。ダウンズが言った。

「ギュツラフ牧師はね、語学の天才だ。今、夫人にお聞きしたのだが、二十か国もの言葉を覚えておられるそうだ」

「二十か国!?」

音吉が驚きの声を上げた。

「そうだよ。二十か国だ。ギュツラフ牧師はね、プロシャ(ドイツ)の方だがね、和英の辞書を持っておられるそうだ。あなたたちが日本人と聞いて、ぜひ日本語を習いたいと言ってね、ま、そういうわけで、マカオでのおせわは、この夫人がしてくださることになった」

三人は改めて頭を下げた。否も応もない。三人は只船長の指示に従うよりなかった。

「お名残惜しいこと。くれぐれもお体にお気をつけて。ご無事でお国に着くことをお祈りしますわ」

船長夫人ルイスは、岩吉に目をとめたまま言った。イギリスから乗った女性は二人だった。その二人のうち、ルイスは常に明るく、行動的だった。もう一人の若い女性エミー・ハワードは、常に慎ましく、夫の蔭に控えていた。そのエミー・ハワードは東インド会社の支店のある香港に夫と共に去って行った。音吉は何となくエミー・ハワードとの別れが淋しかった。ほとんど口をきかず、遠くから眺めるだけの存在だったが、黒髪のエミー・ハワードは明るいルイスよりも音吉の心を惹いた。何れにせよ半年も同じ船に乗っていたのである。その間に、自分でも気づかぬうちに、エミー・ハワードに対して懐かしい感情を音吉は持っていたのだ。

が、今三人の前に、船長夫人ともエミー・ハワードとも全くちがう新たな女性が現れた。その輝く青い目は、人の心を吸いこむような深さがあった。それはルイスにもエミーにもないものだった。強く、しかしあたたかいまなざしであった。

二

ギュツラフ牧師の家は、マカオの西北にあった。港通りの片側に石造りの二階建ての店がずらりと並んでいる。同じく石造りのアーケードの下を、音吉たちはギュツラフ夫人について歩いて行った。背中に長く垂らした弁髪の清国人の行き来するのが珍しかった。だぶだぶの清国の服も珍しかった。天秤棒に荷をかついで行く物売りもいる。それは日本を思わせる風景であった。と、その荷籠の片方に小さな子供を入れてやって来る男がいた。

「おい、音、あの子を売るんやろか」

「まさか」

「わからんでえ。人売りかも知れせんでえ」

「こわいなあ」

二人はひそひそと話しながら、すれちがった男をふり返った。

港通りを北に行き、右に折れると住宅街があった。小さな出窓には花の鉢が並んでいる。イギリスで見た家に似ていた。三人にはわからなかったが、ポルトガル人の住む家にはピンク色に壁が塗ってあり、清国風に煉瓦で建てた家の軒下には、魔除けの丸い八封鏡がはめこまれていた。マカオの街には、清国人をはじめ、ポルトガル人、オランダ人、イギリス人、アメリカ人等々、多くの国の人が住んでいることを、ギュツラフ夫人は話してくれた。

港通りからどれほども入らぬ所に、ギュツラフ牧師の家はあった。すぐ傍らに広いカモンエス公園があり、博物館があった。大きな菩提樹が、蛸の足のように露わな根を幹から地におろしているその下に、三人は一人の男と二人の女性を見た。男は清国の服を着、頭にターバンを巻いていた。鼻下に八の字のひげを蓄え、満面に微笑を湛えていた。

「この人がわたしの夫ギュツラフです」

イギリス人である夫人の英語は美しかった。

「ようこそ、ギュツラフです。お待ちしていました」

ギュツラフ牧師はまず、岩吉に手を伸ばした。岩吉は自分の名を名乗り、ていねいに挨拶をした。音吉たちもそれぞれ挨拶をすると、夫人は言った。

「わたくしの姪です」

二十を過ぎたばかりの二人の姉妹は、よく似ていた。白い歯が、健康な唇の間からのぞくのが愛らしかった。その二人の傍に、十歳ぐらいの少年がいた。

「わたしの甥のハリー・パークスです」

夫人はハリーの頭をなでながら言った。ハリーはちょっと恥ずかしそうに笑ったが、三人にきちんと挨拶した。

「これで家族全部です」

ギュツラフ牧師は言い、三人を家の中に案内した。石造りの清潔な家だった。階下には三部屋あり、二階にも三部屋あった。

「どうぞご自由にこの家をお使い下さい。隣が私たちの家です」

夫人は三人を、二階まで案内し、

「時々客が来ますけれど、その時はこの家に泊めて下さいね」

夫人はやさしく言った。

夫人が去ると、三人はがっくりと床にあぐらをかいた。

「舵取りさん。どうなるんやろ」

フォート・バンクーバーを出る時に与えられたトランクに手をかけたまま、音吉は不安そうに言った。

「わからせん。が、そのうち船があったら帰すやろ」

「そうや。音。わしら別に、マカオに用のある人間ではないだでな」

開け放った窓から涼風が入ってきた。家の間から港が見えた。その向こうの清国大陸がひときわ近く見える。

「十日もいたら、帰れるんやろか」

「遅くともひと月やないかな、舵取りさん」

久吉が言う。

「ひと月で船が見つかりゃあ、文句はない」

「じゃ、もっとかかるのか舵取りさん」

「わからせんが……」

岩吉は窓の外に目をやった。今の今まで、まさかこの家に世話になろうとは思わなかった。しかも牧師の家である。岩吉はいい予感がしなかった。

「わからせんが、とにかくハドソン・ベイの大旦那の手からは離れたようなものだな」

岩吉は、ハドソン湾会社と、これで手が切れたのではないかと、危ぶんでいた。ハドソン湾会社が、ゼネラル・パーマー号の船長に三人を託した。更にその船長が、三人をギュッラフ牧師に身柄を託した。一日も早く帰りたい自分たちの願いを、誰がどのようにかなえてくれるか、見当がつかないと岩吉は思った。

「何や、心細いなあ」

「なるようにしか、ならん。じたばたするな」

「そうやな、舵取りさん。ここの家には若い別ぴんが二人もいるで、ひと月やふた月退屈はせんわな」

久吉は持ち前の楽天的語調で言った。

「久はどこまでも気楽な性分やな」

岩吉が苦笑した。

「フォート・バンクーバーのマクドナルドみたいな可愛い男の子もいることだでな……」

音吉も、自分の気を引き立てるように言った。

「ああ、マクドナルドな。可愛い子やったな。どうしているやろ。あそこを出てから、一年半も経ってしもうた」

「そうやなあ、久吉、一年半も経ったんやなあ。家を出てからは、もう丸三年過ぎたんやなあ」

「そうやあ。家を出る時は餓鬼やったけど、いつのまにやら、ひげも生えるようになったわ」

久吉はあごひげをつまんで見せた。

「なあ。久吉。わしらがここに生きてること、父っさまや母さまに、何とかして知らせたいもんやなあ。さぞ嘆いていることやろな」

「そうやろな。けど三年忌も過ぎたことだでな、もう諦めたことやろな」

「生きてると知ったら、どんなに喜ぶことやろ」

「ほんとや。わしら三人が家に帰ったら、幽霊かと思うて、腰をぬかすで。ああ、早よ帰りたいなあ、なあ舵取りさん」

岩吉は窓の外に目をやったまま返事をしない。秋日のような日射しを眺めながら、岩吉も同じ思いに浸っていた。あと一息で日本なのだ。帰って行った自分を、岩太郎は父親とも知らずに、まじまじと見つめるにちがいない。

（お絹は生きているやろな）

幸せ薄い絹の姿が影絵のように浮かぶ。若い絹が、養父母より先に死んでしまったかも知れぬと、岩吉はふっと思った。かつて思わぬことであった。

（四人揃って待っていてくれれば、ありがたいが……）

この三年間、ひたすら家族のことのみを思ってきたのだ。そんな切ない思いをするのも、あと幾月のことかと、岩吉は眩しく光る海に目をやっていた。

夕食は、ギュツラフの家で共にした。初めての広東料理はうまかった。船の中では、ほとんど食えなかった野菜が、ここには豊富にあった。インドのマドラスと、マレー半島のシンガポールに寄港した時に積みこんだ野菜が、数日のうちに底をついた。それだけに野菜がうまかった。人参や大根、里芋を見ただけで、音吉は小野浦の畠が思い出された。いや、畠よりも、そこに働く母美乃の姿が思われてならなかった。

ギュツラフ牧師は、食事が終わるや否や、三人にこう言った。

「家内からもお聞きでしょうが、わたしはぜひ日本語を習いたい。あなたがたが、ここにどのくらい滞在されるかわからないが、多分半年やそこらは、ここにいなければならないでしょう。その間に、この土地で必要な広東語を教えて上げますから、わたしにぜひ日本語を教えて下さい」

音吉と久吉は、岩吉を見た。半年もここに滞在しなければならぬというギュツラフ牧師の言葉は、三人を驚かせた。

「あなたがたの英語は上手です。きっとわたしに、充分に日本語を教えてくれることでしょう。あなたがたに会ったのは神の恵みです。わたしは前々から日本語を習いたかったのです」

「どうして日本語を習いたいのですか」

岩吉も久吉も黙っているので、音吉が尋ねた。

「それはですね。聖書の和訳をしたかったのです」

「聖書の和訳？」

「そうです。聖書を日本語になおすのです。われわれプロテスタント（新教）の教会は、まだ一度も聖書の和訳に取り組んだことがありません。わたしはあなたがたがここにいる間に、その仕事をしたいのです。ぜひご協力いただきたい」

三十二歳のギュツラフは、意欲に燃えていた。三人は返す言葉を知らなかった。それは余りにも恐ろしいことであったからである。

三

マカオに上陸しての第一日は静かに暮れていった。夜になるとさすがに肌寒い。ギュツラフ牧師の家で夕食を終えた岩吉たち三人は、隣の自分たちの家に戻って来た。

「大変なことになったなあ、舵取りさん」

部屋に入るや否や、久吉が言った。部屋の中央に吊り下げられたランプに灯が点っている。

「うん」

岩吉は上着を脱ぎながら窓べに立った。二階の窓から見おろす通りに、ガス灯が点々とついている。行き来する黒い人影も幾つか見える。

ギュッラフは先程夕食の時、こともなげに言った。

「聖書を日本語になおす協力をしてください」

その言葉が、三人にとってどれほど重く恐ろしい言葉であるかをギュッラフは知らない。日本には次のような外国人追放令があったのだ。

〈すべてのポルトガル人は、その母親も乳母もふくめ、またポルトガル人に属するものは何ものであれ永久に追放される。

いかなる日本船舶も、日本の住民も、今後わが国を離れようとしてはならない。違反した者は財産を没収され、死刑に処せられる。外国から戻ったいかなる日本人も死刑に処せられる。

貴族であれ武士であれ、外国人から一切購入してはならない。

国外から手紙を持ちこもうとする者、あるいは追放後日本に戻ろうとする者は、家族もろとも死刑に処せられる。

キリスト教の教義を流布する者、あるいはかのけしからぬ名前を持つ者はすべて、逮捕され公共の牢獄に投獄される。

太陽が大地を暖める限り、一人のキリスト教徒も日本にあえて上陸させないようにしよう。もしこの禁令を犯すならば、スペイン国王といえども、またキリスト教徒の神と

いえども、その首をもって償わねばならないことを、あまねく知らしめよう〉

むろんこの全文を岩吉たちが知る筈もない。が、キリシタンに対する禁令のきびしさは、耳にしていた。それは聞くだに残忍な刑罰であった。

音吉と久吉に背を向け、夜の通りを見おろしている岩吉に、音吉も言った。

「キリシタンのワーシップ（礼拝）に出るだけでも、びくびくやったのに……今度はキリシタンのお経を日本語になおすんやって。舵取りさん引き受けるのか」

「引き受けんわな、舵取りさん。そんなこと、万一お上に知れたら、それこそ縛り首まちがいなしや。小さな妹のお品まで、火焙りにされるでな」

「うん」

岩吉は否とも応とも言わずに、短く返事をしながら思った。

（まさか……俺たちにこんな難題が待っていようとは……）

岩吉は黒シャツ一枚のまま、ベッドの上に身を横たえた。音吉と久吉は、何となく顔を見合わせた。岩吉が容易に口をひらかぬことに、事の重大さがひしひしと身に感じられた。

十二畳ほどの広い部屋だ。ベッドが三つ並び、部屋の隅に机と洗面所があった。ニスを塗った高い腰板がはられ、漆喰の壁の白さが目に沁みた。久吉が言った。

「な、音。ジーザス・クライストが出て来なかったのは、ケープ・フラッタリーだけやな」

「そうやな。フォート・バンクーバーではスクール・チャーチがあったしな」

「そやそや。何のことかわからんで話聞いていたけどなあ。人形芝居でジーザス・クライストが磔(はりつけ)になって死んだのを見たわな」

「あの時は驚いたなあ。まさか、キリシタンの話を聞いていたとは、知らなかったでなあ」

「ふるえたなあ、あの時も」

「ふるえた、ふるえた。そしてわしら化病(けびょう)使うたな」

「うん、キリシタンの話を聞いたら大変や思うてな。腹痛になってな。腹減らしてな」

「けど、音、あの時本気やったわな。キリシタンの話聞いたら、一大事やと思うたでな」

「そやそや。イーグル号に乗った時、もうスクール・チャーチに出なくてもいいと思ってひと安心したわな。ところがどっこい、そうは問屋がおろさんでな。艦長(キャプテン)がお説教したわ」

「あの時もふるえ上がったなあ」

「サンドイッチとかいう島に行って、そこで泊めてもろうた家な、あれがまたパーソン（牧師）の家でな」

「そうや、十字架(クルス)のついたチャーチやった」

「ロンドンに行っても、教会だらけやったし、ハドソン・ベイのカンパニーの建物にまで十字がついていてな」

「そして、マカオへ来る船に乗ったら、今度はパーソンが乗りこんでいてな」

「そしてマカオに上がったら、またまたパーソンの家や。しかも久吉、今度はバイブルを日本語になおす手伝いをせえ言うんやでえ」

「命が縮むわなあ」

さすがの久吉も音を上げた。

「どこへ行っても、キリシタンだらけや。日本以外はキリシタンばかりや。怖いことやなあ」

音吉はベッドの上にあぐらをかいたまま、横になろうともしない。

と、今まで黙っていた岩吉が言った。

「しかしなあ、音、久。わしはな、キリシタンの教えが悪いとは思わんで。お前たちは悪いと思うのか」

「そうやな。別に悪いことは何も言うてはおらんわな。な、音」

「言うておらんどころか、いいことばかり言うてはいるわな。人間は皆同じや、というのは、初めて聞いた教えやな。わしらも人間やし、お上も人間やし。そんなこと、日本にいた時、考えたこともあらせんかったな」

「そうやろ、音、久。問題はな、キリシタンの教えが悪いのではあらせん。言うてみれば、お上が悪いんや」

「お上が悪い⁉」

久吉が跳ね起きた。岩吉は仰向けに臥たまま静かに答えた。

「うん。お上が悪い」

「そ、そんなこと言うたらあかんで、舵取りさん。な、音」

「うん。……けどな、久吉。舵取りさんの言うことは、わしも本当やと思うで。仏さんを拝もうと、ジーザス・クライストの神さんを拝もうと、そりゃわしらの勝手とちがうか」

「それはそうや。けどな、日本の決まりやからな。お上の決まりを破るのが、一番悪いんや」

岩吉がベッドの上に起き上がり、二人のほうを見た。

「久。音のいうとおりや。お上かて人間の心まで縛ることはできせんでな。人の物を盗んだり、人を殺したりしたら、お仕置きを食らっても、仕方あらせん。しかしな、心の中で後生をねがって、手を合わせる相手が、仏であろうと神であろうと、何も一族皆殺しにすることはあらせん」

「それはそうやけど……そう言うたかて、お上には通らせん。何せ天下の決まりだでな」

「久、それは悪い決まりや。決まりがいいとは限らんで。悪い決まりはなおさにゃならん」

「むろんや。けど舵取りさん。わしら三人がなんぼ大きな声で言うたかて、お上は決まりを改めせんでな」

「久の言うとおりや。お上というのはな。わしらの命など、ゴボーか大根と思うとるでな。すぐに刀をふりまわすわな。ま、バイブルの手伝いのことは、余り心配せんがええ。一日の苦労は一日で充分や。明日に持ち越すことはあらせんと、船の中でミスター・フェニホフに聞いたやろ。明日のことをあんまりあれこれ心配するなと聞いたやろ。その時その時、やらなきゃならんことは、やることだ」

「したら舵取りさん。バイブルの仕事手伝うつもりか」

「どうしても手伝わんならんようなら手伝う」

「けど、お上に聞こえたらどうするんや」

「ここでしてることまで、お上にわかることはあらせん。万里も離れていることとだでな」

「ま、それもそうや。……けど舵取りさん、胆が太いなあ」

「何、ミスター・ギュツラフは日本語を知らんでな。だからな、そんなにすぐにバイブルを日本語になおす真似はできせん筈や」

「そうや！　久吉。ミスター・ギュツラフが日本語を覚えた頃には、わしら日本に帰っているかも知れせんで」

音吉も明るい声になった。三人はようやく安心して寝についた。

が、三人はギュツラフがいかなる人物かを知らなかった。

四

ギュツラフにとって、他国語を学ぶことはさほどの難事ではなかった。一八〇三年プロシャの小さな町に生まれたギュツラフは、今年三十二歳であった。が、既に数か国語の聖書翻訳をなしとげていた。特にシャム語への翻訳は、僅か九か月のシャム滞在中になされた。シャム語を一語も知らなかったギュツラフが、九か月後にはともかくにも、その翻訳を終えていたのである。

ギュツラフはプロシャ人であったが、イギリスのジョン・ウエスレーの信仰復興運動の流れを汲む派に属していた。そして、神の命ずることは、いかなる困難なことといえども、命を賭して従うべきだという信仰に燃えていたのだ。

ギュツラフの毎日は、一分の無駄な時間もなかった。その上、思い立ったことは、待てしばしなく実行する性格であった。当時のギュツラフが如何なる仕事をしていたか、彼自身の当時の書簡が、それを雄弁に物語っている。

〈朝七時から九時、旧約聖書の中国語訳、それから九時半から十二時、二、三人の日本人の助けにより、新約聖書の日本語翻訳に従事。（この日本人は岩吉たち三人を指す）

十二時より五時まで、右訳文の厳密なる検討。一時から二時、中国語の宣教パンフレットの準備。二時から五時まで、中国文学の研究、書籍の頒布、病人の見舞い、学校の管理。
六時から十時。臥るまで手紙を書いたり雑務の整理。
日曜日には朝七時から九時、中国語の旧約聖書研究会。十時から十時半まで中国人教会。十二時から午後一時まで日本人の礼拝。三時から六時、中国人の家庭訪問。六時から七時、中国人の日曜学校。七時半から九時、病院で英語の説教〉

正に全力的なギュツラフの活動である。そのギュツラフは、岩吉たち三人に会う前に、既に日本への旅を夢見ていた。日本人がマカオに着いたと聞いて、進んでその世話を引き受けたのも、聖書和訳の目的もあったからである。しかもギュツラフは、その先輩メドハーストが著した和英、英和辞典を手にしていた。岩吉たち三人に聖書和訳を語った時のギュツラフの胸には、聖書和訳の願いが激しく燃えていた。

ギュツラフは当時、イギリス商務庁の書記兼通訳官をし、高給を得ていたが、非常勤で、時間の拘束は少なかった。

岩吉たちがギュツラフの屋敷で一夜を明かした朝、ギュツラフは既に広東に向かっていた。半日がかりで行く広東にはイギリス商務庁があった。

その翌日、ギュツラフはマカオに帰り、次の日、三人をつれてマカオの町に出かけた。ギュツラフと共に、夫人の姪の一人キャサリンが同行した。家のすぐ傍の広い公園に五人はまず入って行った。

「あっ！　菊や！　菊が蕾を持ってるわ！」

音吉がひと群れの菊の前に屈みこんだ。

「ほんとや！　懐かしいなあ」

久吉も屈みこんで匂いを嗅いだ。

「舵取りさん、うちの庭にある菊と、おなじ菊やで。うちの庭にある菊とな……」

音吉が目をしばたたいた。

「うん。そうやなあ。ここの菊は正月あたりが盛りやな」

岩吉がこみ上げる感情を抑えるように、静かに言った。ギュッラフが三人の会話を聞いていて言った。

「この花は、日本でキクと言うのだね」

キクという発音を、ギュッラフは誤りなく言った。

「はい、菊と言います」

ギュッラフはうなずいて、持っていた手帳に何か書きとめた。ギュッラフは食事の間にもノートを離さない。音吉は驚いて、ギュッラフが書きとめる様子を見つめた。その音吉を、キャサリンが明るい目で見つめていた。ギュッラフが言った。

「ここはカモンエス公園と言ってね。カモンエスはポルトガルの詩人です。一五五八年マカオにやって来て、不朽の名作『ウス・ルジーアダス』を書き上げたんですよ」

三人はうなずいたが、不朽の名作という英語がわからなかった。

「わたしも、詩や文章を書くのが好きでね。それで、カモンエスのような詩人は、ポルトガル人であろうと、どこの国の人であろうと、非常に尊敬しているのです」

「音、ポエットって何やった？」

広い公園を見渡しながら久吉が尋ねた。菩提樹や棕櫚、榕樹等の木立の下に、冬日を浴びる老人の姿が見えた。清国人であった。水ギセルを吸うその姿が、絵のように動かない。いかにも平和な眺めであった。

「ポエットって、ポエムを作る人やないか」

「ポエムって何やった？」

「ようわからんけど、百人一首のようなもんやな」

「何や、百人一首のようなもんか。乙女の姿しばしとどめんやな」

久吉はキャサリンのふくよかな頰を盗み見て、にやりと笑った。キャサリンがその笑顔に応えるように言った。

「あのね、叔父は貧しい仕立屋の息子に生まれたのよ。四つの時に、母親に死に別れてね。しかも体が弱くて、友だちと遊ぶ元気もなかったんですって。その叔父が、どうして宣教師になる学校に行けたか、おわかりになって？　それは詩のおかげなの」

「ポエムの？」

音吉が聞き返した。

「そうよ。詩のおかげなの。貧しいから学校に行けなかったでしょ。小学校を出るとすぐベルト工場に勤めたのよ。ところがね、その頃、そのピンツという小さな町に、プロシャの王様が来たの」

「王様が？」

公園を出たギュツラフと岩吉は、三人のすぐ前を歩いて行く。

「ええ、王様が来たの。その王様にね、叔父は友だちと二人で長い詩を作って捧げたのよ」

「ほう、王様にですか。大胆ですね」

音吉は驚き、久吉に言った。

「わしらがお上に何か書いて捧げるようなもんやな」

「キングやったら、お上ではないわな」

「そうやな、帝かな。お上と帝とどっちが偉いかわからせんけど、とにかく日本でそんなことしたら打ち首やな。直訴みたいなもんやからな」

「そやそや、直訴や。怖いことや」

「キャサリン、それでどうなりました？」

「フレデリック大王は、大変感激なさって、二人が好きな道に進めるよう、取り計らってくださったのよ」

「へえー。首を斬られなかったのですか」

「あら、どうして首を斬られるの？」

「日本なら首を斬られるんです」

「まあ恐ろしい。あなたの国では、そんなに簡単に国民の首を斬るのですか」

「はい。王様のような偉い人に、書いたものをじきじきに差し上げることは、許されていないのです」

「まあ！　どうしてでしょう？　わからないわ」

キャサリンは首を大きく横にふった。金髪が大きくゆれた。その時音吉は、金髪も美しいと初めて思った。

「とにかくね、叔父は王様に詩をほめられて、学校に進むことができたのよ」

「音、わしらもプロシャに生まれたかったなあ。したらわしらも、王様に乙女の姿しばしとどめんでも書いて差し上げるのにな」

「それはあかん。久吉の作ったもんやないでな」

五人はいつしか石畳の細い通りを歩いて、セント・パウロ寺院趾に向かっていた。

五

細く曲がりくねった石畳の道である。両側には人家が立ち並び、八百屋、小間物屋、陶器店、薬屋などが目につく。

「ここが日本人町です」

ギュツラフが岩吉たち三人に言った。

「日本人町？　日本人の町ですか」

驚く三人にギュッラフは微笑して、

「そうです、日本人町です」

と、くり返した。

「では、今ここにいる人たちは……」

三人は改めて行き交う人々を見た。弁髪の男、白人の女、纏足でよちよち歩く女、褐色の肌をした男、縮れた黒い髪の子供、どの一人も日本人とは見えない。

「今も、日本人の血を引いた人がいる筈ですよ。但し純粋な日本人は今はいないでしょう。純粋な日本人がいたのは、もう二百年も前のことですからね」

ギュッラフの言葉に、三人はうなずいた。

一六一四年（慶長十九年）九月、徳川幕府はキリシタンの国外追放を命じた。その時、百四十八名のキリシタンが、マカオ、マニラに逃れて来た。その中には、マニラ到着後間もなく死んだ高山右近がいた。その日本人たちが、これから行くセント・パウロ寺院を二十年がかりで建築したのだと、ギュッラフは三人に語った。

「へえー。ではこのあたりには、とにかくわしらと同じ日本人の血の流れている人間がいるんやな」

久吉は懐かしそうにあたりの人々を見まわした。音吉も一緒になってあたりを見たが、

「舵取りさん、追われて来た日本人を、ここの人はよう置いてくれたわな。追い帰しもせんとな」

と、感じ入った。

「ほんとや。見も知らぬよそものをよう置いてくれたものや」

「けど、追われた人らは、なんぼ泣いて暮らしたか知れせんな。国を追われるのは、死ぬのも同然だでな」

久吉が珍しくしみじみと言い、音吉も、

「全くや。この道を歩きながら、どんなに日本恋しさに泣いたことか……」

と、声をくもらせた。ギュツラフは言った。

「実はね、その百四十八人のキリスト信者たちが追われて来た前の年、マカオにいた日本人が、百人近くもマカオから追い出されているんですよ」

「へえー？　それはまたどうしてですか」

音吉が聞き返すと、

「この辺にはびこっていた海賊はほとんど日本人でしたからね。マカオ人たちは、日本人を嫌(きら)っていたわけです」

ポルトガルが海賊平定(へいてい)に功があって、マカオの居住権を獲得したわけだが、その海賊が和寇(わこう)であった。

「それでも、追われて来た日本人を追い帰さんかったのですか」

「彼らはキリスト信者でしたから……」

「キリシタンといっても、日本人ですから、海賊の仲間みたいなものでしょう。追い帰されても仕方のないことです」

久吉がまじめな顔で言った。

「むろん、日本人というだけで、毛嫌いした人たちは多かったでしょう。けれどもマルチニョ原が先頭に立って、よい信仰生活を送りましたから、次第に日本人たちは信用を回復して行ったのです。神を仰ぎ、苦しみを堪え忍んだのですね」

石畳の道は次第に坂道になっていく。道幅も少しひろがった。

やがて、広い階段が現れ、ギュツラフ、キャサリン、そして岩吉、音吉、久吉の五人が、その階段を登って行った。

七十段程の階段を登りきると、壮麗な壁面の全容が現れた。五層の壁は、十本の太い円柱に支えられ、幾つもの像が柱と柱の間に彫刻されてあった。三層、二層と高くなるにつれて幅が狭くなり、一層の三角屋根の頂に十字架が光っていた。

「何や⁉　壁だけや。これがセント・パウロ・チャーチか」

久吉がぼやいた。と、ギュツラフが、その日本語がわかったかのように言った。

「残念ながら、今年、大風の夜、火が出てこの壁一枚だけが残ったのです」

「今年ですか！」

音吉は、石造りの家でも、焼け落ちることがあるのかと不思議に思いながら、高い壁を見上げた。白い雲がひとつ浮いているだけの、青空の下に、只一枚の教会堂の壁が、不思議なほどに美しかった。第一層には三つの入り口があった。その三つの入り口の向こうに海が見え、大陸の山々が見えた。第二層には三つの大きな窓があり、そこには青空だけが見えた。

「この方はイグナチオ・ロヨラです」

ギュッラフは二層目の右端に刻まれた、どっしりとした男の像を指さして言った。つづいて、次に立っている像を指し、

「彼がフランシスコ・ザビエルです」

と言った。フランシスコ・ザビエルの裾は、風にあおられているかのようにひるがえっていた。

「二人共、イエズス会の創始者です」

ギュッラフは感慨深げに言ったが、三人にはその感慨がわからなかった。

「舵取りさん！　あれ船とちがうか？」

三層目を音吉が指さした。

「ほんとや。船や」

岩吉も興味深げに見上げた。その近くに聖母マリヤの像があった。そして四層目にはキリストの像があった。が、三人は何よりも船の彫刻に心惹かれた。

「何でチャーチに船など彫ったんやろ？」

「ほんとにな。キリシタンとは関係ないやろにな」

久吉も首をひねった。と、岩吉が、

「いやいや、これを建てたのは日本人やと言うたわな。その日本人は、船に乗ってはるばるやって来たのや。その船に乗ってきたということは、大変な事だで。日本にいたければ信仰を捨てればいい。船に乗ったということは、つまりは信仰を捨てなかったということだでな」

「そうか、舵取りさん。これを建てた日本人には、船を彫ったわけがあるんやな。わしらは信仰を捨てられなかったと、叫んでいるのかも知れせんな」

音吉が答えると久吉が言った。

「けど音、ちがうかも知れせんで。またあの船に乗って帰りたいと、ジーザス・クライストの神さんに願ったことかも知れせんで」

「とにかく立派なものを建てたもんや。音、久、そう思わんか」

「うん。二十年以上もかかってなあ。こんな立派なチャーチを建ててなあ。ここの人らも、日本人かて偉いと思うたやろな」

三人は神妙（しんみょう）に壁を見上げて手を合わせた。その三人をギュツラフはじっと見つめていた。キャサリンは少し離れた所で、すぐ傍（かたわ）らのモンテの砦（とりで）を眺（なが）めていた。小高い丘のその砦には、砲台が何門か、黒々と海に向けられ、ポルトガルの兵士が、身じろぎもせずに立っているのが見えた。

六

「今日はうれしかったな。くたびれたけどな」

久吉は木の椅子に腰かけて、上機嫌に言った。今、三人はギュツラフやキャサリンと共に、マカオ見物から帰ってきたところだった。

「うん、懐かしいものをたくさん見たな。先ず、菊な。そして竹林な。あれを見た時、涙が出たわ」

「そうや。竹林が風に揺れているのを見たらな、何や胸が痛うなったわ」

「観音堂に行った時も、うれしかったな。な、舵取りさん」

「うん」

岩吉は、観音堂の山門に掲げられていた「普済禅院」の文字を思い浮かべた。山門の左右に大きな紙提灯が下がっているのも懐かしかった。それにもまして、山門をくぐった時に嗅いだ線香の匂いには、日本に帰ったような、強烈な感動を覚えた。音吉と久吉が、

「線香やあ！　線香の匂いやあ！」

と、大声を上げて本堂のほうに走ったのだ。

音吉も今その観音堂を思い出しながら言った。

「舵取りさん、日本が近いんやなあ。お寺もある、竹林もあってな。すぐそこなんやな

あ、日本は」

「うん。ここは日本のすぐ隣だでな」

「早う帰りたいな。な、音」

「うん。帰りたい。けど……ここにはお寺もあるけど、チャーチもたくさんあったわな」

「ああ、あった、あった。あったっていいやないか。お寺もあったんやから。アメリカにも、エゲレスにもお寺は絶対あらせんかったでな。お寺があっただけで、わしは満足や。やっぱり、アーメンよりナムアミダブツや、ナムミョウホーレンゲキョウはいいな」

「そうやな。わしはな、久吉、お寺を見た時、すぐに良参寺を思い出したわ。良参寺の和尚さん、元気やろか」

「元気や元気や。わしらが帰ったら、目をまるうして、わしらの位牌をどうしようかと、あわてるやろな」

「それはそうと、ここの人らは、よう外へ出てものを食うとるわな。驚いたな」

「ほんとや。人の通る所に卓袱台出してな、外でものを食うんやからな」

「日本であんなことしたら、阿呆やないかと言われるわな」

「言う言う。日本は人前で、あんまりものは食わんわな。客が来たら、すぐに食うとるものをこそこそ片づけるでな」

「いろんな国があるもんやなあ」

「どんなにたくさん国があっても、やっぱり日本が一番ええわ」

「ほんとやな。どうして日本がええんかな。家なら、こっちのほうが立派に見えるけどな」

「なんぼ立派でもあかん。畳も障子もないでな」

久吉と音吉はとめどもなく話し合っている。岩吉はギュツラフのことを思っていた。最後に媽閣廟に行った時だった。香の煙に煤けて、真っ黒になった天井を見、岩吉はギュツラフに言った。

「額の文字も読めませんね、煤けて、よほど参拝の人が多いということですね」

ギュツラフは大きくうなずき、

「そのとおりです。ここは漁師や船乗りが一番信仰している寺でしてね」

それを聞いた音吉と久吉が、

「船乗りにご利益のあるお寺やって。よう拝んでおかにゃなあ」

と言い、岩吉と共に、丁寧に手を合わせた。

目をあけてふり返った岩吉を、ギュツラフは両手を組んで、じっと見つめていた。その時、岩吉は思った。

(はてな?)

考えてみると、ギュツラフはどこの寺に行っても、一度も手を合わさなかった。教会に行っても頭を下げなかった。

（不思議な人や）

岩吉は怪訝だった。この媽閣廟の境内に太い竹林があり、その木立越しに、青い海と船が見えた。その船を見つめていた三人に、ギュツラフは言った。

「どこに行っても、あなたがたは、手を合わせて頭を下げましたね。日本にいても、そうするのですか」

三人がうなずき、久吉が言った。

「はい。わしらは小さい時から、鳥居を見たら手を合わせるものと、教えられてきました」

「とりい？　それは何のことですか」

岩吉は地面に、小石で鳥居の絵を描き、神社には必ずこのような門が立っていると説明した。久吉は、

「日本人は信心深いで、どの神さんにでも、どの仏さんにでも手を合わせるわな。お狐さんでも、馬頭さんでも、手を合わせるわな。だから、鳥居の絵を描いておけば、そこで立ち小便するものはあらせんわな。そのこと、音、ミスター・ギュツラフに英語で話してみい」

音吉は久吉の言葉をギュツラフに語った。ギュツラフは大きくうなずいて、笑いもしなかった。

三人は知らなかった。ギュツラフがなぜ忙しい中をマカオにある教会堂や神社仏閣に三人をつれ出したか。ギュツラフは思い立ったことを、直ちに着手する性格だった。ギュツラフは聖書を和訳するに当たって、先ず日本人の信仰のあり方を知りたいと思ったのだ。日本人の気質を知れば、聖書の中のどの書から訳すればよいかがわかる筈であった。それがわかった上で、翻訳に手をつけたかった。

三人は確かに、信心深かった。何にでも手を合わせた。どこででも頭を下げた。その姿を見て、ギュツラフは新約聖書使徒行伝十七章のパウロの言葉を思い出していた。そこにはこう書かれている。

〈アテネの人たちよ、あなたがたは、あらゆる点において、すこぶる宗教心に富んでおられると、わたしは見ている。実は、わたしが道を通りながら、あなたがたの拝むいろいろなものを、よく見ているうちに、「知られない神」にと刻まれた祭壇もあるのに気がついた。そこで、あなたがたが知らずに拝んでいるものを、いま知らせてあげよう。この世界と、その中にある万物とを造った神は天地の主であるのだから、手で造った宮などにはお住みにならない。また、何か不足でもしておるかのように、人の手によって仕えられる必要もない。神は、すべての人々に命と息と万物とを与え、また、ひとりの人から、あらゆる民族を造り出して、地の全面に住まわせ、それぞれに時代を区分し、国土の境界を定めて下さったのである。こうして、人々が熱心に追い求めて捜しさえすれば、神を見いだせるようにして下さった〉

ギュツラフは、三人と一日行を共にして、パウロの心情がよくわかった。そのギュツラフの胸は、三人と、三人の背後にある日本の国への深い愛にみたされた。そのギュツラフのまなざしが、岩吉の胸に強く焼きついたのだ。

（不思議な目だ）

それは、いまだかつて覚えたことのないほどに、心にひびくまなざしであった。今、岩吉はその目を思って、改めてギュツラフに深い信頼感を持ったのである。

久吉は、そんな岩吉の思いとは関わりのない話をしていた。

「音、お前。あのキャサリンという、女子な、どう思うた？」

「どう思うた？」

「うん、どう思うた？　可愛いと思わんかったか」

「まあな。ようは見んかったでな」

「これだから音は阿呆や。折角一日ついて来たのに、見てやるもんや。それが礼儀というものだでな」

「へえー、礼儀なあ」

「そうや。あの、ぷりぷりっとした白い腕な。愛らしかったわ」

「腕いうたって、袖のついたものを着てて……」

「馬鹿やな、音。袖がついていようが、何がついていようが、あのまるまっちい手首見たら、中身の想像がつくやないか」

「つかんな。第一、手首なんぞ、よう見とる暇なかったわ。見るもん見るもん、珍しかったでな」

「わしはな、音。あのペニヤのチャーチに行った時な、もうたまらんくなってな、つまずいたふりして、二の腕にさわったんやで。知らんかったやろ」

「知るわけないで。あそこのチャーチからは、マカオがひと目で見渡せたやろ。緑がきれいでな。青い海と、泥色の海があってな」

「あのな、あの時キャサリンはな。ニコッと笑うたで。いやな顔せんとな。おれ、すましてな、エクスキューズ　ミー（すみません）と言うたらな。向こうもやさしくな、ノット　アト　オール（どういたしまして）と言うてくれたで」

「それはよかったなあ。久吉には一番うれしいことやったろう」

「うれしかった、うれしかった。いや、うれしいどころじゃないわ。背中がぞくぞくしたわ。それからな、キャサリンはわしを見る度に、ニコッと笑うてくれたんや。どうや、羨（うらや）ましくないか」

「別に」

　音吉は琴の顔を思い浮かべた。

「負け惜しみ言わんと、もう一人のイザベラに、ちょっと当たってみんか」

　久吉の笑う声が、夕ぐれの部屋一杯にひびきわたった。

ロゴス

一

「早いもんやな、マカオに来てひと月過ぎたわ」

　久吉が雑巾を絞りながら、しみじみと言った。今朝もまた快晴だ。毎朝、食事前に、三人は家の中を隅から隅まできれいに掃除する。窓も三日目毎に磨く。「日本人のきれい好きを示してやらんとな」と言い、三人は日々清潔整頓に励む。「只で住まわせてもろうているんやからな」と音吉も口癖に言うのだ。今も三人は、板の間を懸命に拭いていた。それでもイーグル号の甲板掃除よりは楽だ。家は船のようには揺れない。気合棒をふりまわす男もいない。

「ほんとにな。一か月あっという間に過ぎたわな。まだまだ日本には帰れせんのかな」

　音吉は両手で力一杯に雑巾を押しながら呟く。音吉の掃除の仕方は、琴の祖父樋口源六に幾度もほめられたものだ。

「帰れる時には帰れる」

　柱を拭いていた岩吉が、たしなめるように言った。

「帰れる時は帰れるか。舵取りさんの言うとおりや、音」

「したら、帰れん時は帰れんということやな」

「ま、そうや。けど、帰れんことはないやろ。目と鼻の先だでな、日本は」

「そうやな、帰れるわな」

音吉は自分に言い聞かすように言って腰を上げた。

「故里を出て、四度目の正月や。わしが十九、音が十八か。嫁さんもらいたい齢になったわな、音。舵取りさんは、三十二やな、舵取りさんの坊も大きゅうなったろな」

岩吉は答えない。

「けど、こっちの正月は驚いたな。いきなり、バリバリバリ、バン！　と、凄い音を立ててな」

久吉はすぐ近所で、爆竹が鳴ったことを思い出して言った。とその時、玄関のほうで声がした。

「おはようございます」

日本語であった。三人は思わず顔を合わせた。

「日本語や！　舵取りさん！」

音吉が驚く間もなく、ギュツラフが部屋に入ってきた。三人は呆っ気に取られた。ギュツラフが日本語で話すのを三人は聞いたことがなかった。驚いて突っ立っている三人に、ギュツラフは言った。

「きょうから聖書をまなびます。うれしいことです」

たどたどしい言葉ではあったが、それは正しく日本語であった。自分たち以外の者の語る日本語を、三人は国を出て初めて聞いた。答える術も忘れて、三人はギュッツラフの顔をまじまじと見た。目も髪も黒いギュッツラフが、一瞬日本人に思われた程だ。

「あなたがた、おどろきます。わたしの日本語、じょうずでありません」

ギュッツラフは微笑した。

「いいえ、とても上手です。おどろきました」

岩吉が英語で答えた。

ギュッツラフは、メドハーストの著した英和、和英辞典によって、既に日本語を学んでいた。一八三二年、ギュッツラフは琉球で、日本漁船の乗組員たちと、僅かではあったが、日本語で会話を交わした経験もあった。

「じょうずですか。もうすこしはやく、はなしたかったでした」

ギュッツラフは言い、あとは英語で、

「今日から日本語の勉強、聖書の勉強をしましょう。いいですね」

と、念を押すように言うと、驚く三人を残して、ギュッツラフはすぐに部屋を出て行った。

「ああ！　驚いた」

久吉は持っていた雑巾を床に投げつけた。

「ほんとや。ミスター・ギュッツラフが、あんなに日本語がうまいとは知らんかった。人が悪いでえ、な、舵取りさん。わしらの言うた日本語、みんなわかっていたんやないやろか」

「かも知れんな」

　岩吉は再び柱を拭きながら苦笑した。久吉は頭を掻きながら、

「いやはや、参ったで、音。昨日だって、ミスター・ギュツラフの前でわし言うたやろ。嫁にするんなら、キャサリンとイザベラと、どっちがええって」

「ああ、言うた、言うた。そして久は、できればキャサリンもイザベラも欲しいと言うたわな。キャサリンは愛嬌がよく、イザベラはよく働くってな」

「どうも、変やと思うことあったわな。ミスター・ギュツラフは人が悪いな。安心してもう女子の話もできせんわ」

　岩吉がふり返って、

「久、心配するな。ミスター・ギュツラフの言葉はゆっくりや。お前のその早口はようわからせん。それにな、日本語覚えているというても、江戸の言葉と、わしらの言葉と、九州の言葉と、それぞれちがうでな」

「それはそうやな。けど、少しはわかるでえ、舵取りさん」

「まあ、わかったかていいやろ」

「困るわあ。わしは聞かれて悪いことばっかりしゃべる質だでな。わしの言うたこと、みんなキャサリンやイザベラに筒ぬけやないか。恥ずかしいなあ」

「久吉、それは久の願ったとおりやないか。お前、キャサリンもイザベラも好きやってこと、知られたほう、うれしいんやないか」

「おや、音、お前十八になったら、急に人が悪うなったな。ミスター・ギュツラフの人の悪いのが、うつったかな」

三人は笑った。笑いながらも今日から聖書の勉強を始めると言ったギュツラフの言葉が、三人の心にかかっていた。笑い終わると、案定音吉が言った。

「ほんとにバイブルの勉強始めるんやな」

「すっかり忘れていると、安心していたのにな」

年末はクリスマスと公務で、ギュツラフの体は空かなかった。年が明けると、ギュツラフの広東滞在が長かった。だから聖書和訳の話は、単なる思いつきに過ぎなかったかと、三人は安心していたのだった。

「あれだけ話せるんなら、自分一人でやればいいのにな。なあ、久吉」

「ほんとや、音。わしらキリシタンにはさわりたくはないわな。さわらぬ神に祟りなしだでな」

床を拭く手にも、力がこもらない。雀が庭先で、しきりに囀っていた。

二

朝食を終え、時計の針が九時半を指した時、約束どおりギュツラフは岩吉たち三人の前に姿を現した。その一階の大部屋は、日曜日毎に礼拝をする部屋であった。三人は椅子に腰をおろし、机の前に座ったギュツラフを見た。ギュツラフはいつもの親しみ深い微笑を見せて聖書をひらいた。

「今日から、わたしがマカオにいる限り、毎日この時間に聖書を学ぶことにします。よろしいですね」

三人は仕方なくうなずいた。

「聖書は神の御言葉が書かれています。この本ほど大事な本は、どこにもありません」

久吉は頭をひねって、隣の音吉にささやいた。

「どうしてそんなことわかるんやろ。日本のお経だって、ありがたい本だわな」

音吉がうなずく前で、ギュツラフが尋ねた。

「久吉、何か疑問がありますか」

「いえ、別に」

久吉があわてて答えた。

「しかしこの聖書には……」

ギュツラフは言葉をつづけた。

「あなたがた三人が体験したような、船で遭った嵐のことも、書かれてあります」

「へえー、それは知らんかった」

久吉が思わず日本語で言った。

「知らなかったですか、久吉」

ギュツラフも日本語で言った。三人の興味ありげな表情にギュツラフは満足して、再び英語で語った。

「では使徒行伝の第二十七章を、先ずんでみましょう。これは使徒パウロが、暴風雨に遭ったが、信仰をもって神に依り頼み、遂に二百七十六人が無事に助かった話です」

ギュツラフは説明し、ゆっくりと読みはじめた。

〈……幾日ものあいだ、船の進みがおそくて、わたしたちは、かろうじてクニドの沖合にきたが、風がわたしたちの行く手をはばむので、サルモネの沖、クレテの島かげを航行し……〉

ギュツラフの英語は、三人には聞きやすかった。三人はうなずきうなずき聞きいった。遠州灘で嵐に遭った日のことが思い出された。

〈……すると間もなく、ユーラクロンと呼ばれる暴風が、島から吹きおろしてきた。そのために、舟が流されて風に逆らうことができないので、わたしたちは吹き流されるままに任せた。それから、クラウダという小島の蔭に、はいりこんだので、わたしたちは、やっとのことで小舟を処置することができ、それを舟に引き上げてから、綱で船体に巻きつけた。また、スルテスの洲に乗り上げるのを恐れ、帆をおろして流されるままにした。

わたしたちは、暴風にひどく悩まされつづけたので、次の日、人々は積み荷を捨ててはじめ、三日目には船具までも、てずから投げすてた。幾日ものあいだ、太陽も星も見えず、暴風は激しく吹きすさぶので、わたしたちの助かる望みもなくなった〉

三人は真剣に耳を傾けた。わからぬ言葉もあるが、おおよそはわかる。話は、みんなが希望を失った中で、パウロが全員を激励する場面に移った。パウロは語る。

〈……昨夜、わたしが仕え、また拝んでいる神からの御使いが、わたしのそばに立って言った。「パウロよ、恐れるな。あなたは必ずカイザルの前に立たなければならない。たしかに神は、あなたと同船の者を、ことごとくあなたに賜っている。だから、皆さん、元気を出しなさい。万事はわたしに告げられたとおりに成って行くと、わたしは、神かけて信じている。われわれは、どこかの島に打ちあげられるに相違ない」〉

ギュツラフは読みつづけた。パウロの言ったとおり、一同は十五日目にマルタ島に上陸して、遂に救われた。

読み終わってからギュツラフは、地図を書き、出航した港、途中寄った島、嵐に遭った海、そして辿りついた島を示しながら、わかり易く説明した。そして日本語で言った。

「暴風の話、興味ありますか。どう思いましたか」

「バイブルに、こんな嵐の話が書いてあるとは、ほんとに思わんかったわ」

久吉が日本語で呟き、音吉がそれを英語で告げた。

「おもしろい話でした」

岩吉が言った。久吉は、

「けど、たった十五日なら、楽やな」

と、また日本語で言った。が、すぐに英語で言いなおした。ギュツラフは大きくうなずき、

「あなたがたは、十四か月も漂流したのですからねえ。ほんとうに大変でしたねえ」

「それはまあそうですが……ところでミスター・ギュツラフ、これは何千年も昔の話ですね。そんな昔から二百何十人も乗れる帆船があったとは、驚きました」

「千八百年程前のことですが、確かに大きな船があったものですね。けれども、それより何千年も前に、ノアの箱舟という、有名な大きな船があったのですよ」

「ああ、それは聞いたことがあります。な、音、ドクター・マクラフリンに聞いたわな。フォート・バンクーバーでな」

久吉が英語と日本語をちゃんぽんに使って言った。

「ああ、聞いた、聞いた。けど、あれは帆船ではなかったわな。大洪水が来るということで、造った船やったな。水の上に浮かんでさえいればよかった船な」

「ミスター・ギュツラフ、船の話はおもしろいです。もっとほかに、船の話はありませんか」

久吉が身を乗り出した。ギュツラフが、嵐の場面を読んだのは成功であった。三人は俄に聖書に興味を抱いたのである。

「あります、あります」

　ギュツラフは大きくうなずきながら、部厚い聖書の頁を繰った。

「昔々、ジーザス・クライストの生まれる何百年も前の話です。ニネベという悪い町がありました。この町は『血を流す町』とか『掠奪の町』とか言われるほどの悪い町でした。それで神は、ヨナという人に、ニネベへ行き、この町は滅びると、大声で告げなさいと、命じました。ところがヨナは、神の言葉を聞きませんでした。なぜか、わかりますか」

　久吉はうなずいて、

「わかるわな、音。わしらだって、お江戸に行って、この町は悪い町だで、滅びるでなどと、言えせんわな。お上につかまって牢屋にぶちこまれるでな」

「そうやろな。町の人も怒るやろな。つかまる前にたちまち袋叩きに遭うわな」

「そうや、桑原桑原や」

　ギュツラフはその日本語がわかったのか、わからないのか、つづけて言った。

「ヨナは、ニネベには行かずに、タルシシという遠い遠い所へ逃げ出そうとしたのです。そして、港に行き、タルシシ行きの船に乗りました。ところがです……」

　ギュツラフはヨナ書の数節を読み始めた。

〈時に、主（神）は大風を起こされたので、船が破れるほどの激しい暴風が海の上にあった。それで水夫たちは恐れて、めいめい自分の神を呼び求め、また船を軽くするため、その中の積み荷を海に投げ捨てた。しかしヨナは船の奥に下り、伏して熟睡していた。

そこで船長が来て言った。

「あなたはどうして眠っているのか。起きて、あなたの神に呼ばわりなさい。神があるいは、われわれを顧みて助けてくださるだろう」〉

ギュツラフは三人の顔を見た。久吉が、

「嵐の最中に、一人ぐっすり眠っていたとは、胆っ玉の太い男やなあ」

と、感歎して言った。ギュツラフがつづけた。

「しかし、波も風もますます荒れ狂ったのです。それで人々は言いました。急にこんな大風に見舞われたのは、誰かのせいだ。誰のせいか、くじを引いて調べよう。さあ、くじは誰に当たったと思いますか？　ヨナに当たったのです。みんなはヨナに詰めより、お前の仕事は何か、どこから来たか、どこの国の者か、と鋭く問いました。問われるということはつらいことです。ヨナはみんなに言いました。わたしを海に投げ入れてください。そうしたら、海は静まるでしょう。嵐はわたしのせいなのです、と」

「それで、ヨナは投げこまれたんですか」

久吉が、話の先を尋ねた。

「いいえ、人々は船を漕ぎました。陸に戻そうとしました。けれども、海はますます荒れ狂うばかりです。とうとう人々は、神さまに許しを乞いながら、ヨナを荒れ狂う海に投げ入れました。するとどうでしょう。海はうそのように静まってしまったのです」

音吉は、ふと利七のことを思い浮かべた。辰蔵と、狂った利七が、大海の只中に身を投じた日のことが、鮮やかに思い出された。

「さて、海の中に投げこまれたヨナは、どうなったことでしょう。彼は大きな魚にのみこまれたのです。そしてその腹の中で、ヨナはようやく悔い改めました。すると神は、そのヨナの祈りを聞き、ヨナを吐き出すように魚に命じました。助かったヨナは、改めてニネベの町に行き、この町は滅びると、神の言葉を伝えたのです」

やがて話が終わり、ギュツラフが去ると、音吉がつくづくと言った。

「舵取りさん、何や恐ろしい話やったな」

「うん。まあな」

「ほんとやな、音。わしら、バイブルを日本語になおすの、手伝いたくないと思うているけどな、キリシタンの神さまから、逃げられせん言われたみたいな気がするな」

「うん。きっと逃げられせんわ。キリシタンの神さまって、この世界を造った神さまやいうで、どこまで逃げても、役目が終わらんうちは、追っかけて来るかも知れせん」

音吉と久吉は、顔を見合わせて吐息をついた。が、久吉は言った。

「けどな、ヨナは命が助かったわな。やっぱり神さまのいうこと聞いてたほうが、無難かも知れせんな」

三

夕焼け空を映して、今日も二階の窓から見る海が赤い。

「ここの冬は極楽やな。毎日いい天気がつづくわ」

久吉の言葉に、岩吉が答える。

「菊日和やな」

マカオの至る所、今は菊の盛りである。

隣のギュツラフの家から、子供たちの話し声が賑やかに聞こえてきた。

「おう、晩飯やな」

岩吉は、子供たちの声に耳を傾けた。女の子の声が多い。その中に、元気な男の子の声も混じる。窓に倚っている岩吉の顔が和んだ。

三人がギュツラフの家に初めて来た時には、子供たちはいなかった。冬休みでそれぞれ自分の家に帰っていたのだ。その子供たちが帰って来て、もう十日余りになる。

ギュツラフ夫人は、去年の九月から、自宅にミッション・スクール（キリスト教主義の学校）をひらいていた。まだ始まったばかりの学校で、女子が十二人、男子が数人の寺子屋のような小さな学校だった。清国人はまだ白人を恐れる者が多く、この学校に子供を進んで通わせようとはしなかった。だがギュツラフ夫人は、イギリスの小学校に準じた教育を、熱心に子供たちに施していた。その上、清国人の教師を傭って、漢文をも教えていた。その漢文を、岩吉たち三人も、共に習わされた。経費は、印度及び東方女子教育振興ロンドン淑女協会という伝道団体から出ていた。

三人が来た時は、生徒たちは冬休みで、全員家に帰っていたので、岩吉たちはギュッラフの家を、只大きな家だと思っていた。その生徒たちが帰って来る二、三日前から、ギュッラフ夫人は、姪のキャサリンやイザベラと共に生徒たちの布団を干したり、寝台を整えたり、大童だった。見かねて岩吉たちも、掃除を手伝ったり、物を運んだりした。

「確かスクールと言うたわな」

音吉はその時、久吉の耳にささやいた。

「言うた、言うた」

「何や、ホテルみたいやな。ベッドまであるんやで」

二人には、全寮制の学校というものが、のみこめなかったのだ。

いよいよ生徒たちが帰って来る日、夫人はカレーライスを作って、そわそわと待っていた。そして白い長袖の上着を着、髪を整え、高貴の客でも迎えるように、身を整えた。岩吉たちは、子供たちが皆、身ぎれいな金持ちの子であろうと想像した。が、夫人が外に立って待っていた子供たちは、想像の外であった。垢にまみれた服を着、顔に吹き出物だらけの子供もいた。だが夫人は、どの子をも一様に、両手の中に抱きしめ、頬ずりをして喜び迎えた。その様子を、岩吉たち三人は、驚いて眺めたものだ。

「自分の子にだって、ああはできせんな」

眺めながら久吉が言い、

「ほんとや」

音吉はため息をついた。

「よその国の子供なのにな。何であんなに可愛いんやろ」

「わからんなあ。不思議な人や」

「わしらだって、考えてみれば、居候や。どこから金を稼いでくるわけでなし……」

その時、三人はそう言って感心したものだった。

が、それから今日に至るまでの十日余り、三人が見たギュツラフ夫人と、そしてその姪のキャサリンとイザベラの毎日は、更に大変であった。子供たちの日課は、先ず朝の洗面から始まる。数少ない便所に並ぶ子供たちの中には、耐えきれなくなって粗相する者もいる。寝小便をする子もいる。食事の時に皿を落とす者もいる。その一人一人に、夫人たち三人は笑顔を絶やさない。一日で洗濯物が山のようになる。その上、生徒たちに、英語、算術、地理、歴史など、時間割りに従って、懇切に教えていく。見ているほうが疲れるほどの働きぶりであった。

この子供たちの名前を、岩吉たちは間もなく覚えた。特に男の子たちは三人に親しみを見せた。清国人と日本人の顔はほとんど同じだ。その子供たちに、ギュツラフ夫人は何か日本の競技を教えてほしいと頼んだ。器用な岩吉が早速軍配を作り、ひょうきんな久吉が行司役を買って角力をとらせることにした。庭の片隅に棒切れで土俵の輪を描き、久吉が大声で呼び出しをした。

「ひがーしー、木曾の川。にーしー、富士の山ー」

呼んでから、久吉は頭を掻き、ぽかんとしている男の子たちを見、

「音、これでは通じせんわな。イーストやウエストでは感じが出んしな」

音吉も岩吉も笑った。結局は、ギュツラフ夫人に通訳をしてもらって、呼ばれたら順々に東と西から出てくるようにさせた。

こうして久吉は、日本語で醜名（しこな）を男の子たちにつけ、今日までに三度角力をとらせた。この中に久吉に「ちびの山」と醜名をつけられた男の子がいた。その子は容閎（ユンウィン）と言い、生徒たちの中で、一番年下であった。容閎は、マカオの西にあるパテラ島の貧しい家の子であった。入学した時泣いてばかりいたというこの容閎は、体は小さかったが、眉（まゆ）の秀（ひい）でた額のひろい子で、なかなかの利（き）かん気だった。誰と角力を取っても容閎は負けたが、負けても負けても、全身に闘志をみなぎらせて相手に組みついた。一度音吉が相手になって簡単に負けてやると、容閎（ユンウィン）は怒って、再び音吉に挑（いど）んだ。

「利（き）かん奴（やつ）やなあ」

それを見て岩吉が、珍しく声を立てて笑った。もう一人、この容閎に負けぬ利かん気の子がいた。それはキャサリンやイザベラの弟ハリーだった。ハリーは十歳で体もどっしりとして、角力（すもう）も強く、頭もよかった。すべての面でハリーは群を抜いていた。

夕焼け雲を映していた海も、いつしか暗くなっていた。

「そろそろ、飯やな。腹が減ったわ」

久吉が腹をなでながら、椅子（いす）から立ち上がった。生徒たちの食事が終わると、大人たちの食事が始まるのである。

四

今日もギュッラフは広東に行って留守だった。音吉と久吉は、朝飯前のひと時、港に船を見に来た。港には漁船がひしめいている。小さな渡し舟も無数にある。二人は黙って、今帆を上げている大きな船を眺めていた。やがて音吉が呟いた。

「あれ、どこへ行くんやろな」

「地獄やろ」

「久吉、そんな縁起でもないこと言うな」

「板子一枚下は、地獄や言うでな」

「けど、縁起でもないこと、言うもんやないで」

「早う帰りたいで、腹も立つわ」

眩しく光る朝日に、久吉は目を細め、

「何ぼ気候のええ所やって、もう結構や。どの船かひとつ、盗んで帰りたいわ」

「そりゃわしもそう思うで……けどなあ」

「キャサリンもイザベラもええ娘やけど、少し堅すぎるわな。もちっと、わしらの遊び相手になってくれるとええけど、あの鼻たれ小僧たちばかり、なめるように可愛がってな、つまらんわ」

「何や、ふられたんか」

帆を上げていた船が動き出した。

「こんなに仰山(ぎょうさん)船があっても、日本に行く船があらせんのかな、音」

「ほんとにな。船を見ると、何となく胸がしめつけられるわな。この海は日本の海につづいているだでな」

「ほんとや」

二人はちょっと黙ったが、

「今夜はミスター・ギュツラフが帰ってくると言うてたな、久吉」

ギュツラフは、マカオにいる限り、三人に聖書を説いてくれた。獅子(しし)の穴に入れられたダニエルの話や、蛇(へび)に誘われて、食べてはならぬ木の実を食べ、人間がエデンの園から追い出された話などなど、どれも興味深い話ばかりであった。が、三人は、聖書の話がいかに興味深くても、何よりも日本に帰りたかった。

「久吉、ゴッド　イズ　ラブは日本語で何というか、考えて置けと言われたわな」

「日本語で何と言おうと、わしの知ったことか」

「今日は機嫌(きげん)が悪いな、久吉」

「今日に限らんで。いつもわしは悲しみに胸がふさがれておるんや。なあ、おてんとさん」

久吉は朝の太陽を見上げて笑った。

「安心した。久吉が悲しむのは似合わんでな。な、久吉、ゴッド言うたら、日本語で仏さまかな、神さまかな」

「何やまだ言うてる。仏さまでも神さまでもええんや。どうせミスター・ギュツラフにはわからんことだでな」

「いやいや、わかってるで。でたらめは言えんで」

「わかってれば、自分で考えればいいのにな。ま、きっと神さまか、仏さまや。どっちにしても、似たもんやないか」

「ま、そうやろな。けど、キリシタンの神さまは、天も地も造られたそうやな」

「そんなこと、誰が見てたんかな、音」

「久吉は、まぜっかえしてばかりいる」

「怒るな、怒るな。まぜっかえすのが、わしの仕事や。ゴッド　イズ　ラブはな、日本語で言うとな。……音、不思議やな。日本語になおそうとするとむずかしいもんやな」

「そうやな、イングリッシュで言うてる時は、わかるのにな」

「ラブ言うたら音、好きやって言うことやろ。いや、惚れとる言うことかな。アイ　ラブ　ユーは、わしはお前に惚れとるということやからな」

「そしたら？」

「神さまは惚れとる、と言うこととちがうか」

「惚れとるは少し変やな。神さまに色恋はないやろ。神さまは情け深い、はどうや、久吉」

「ラブと情け深いはおんなじか」

「慈悲深いでもいいわ」

「神さまは慈悲深い……か。神さまは惚れとるより、ましやな。けど、日本の神さまは慈悲深いやろか。神罰だの、祟りだの、恐ろしいこと言うでないか。仏さまなら慈悲深い言うけどな」

「仏罰が当たるとも言うで」

音吉がそう言った時だった。久吉が、

「おや⁉ ちびの山だ！」

と、岸べを指さした。

「ほんとや、ちびの山や。どこへ行くんやろ」

「何や！ 女の子たちも一緒や」

小さな容閑を取り囲むようにして、女の子たちが五、六人、つづいて走っている。と、容閑たちは、一艘の渡し舟に素早く飛び乗った。つづいて女の子たちも飛び乗った。舟には船頭が乗っている。舟はゆっくりと岸を離れた。

「今日は舟遊びかな？」

「けど、ミセス・ギュツラフもキャサリンやイザベラもついていないで」

二人は、漕ぎ出した渡し舟に目をやりながら、

「何やおかしいな」

と、顔を見合わせた。

「おや⁉　あれは舵取りさんやで！」

音吉は、渡し舟が出た岸べに駈けて行く男を見て叫んだ。

「音、行こう！」

二人は砂浜を走りながら、

「舵取りさーん」

と、大声で呼んだ。岩吉が二人のほうをふり返った。岩吉のあとに、ミセス・ギュッラフがつづく。

「何やろ？　只事ではないな」

渚に駈けつけた時、二人は容閎が女の子たちと共に、学校を逃げ出したことを知った。

「音、久、お前たちも乗るんだ！」

ギュツラフ夫人の交渉した渡し舟に、三人が身を躍らせた。船頭と計四人で、直ちに櫓を漕いだ。ギュツラフ夫人が「早く、早く」と言いながら、涙をこぼした。小舟の間を縫うように、舟は進む。

「ちびの山、ちびの癖に、いい度胸や」

子供たちの舟を行く手に見つめながら、音吉が感歎した。

「何で逃げたんや、舵取りさん」

「残っている女の子たちの話では、三階住まいがいやになったらしい」

漕ぐ手をとめずに岩吉が言った。三階には女生徒が住み、且つ学んでいる。遊び場所も屋上だ。男生徒たちは一階で、外で遊ぶことができたが、年少の容閎は只一人、女生徒たちの中に入れられて、女生徒同様自由に外に出ることができなかった。

「なるほど、それで逃げ組の頭は、あのちびというわけか」

「そうや。あのちびな、昨日のうちに、船頭と舟の約束を決めていたそうや。そして、女の子全員をつれて、逃げるつもりやったそうや」

四人で漕ぐ舟足は早い。容閎のふり向く姿が、一丁程先に見えた。

「音と久が港に行くと言うたでな。さてはお前たちが逃がしたと思うたで」

岩吉がにやりとした。

「わしらには、ちび程の度胸もあらせん言うことや。負けたな、舵取りさん」

向こうの船頭は観念したのか、漕ぐ手を休めたようだ。岩吉たちの舟が近づくと、女の子たちが泣き出した。ギュツラフ夫人が、子供たちの舟に乗り移った。容閎がきりっと口を結んだまま、眉一つ動かさず、舟の中に突っ立っているのを、音吉は驚いて見た。

二艘の舟が岸に戻った時、ハリーが渚に手をふって待っていた。容閎が舟から下りると、ハリーが飛びついて泣き出した。ハリーが泣くと、容閎もハリーにしがみついて泣いた。見ていて音吉も泣きたい気持ちになった。

音吉たちは知らなかったが、この容閎は、後にアメリカに学び、帰化した。その後清国に戻り、清国の近代化に力を尽くし、歴史に残る人物となった。中華民国最初の国務総理となった唐紹儀は、帝政反対運動ののろしを上げた人物だが、この唐紹儀をアメリカにおいて指導したのが、容閎であった。

また、容閎の肩を抱いて泣いたハリーは、一八六五年（慶応元年）から十八年、駐日公使となったハリー・パークスである。ハリー・パークスは、岩倉具視や勝海舟を、明治維新に走らせた蔭の人物で、且つ明治政府を指導した人間である。第二次阿片戦争誘発の、直接の責任者と言われる一面もあったが、極東勤務文武官として、最初のセントミカエル・アンド・セントジョージ大十字勲章の受章者でもある。

序に付け加えるならば、ハリーの長姉キャサリンは、伝道師で医師のウイリアム・ロカート夫人になった。ロカート夫人は、上海に初めて上陸した英国夫人で、人々の信望が極めて篤かったと伝えられる。またその姉イザベラも、宣教師マックラッチー夫人となり、四十年間、上海において宣教した。そして様々な救済事業に心血を注いだといわれている。

とにかくこの姉妹と容閎に多大の影響を与えたギュツラフ夫妻は、確かに偉大であったと言える。

岩吉は、渚で抱き合っている容閎とハリーを見ていたが、やがて二人が泣きやむと、容閎の小さな体をひょいと抱き上げて肩に乗せ、肩車にして歩き出した。容閎が喜んで機嫌をなおした。その姿を見ながら、音吉がそっと久吉にささやいた。

「久吉、舵取りさんいま何を考えてると思う？」

「そうやな。残してきた子供のことやろな」

「やっぱり久吉もそう思うか。わしな、今思うたで。舵取りさんは、まだ一度も、自分の子を肩車したことはないんやなって」

「そう言えば、そうやな。出て来る時は、坊がまだ小さかったでな」

久吉は、重右衛門と一緒に、岩吉を訪ねた日のことを思い浮かべた。ようやく歩きはじめた岩太郎に、

「ええ坊やなあ」

重右衛門が手を伸ばした。岩太郎はふっくらとした小さな手で、父の岩吉の胸にしがみついた。が、久吉が手を伸ばすと、どうしたわけか、すぐに久吉の膝に移ってきた。

「な、音。わしが舵取りさんの家を知らんかったら、あん時迎えに行かんかったのになあ。したら舵取りさん、船に乗らんですんだんや」

久吉は、前を行く岩吉の背に目をやった。

五

「さて今日からは、いよいよ大変な仕事に取りかかります」

ギュツラフは、今日はターバンを巻いてはいなかった。きれいになでつけられた黒い髪の下に、目の光がいつもより強かった。

(とうとうバイブルの仕事やな)

音吉はつづく言葉に耳を傾けた。

「よろしいですか。今日から、この聖書の言葉が日本語に変わっていくのです。これはまだ、私たちプロテスタント（新教）の世界では、手をつけたことのない大仕事です。それをあなたがた三人が、手伝ってくれるのです。光栄ある仕事です」

ギュツラフは、ひと区切りひと区切り、言葉を区切って、ゆっくりと言った。

聖書を学ぶ時間は、いつも朝の九時半からと決まっていた。隣から生徒たちの歌声が聞こえてきた。ギュツラフは立って行って窓を閉めた。もう一方の窓から、うすぐもりの空が、ガラス越しに見えた。よく磨かれた窓である。部屋は一階の十五畳程の部屋である。大きなテーブルを間に、ギュツラフは三人と向かい合って坐った。テーブルの上には、部厚い聖書、和英英和辞典、ノート、そして鉛筆が二、三本置かれていた。今日までの聖書の勉強は、ギュツラフが聖書を朗読し、そのあとそれをやさしく話して聞かせるというやり方であった。それらは、物語や興味をひくたとえ話が多かった。が、今日は様子がちがった。

「和訳するのは、福音書のヨハネ伝です。福音書というのは、幸福のおとずれのことです。聖書には幸福のおとずれが四つあります。マタイという人が書いたマタイ伝、マルコという人が書いたマルコ伝、ルカという人が書いたルカ伝、そしてヨハネという人が書いたヨハネ伝です」

ヨハネ伝と言えば、ゼネラル・パーマー号の船中で、フェニホフ牧師から聞いた話が心に残っていた。人々が、姦淫の場から女を引きずって来て、イエスの前に突き出した話である。人々はこの姦淫の女を、掟どおりに石で打ち殺すべきかどうかと、イエスに問うた。イエスは身を屈め地面に何かを書いて答えなかった。人々はイエスが答えられぬと見て、かさにかかってイエスに迫った。イエスは言われた。

「あなたがたのうちで、罪のない者が先ずこの女に石を投げつけるがよい」

人々はこの言葉に愧じて、一人去り二人去りして、遂に全部の者が去って行ったという話である。

この話をした時、フェニホフ牧師は言った。「人間は皆罪ある者です。罪のない者は一人もいない」と。この話に、岩吉たち三人は驚いたものであった。自分たちも、お上も、帝も同じく罪ある者なのか。いやそんな筈はないと話し合ったのだ。

ギュツラフが言葉をつづけた。

「このヨハネという人は、ジーザス・クライストの弟子です。大そう長生きをした人です。綽名を雷の子と言われたほどの、激しい性格でした。激しい性格でも、柔和な性格でも、神が使ってくださる時、人は立派な働きをします。今、神は、あなたがたを使おうとしておられるのです。さあ、感謝いたしましょう」

久吉と音吉は顔を見合わせた。真剣なギュツラフの気魄に三人は厳粛なものを感じた。

ギュツラフは祈りはじめた。

「聖なる御神、いよいよ今日よりヨハネ伝の和訳に取りかかります。今日までの御導きを感謝申し上げます。まことに小さく、弱い僕に、このような尊い仕事を与えてくださった御神を、心より讃えます。どうか終わりまで、あなたの聖なる御力を持って、助けてくださいますように。あなたは、不思議な備えをもって、ここにいる三人を今日までお守りくださいました。そして、共に聖書和訳の仕事につかせてくださいました。三人は、今、日本の国の掟のために、この仕事を恐れておりますが、どうか平安を与えてください。この仕事が、どんなに光栄あるものかを三人に知らしめてください。三人の安否を気づかう家族の一人一人にも、豊かな御守りがありますように。日本の国が、天地の創造者、真の御神を受け入れ、御子による贖いを受け入れる日が来ますように、どうか御導きください。和訳を始めるにあたり、我らの罪のために代わって十字架にかかられた御子キリストの御名によって、お祈りいたします」

ギュツラフはしっかりと手を組み、頭を垂れて、ひたすらに祈った。

祈り終わった時、ギュツラフの目に光るものがあるのを、岩吉たちは見た。ギュツラフは、聖書の創世記の第一頁を静かにひらいて読みはじめた。

〈はじめに神は天と地とを創造された。地は形なく、むなしく、やみが淵のおもてにあり、神の霊が水のおもてをおおっていた。神は「光あれ」と言われた。すると光があった〉

そこまで読んで、ギュツラフは三人を見た。

「ここは前にも学んだことがありましたね」

音吉が大きくうなずいた。

「神が光あれと言われると光があり、地が現れよと言われると、その言葉どおりになりましたね。鳥は大空を飛べと言われると、これまた神の言葉どおりになりました。このことをしっかりと頭に入れて、ヨハネ伝を聞いてください」

ギュツラフはヨハネ伝第一章の第一句を読んだ。

「イン　ザ　ビギニング　ウオズ　ザ　ワード」

「さあ、みんなで、一緒に言ってみてください」

三人は、今聞いたとおりにくり返した。

「先(ま)ずこの言葉を日本語に直すのですが、イン　ザ　ビギニングとは、今しがた読んだ創世記の『はじめに神は天と地を創造された』その時よりも、もっと以前を指すのです。天と地が造られるよりも前なのです。さて、イン　ザ　ビギニングを日本語で、何と言ったら一番正しいでしょう」

「……一番正しいか。むずかしいことやな」

岩吉は呟(つぶや)き、両腕を組んだ。

「そうやなあ、音、お前ならどう言う？」

久吉が音吉の顔をのぞきこんだ。

「天地を造るよりも前なら、大昔やけど、イン　ザ　ビギニングは、メニイ　メニイ　イヤーズ　アゴウともちがうわな」

「ちがうな」

岩吉が答え、

「最初、というのはどうや」

「それはぴったりや」

うなずいてから音吉は、

「けど、インザ　ビギニングというのは、最初でいいのかな。ちょっと、ちがうみたいやな。ベストもモーストもついておらんでな」

「それもそうやな」

岩吉は頭をひねり、

「じゃ、『はじまりに』はどうや。よく言うでないか。事のはじまりとか。そもそものはじまりとかな」

「さすがは舵取り（かじとり）さんや。それでいいわ。それに決めたわ、な、音」

久吉はそう言うと、ギュツラフに向かって、

「ハジマリニ」

と告げた。

「はじまりに？」

ギュツラフは念を押し、鉛筆を取るとノートに、「ハジマリニ」と片仮名で書いた。

ギュツラフは片仮名は自由に読み書きができた。

「ありがとう。ハジマリニだね。では、次のワードだがね……」

言いかけると久吉が、

「ワードはわかるな、言葉のことやろ」

ギュツラフは頭を横にふって、

「いや、このワードについては、少し説明をしなければならないのだがね。わたしが今しゃべっているのはワードです。それはあなたがたも知っている。しかし、ここに書かれてあるワードは、只の『言葉』ではありません」

(只の言葉ではない?)

音吉が首をかしげた。

「何と説明したらいいか、大変むずかしいのですが……ギリシャ語にロゴスという言葉があります。このロゴスがここにいうワードなのです」

聞き覚えのない言葉を聞いて、三人は怪訝な顔をした。その三人の表情に気づいて、ギュツラフは考える顔になった。鉛筆を中指の腹で机の上にころがしながら、ギュツラフは一点を見据えた。三分、五分と時が流れた。やがてギュツラフの小鼻に、うっすらと汗が滲んだ。

(大変やなあ。何でこんな苦労をするんやろ)

音吉はギュツラフの小鼻に目を注めて思った。ギュツラフが口をひらいた。

「神が天地を造られた時に、まず何と言われたか、覚えていますね」

「光あれ、と言われました」

久吉の声もまじめだ。

「よろしい。よく覚えていました。神は、天地を造るのに、その手では造られませんでした。言葉で造られました。魚も鳥も、山も木も、言葉で造られました。その言葉、それがつまりロゴスです。ワードです。それは、ここにはありません」

ギュツラフは胸を叩いた。

「ここにもありません」

次に腹を叩いた。

「では、ここにあるんですか」

久吉が自分の頭をさした。久吉に問われて、ギュツラフは自分のたとえが適切でないことに気づいた。ギュツラフは、ロゴスが神の理性であり、真理であると説明したかった。が、そのような哲学的な言葉を具体的に理解させることはむずかしかった。

「神には人間のような体はありません。神は霊ですね。だから、腹も胸もありません。たとえが悪かったと思います」

ギュツラフは、何とかしてロゴスを三人に知らせる言葉はないかと思いめぐらせながら、

「つまりですね、それは天地を創り出す力でもありますし、善悪を判断する知恵でもあります。すべてのものを存在させている秩序でもあります。それらすべてを合わせたも

の、それがここでいうワードなのです」

三人は、わかったような、わからぬような顔を互いに見合わせた。

ロゴスは、言葉、神の理性、秩序、真理の判断者、そして創造力、それらすべてを含む深遠な意味を持つ、ギリシャ語であった。そのような言葉を日本語に訳さなければならないのだ。よくはわからぬままに、三人は今言ったギュツラフの言葉をもとに、覚えている日本語の中から、選び出そうとしていた。

「むずかしいな、舵取りさん」

音吉が頭を抱えた。

「全くやな。力……でもなし、真……でもなし」

岩吉も呟く。久吉は、

「イングリッシュの説明を聞くだけで、頭の中が、くしゃくしゃになるわ」

と、頭をぐるぐるとまわした。音吉が、ガラス窓の外をじっと見つめた。うす雲が晴れて、今日も真っ青な、二月の空だ。

(よその国の言葉を、自分の国の言葉になおすって、大変なことやなあ)

音吉は、ギュツラフの顔をまじまじと見た。ギュツラフは今までに、何か国語にも聖書を訳したという。僅か一語でも、これだけ時間をかけて考えねばならない。音吉は改めてギュツラフの偉さを思った。

と、久吉がひょうきんな声で言った。

「な、音。良参寺の和尚さんな、善悪のわからんもんは、愚か者やと言うたわな」

「ああ言うた、言うた、よう言いなさった」

懐かしい良参寺の境内を思い出しながら、音吉が答えた。

「したらな、善悪をわかる者は、愚か者の反対やろ」

「そうや。それで？」

「したらな、愚か者の反対は、賢い者やろ。どうや、舵取りさん」

今、ギュツラフは、善悪を判断する知恵と、確かに言った。

「なるほど、賢い者か。それがええな」

岩吉がうなずき、ギュツラフに言った。

「かしこいもの」

「カシコイモノ？」

ギュツラフはノートに、その言葉を書いた。岩吉が音吉と久吉に言った。

「イン　ザ　ビギニング　ウオズ　ザ　ワードだでな。『はじまりにかしこいものあった』はどうや」

「はじまりにかしこいものあった……できた、できた、それでできたわ！」

久吉は手を叩いたが、音吉が不審な顔を二人に向けた。

「舵取りさん、ウオズやから『あった』でええんやろけど、かしこいものはもうおらんのやろか」

「さてな？　音、ミスター・ギュッツラフに尋ねて見い」

音吉は英語でギュッツラフに尋ねた。ギュッツラフは、

「いや、それはいつまでもあるものです。今も万物を支配しています」

「ではどうして、ウオズなのですか？」

「なるほど、よいところに気がつきました。このロゴスは、過去にあり、現在にあり、未来にあるものです。とにかく、一番初めの時のことですから、ウオズとしたのでしょう」

音吉はうなずいたが、

「大変やなあ、舵取りさん。ほんとうはウオズで、イズで、ウイル　ビー　やって」

「そりゃあ、ことやなあ。まあ、『あった』ぐらいで勘弁してもらわんか。イングリッシュやってウオズやからな」

「けどなあ……」

音吉はすぐにはうなずかなかった。久吉が音吉の肩をつついて、

「音、あんまり考えるな。『はじまりにかしこいものあった』でええやないか。大したものや。ぐだぐだ言うてたら、日が暮れるでな」

「けどなあ、かしこいものに、『あった』と言うのは失礼やで。な、舵取りさん」

「ま、そう言えばそうやな。それに、これはキリシタンの大事な本だでな。失礼があってはならんわな」

「はじまりにかしこいもの……何と言ったらいいやろ」

「そうやな音、失礼のない言い方なら、『ござる』はどうや。講釈師がよう言うわな。『天野屋利兵衛は男でござる』とかな。侍も使う言葉やで。これなら失礼にならせんやろ」

「なるほど！　なるほどな、それなら失礼にならんわ。はじまりにかしこいものござる」

音吉は口に出して言い、

「いいわ。これでいいわ。これなら、罰も当たらんわな」

と、口もとをほころばせた。ギュツラフはほっとしたように「ゴザル」とノートに書いた。そのギュツラフの手もとを見ながら、音吉は、

「『ござった』がほんとうかな」

と頭をかしげたが、

「昔々も、今も、これからずっと後にもおられるんやから、やはり『ござる』がいいな」

と、ようやく納得した。久吉は、

「ええわ、ええわ、何でもええ。とにかく大したもんや」

と、得意げな顔をした。

「ありがとう。今、訳したところは、聖書の中でも、もっともむずかしいところなので

す。そのむずかしいところをやり遂げたのです。感謝です」

ギュツラフは感動していた。

「そうですか。そんなにむずかしいところなのですか」

「そうです。とにかく、手をつけたら、その仕事は七十パーセントできた、という諺があります。さあ、頑張って次にいきましょう」

ギュツラフが言うと、

「何や、今日はこれで終わったんやないのか」

と、久吉ががっかりしたように言った。音吉が、

「久吉。何や、今始まったばかりやで。はじまりやで」

と、冗談を言った。久吉も岩吉も笑った。

こうして、ヨハネ伝のギュツラフ訳は始められたのであった。

六

四月五日、朝から爆竹の音が窓をふるわせていた。

「何の日やろ？」

久吉が気軽に通りまで出かけて行った。が、すぐに帰って来て、

「みんな、花を持ってな、ぞろぞろ歩いて行くわ。まるで日本のお彼岸のようだで」

「墓詣りか」

岩吉が大きくうなずいた。

「墓詣(はかまい)りする時、バリバリバリッとやるんやな」

久吉は両手を天に突き上げながら言う。音吉が、

「な、舵取(かじと)りさん。爆竹はめでたい時も、災難の時も、鳴らすんやってな。悪いことを忘れて、いい運が来るようにと願うんやってな」

「ふーん。なるほど。しかしあの音なら、悪いことばかりか、いいことまで、ふっとんでしまいそうな音やな」

岩吉はかすかに笑った。久吉が、

「舵取りさん、わしらも午(ひる)から墓詣りに行ってみようか」

「誰の墓詣りや？」

「誰って……」

久吉はちょっと頭をひねったが、

「どこやらに、日本人の墓があるって聞いたやろ。これも何かの因縁(いんねん)や。拝んで来たらどうや。な、音」

「そうやな。賛成や。宝順丸の親方さんや、死んだみんなの供養(くよう)になるかも知れせんで」

フラッタリー岬の山の麓(ふもと)に立てた一本の墓標が、音吉の目に浮かんだ。

（兄さ、淋(さび)しがっているやろな）

思った時、不意に音吉は、吉治郎につれられて宝順丸にしのんで行った夜のことを思い出した。音吉は、何のために行くかを知らなかったが、吉治郎はくすねて取り分けて置いた米を、夜陰に乗じて盗み出そうとしたのだった。あの時、その二人を取りおさえたのがこの岩吉だった。そのことがなぜか不意に思い出された。岩吉は、一旦取り上げた米を、自分の背に負わせてくれた。あの時の男がこの人だったと、音吉は改めて岩吉を見た。

「何を考えとる？　音」

「いや、何でもあらせん。ふっと兄さのこと思い出してな」

米ばかりか、吉治郎は水も盗もうとした。思い出して、つくづく哀れを感じた。誰の墓でもいい、無性に墓詣りがしたくなった。

その日の午後、三人はギュツラフ夫人に断って外に出た。白いちぎれ雲が幾つも、西のほうにゆったりと流れて行く。昨日小雨が降っていたが、今日は風が出て雨も上がった。

「花も線香も持たんで墓詣りか」

音吉の言葉に久吉が言った。

「なあに、街のどこにでも売ってるやろ」

三人の生活費はイギリスの商務庁から出ていた。だから食費を払っても、岩吉たちは少し小遣いを持つことができた。

この半月程、三人はほとんど外出する暇もなかった。ギュッツラフが在宅していたからだ。ギュッツラフのヨハネ伝和訳への熱意は変わらなかった。家にある限り、朝九時半から十二時まで、三人を相手に必ず仕事を進めた。その後一時までは、メドハーストの和英英和辞典を参考に、訳文の再検討に念を入れた。

三人に言葉を選ばせるためには、原語についての説明を加え、僅か一語の説明に、三十分もかけることが度々あった。説明が詳しいために、三人はかえってギュッツラフの意図をつかめぬこともあった。日本においてキリストの教えを一度も聞いたことのない三人にとって、聖書にふさわしい言葉を選ぶことは困難であった。三人の知っている宗教語はほとんど仏教の言葉であった。神道の言葉は、岩吉もほとんど知らなかった。神社で説教を聞くということもなかったからである。

それはともかく、このようにしてギュッツラフ在宅の間は、息をつく暇もない思いであった。港を見に行く気にもなれなかった。それが昨日の午後、ギュッツラフは広東にあるイギリス商務庁に出かけて行った。商務庁の通訳官として、ギュッツラフは幾日も多忙な時があった。

通りに出ると、久吉が言ったとおり、花を手にした清国人たちがぞろぞろと歩いている。弁髪の男や、纏足の女たちも、もう三人には珍しくない。仏桑花の真紅の花が家々の窓や庭に咲き、雞蛋花の白い大きな花がその枝々に咲いている。

「あれ!?　あれ山吹とちがうか」

ピンクの壁で、ひと目でポルトガル人の家とわかるその庭先を音吉が指さした。近づくと、日本の山吹によく似てはいたが、しかし山吹ではなかった。

丘に向かって細い道を登り始めた時、今度は岩吉が言った。

「藤や！ 久、音、藤が咲いてるで」

「藤!?」

久吉が頓狂な声を上げた。白い壁の、清国風の大きな家だった。その庭に、確かに藤の花房が見事に垂れ下がっていた。

「藤があるんやなあ」

音吉も感じ入って、見事な藤の紫に足をとめた。

「お琴の家にあったわな」

久吉が言い、音吉も樋口源六の庭の藤を思い浮かべたところだった。

「やっぱり、ここは日本のすぐ隣やな、久吉」

雞のくぐみ啼く声がした。庭隅に二、三羽、雞が餌を漁っている。

「全くや。日本そっくりやな、舵取りさん」

岩吉は広い背を見せて、坂をゆっくりと歩いて行く。両側にオランダ風の家、ポルトガル風の家が、清国人の家にまじってつづく。丈高いガス灯が所々に立っている。日本の桜に似た紫京花が満開だった。

「早う帰りたいな、久吉」

「ほんとにたまらんわ」

ささやきながら、二人は岩吉の後について行く。

途中に雑貨を売る店があった。その外で、縁台に客を坐らせて髪を刈っている床屋がいた。三人は、軒の低い店の中に入って線香を買った。

ギュツラフ夫人に教えられたとおりに、坂を登って行くと低い平らがあった。大きな菩提樹が幾本かあり、仏桑花の花がここにも群れていた。日本人の墓と言われるその墓地は大きな墓地の片隅にあって、日本風の石碑が疎らに立っていた。が、墓詣りの日だというのに、他の墓のような賑わいはない。それでも、花や果物を供えた墓が幾つかあった。伸び放題の草が風に吹かれてなびく。三人は黙って、二、三十程墓標の立つ日本人の墓原を見た。爆竹の音が絶え間なくとどろく。

「みんな日本に帰りたかったやろな」

音吉が呟いて、すぐ傍の苔蒸した小さな墓の前に線香を立てた。岩吉がポケットからマッチを出して擦った。火は二、三度消えてようやく点いた。薄紫の煙が横に流れる。

「何や、戒名も見えせんで。女やったのか、男やったのか」

苔蒸した墓石をなでながら、久吉は顔を近づけた。

「どんな一生やったろ、な、舵取りさん」

「うん。どんな一生やったかな」

「もう身内はいないんやろな、きっと」

「うん。多分な」

「わしらも、ここでは死にとうないな。死ぬんなら日本や」

久吉の言葉に、岩吉も音吉も大きくうなずいた。岩吉は思った。

（お絹や岩太郎、そして親たちに会えたら、その場で死んでもいい）

これは近頃いつも岩吉の思うことだった。宝順丸で漂流していた時は、岩吉はかえって冷静だった。人間はいつかは死ぬと、自分自身の死をも突き放していた。が、日本に帰れる目処がつくと、日本への想いが切ないほどに募った。

「大丈夫や。三人共、日本に帰れるわ」

久吉が明るく言い、

「そうや、爆竹を買うてくるとよかったな、舵取りさん。ここで景気よく、バリバリっと鳴らすとよかった」

と、残念がった。が、岩吉が、

「眠ってる仏さんを起こしてしまうでな、あの音は。死んだ者は、静かに眠らせておくがええ」

と、隣の墓に近づいて行った。

七

墓詣りを終えた三人は草に腰をおろして、丘の上からマカオの街を見おろした。ここからはモンテの城が見える。城を守る兵隊も見える。セントパウロ教会の焼け残った一枚の壁も見える。そして、茶色に濁る珠江の水と、青い空を映す海が四月の光の下に広がっていた。

「なあ、舵取りさん、人間が死んだら仏さんになるんやろ。神さまにはならんわな」

久吉が傍らの草をむしりながら言う。

「そうとも限らんで、久。天神さまは神さまやけど、九州に流された菅原の道真だでな」

「そう言えば、そうやな。和尚さんがそう言うてたわな」

「けどな久吉」

海を眺めていた音吉が、視線を久吉に移した。

「けど、何や、音」

「けど、ミスター・ギュツラフの話を聞いたら、ますますわからんようになったわな。神は英語で、ザ・スピリットだと言うたわな」

「そうやな。わしら、ゴッドが神やと思うていたがな」

「ゴッドの説明は、何や面倒やったなあ。それでゴッドをゴクラクにしてみたけど、何や気に入らんわな」

「また始まった。ええやないか、音。ミスター・ギュツラフが気に入ったんやから、いいやろ」

「けど、それでいいんかな。神のほうがええと思うたけどな。な、舵取りさん」

草の上に寝ころんで空を見ていた岩吉が、真上を流れて行く雲を見ながら言った。

「わしもようわからんけどな。日本の国には神さまが多いでな。人を神にしたのもあるし、狐を神にしたのもあるし、船玉さまは髪の毛や稲なんぞを埋めて神にしてあるしな。一言で神と言うと、かえってまちがうかも知れせんわな」

「そう言えばそうやな。日本には八百万の神がいるだでな。この山や海を造ったのは神や言うても、ある人はお稲荷さんが山や海を造ったんかいなと思うかも知れせんし、お伊勢さんが造ったんかと、みんなてんでに思うやろな」

「思ったって、ええでないか、音。面倒な話や」

「そうはいかんで、久吉。やっぱり、この世界を造られたお方と、造らんものと一緒にはできせんでな。とにかく、ミスター・ギュツラフは、ゴッドというのは高い所にあって、一番すばらしいものやと、何度も言うたわな、だからゴクラクやと決めたんやけど……」

「決めたんやから、それでいいんや。ゴクラクが一番の神さまや」

「けど久吉、ゴクラク言うたら、場所みたいな気がするけどな。仏さまのいる所のような気がするけどな」

もし日本に天国という言葉があったら、音吉たちはゴクラクとは言わずに天国と訳したろう。天国とは単に場所を意味するだけでなく、神の支配をも意味する。だから必ずしも突拍子もない訳ではなかった。

「仏さまも神さまも似たもんや。あんまり考えると、また頭が痛うなるわ。折角外に出てきたのにな」

「それもそうやな」

　音吉は逆らわなかった。音吉たちは、ギュツラフの説明に従って言葉を探すより仕方がないのだ。昨日でようやくヨハネ伝の二章に入ったが、ギュツラフは今まで幾度も、ザ・スピリット（聖霊）とワードと、そしてゴッドは一つのものだと言っている。そうであるなら、ザ・スピリットを神と呼ぶように、ワードも、ゴッドも神と呼んでいいのではないかと音吉は思う。

「それはそうとな、音。ミスター・ギュツラフは、何でもかんでも拝んではならんと言うたわな。あれがわからんわな」

「わからんな。神棚があれば神棚を拝めばいいし、仏壇があれば仏壇を拝めばいいわな」

「そうや、そうや。道端の地蔵さんを拝んでもいいし、船玉さまを拝んでもかまわんと思うけどな、音」

「エゲレスには神社や寺がないで、日本の事情がよくわからんのかな。どんな偉い人やって、お伊勢さんしか拝まんとか、熱田さんしか拝まんという人はあらせんわな」

「音の言うとおりや。どこにでも頭を下げておかんと、神さまに義理が立たんわな。どれほどの時間がかかるわけでなし。な、舵取りさん」

岩吉は空を見ながら、自分が帰った時のわが家の様子を思い浮かべていた。まさかここに、自分が生きているとは知らずに、絹や親たちは幾度も墓詣りをしたにちがいない。その自分が帰って行ったら、一体家の者たちはどんな顔をして驚くことか。

(まさか、銀次と一緒になってはいまいな)

ふっとそう思った時に、久吉に声をかけられたのだ。

「何やって、久」

「ミスター・ギュツラフが何でもかんでも拝んではならん言うてたわな。けど、わしらは日本人だで、どの神さまにも仏さまにも、義理を立てねばいかんのやないかと、言うていたんや」

「まあ、それはそうだわな。けどな、この頃わしは、ミスター・ギュツラフの話を聞いていて、ちょっと考えが変わってきたで」

「へえー、どんなふうにや、舵取りさん」

白い蝶が二つもつれ合いながら、丘の下のねむの木のほうに舞って行った。

「日本だけでも八百万の神があるわな。世界中にはどれほど多くの神がいるかわからん」

「そうやろ。わしら日本の神さまとキリシタンの神さましか考えんかったけど、ポルトガルとやら、オランダとやら、清国とやら、国はまだまだあるわな。世界中の神さまを集めたら、仰山な数やろな」

「そうや。けどな、人間の世界にも位があるように、神さまの世界にも、位があるのかも知れせんと思うてな」

「位なあ……」

　久吉が頭をひねった。

「ほら、日本ではお伊勢さんが一番格が上やろ。田舎の、小さな祠だけの神さまとちがうやろ」

「それはそうやな。そう言えばお稲荷さんと天神さんとどっちが偉いんやろ。お稲荷信者も多いと父っさまが言うてたで」

「人と狐じゃ、天神さまのほうが上やろ」

　黙って聞いていた音吉が、

「な、舵取りさん。位の低い高いもあるかも知れせんけどな、ほんものの神さまと、にせものの神さまとあるんやないやろか」

「うん。わしも今それを言おうとしていたところや。ミスター・ギュツラフは、この天地を造ったのがジーザス・クライストを遣わした方だと言うたわな。つまりわしらに言わせれば神さまやわな。この天地を造ったのは、その神さましかいないとしたら、これはたった一人やな。あとはみんな、ほんとうの神かどうか、わからせん」

「そうやなあ、舵取りさん。ほんものいうのは一つやなあ。ほんものの神さまに頭を下げんで、ほかのほうにばかり頭下げてたら、こりゃ一大事だな」

音吉は不意に気づいたように言った。久吉もうなずいて、

「ほんとやな、ご新造がな、自分の亭主をそっちのけにして、ほかの男に愛想ようしたら、こりゃことだわな、音」

「なんや、久吉ったら、何でも色恋に置き換える。けど、まあそんなもんやろな。ここにほんとの神さまがいるのに、あれもほんと、これもほんとと言うてたら、ほんとの神さまが怒るやろな。これは大変なことになったわな」

音吉が浮かぬ顔をした。その音吉に久吉が言った。

「だからな、音、考えるなと言うんや。あんまり考えるから、大変なことになるんや。わしら船乗りは、板子一枚下は地獄だでな。誰も彼も信心深いわ。毎朝水垢離とって、神棚に手を合わせたり、船玉さまに手を合わせたり、ようしたもんや。それでええやないか。やっぱり、しきたりどおりに、何にでも頭下げといたほうが無難と言うもんや、音」

「それもそうやけど、もしほんとの神さまにご無礼したら、これはもう申し訳あらせんことやで。わしは何だか、恐ろしいような気がしてきたわ」

音吉の言葉にうなずいた岩吉が、むっくりと起き上がって言った。

「とにかくな、あれもこれもというのは、ほんとの信心とは言えせんような気がする。あれもこれもではいかんのや。ほんとの信心はあれか、これかでなければならんのや。

きっとな」

　またしても爆竹が激しく鳴った。

八

「あれか、これか？　そりゃ無理やなあ、舵取りさん」

　久吉は足もとの草を、再びむしった。音吉も首をかしげて、

「……ま、むずかしいわな。何百万もの神仏のうちから、一つだけ選んで、あれかこれかと決めるのはな」

「むずかしくてもな、信心というものは、只一つのものを信ずることや。それが本当の信心や。ミスター・ギュツラフのいうとおりや」

　岩吉の声が深い。久吉が膝小僧を抱きながら、

「したらな、舵取りさん。ほんとの神はどれなんや。信じたらいい神はどの神なんや」

「そうやなあ……。それは簡単にはわからせんで」

「わからせんでは何を信じていいか、わからせん。わしは、うちのすぐ隣が八幡様の社やったで、八幡様にしようか。な、音」

「一番近い社が、ほんとの神さまとは限らんで、久吉」

「じゃ、八幡様は嘘の神さま言うのか」

「いや、嘘かほんとかそれはわからせん。な、舵取りさん」

「そうやな」

岩吉は、今遠くに去って行く三本マストの船影を見つめていた。久吉が、

「とにかくわしは日本人だで、日本の神様を拝むことにするわ。音はどうや」

「わしはわからん。世界に一つしかない神なら、日本や外国やと、えこひいきするわけはないやろしな」

「そうとも限らんで。それぞれほんとの神さまから、お前は日本へ行け、お前はアメリカに行けって、役目をもろうてきた神さまがいるかも知れせんで」

久吉がまじめな顔をした。

「神さまの手下か」

岩吉が笑った。音吉が考え深げに、

「わしはな、久吉、ほんとの神さまいうのは、やっぱり只一人だと思うがな。海や山や、星やおてんとさんをつくった神さまで、どこの国の者も、同じように可愛がってくれる神さまで、あったこうて、清らかで……そしてな、あ、そうや、忘れてたわ。ジーザス・クライストは十字架にかかって死んだやろ。けど三日経ったら、甦ったわな。こんな話、良参寺の和尚さんにも聞いたこと、なかったわな」

「聞く筈があるか音。あそこはキリシタンではあらせんでな」

「わしはあの、甦った話が好きでな。わしらもジーザス・クライストを信じたら、甦るんやな、舵取りさん」

「うん、わしもそう聞いたが、しかし、そこのところは余り信じられせんけどな」

「けどな、舵取りさん。信じられんようなことをするのが、神仏やろ」

　音吉の言葉に久吉が、

「ちょっと待てよ、音。神と仏は同じやったかな。そこんとこが、わしにはごちゃごちゃや。ま、どっちでもいいことだけどな」

「わしもようはわからん。寺にまつられてるのが仏さんで、社でまつられてるのが神さんと思うてるくらいのところや」

「じゃ、寺にも社にもまつられてない地蔵さんはどうや」

「そうやな、あれは仏臭いわな」

「じゃ、小石積み重ねてつくってある小塚な。あれはなんや」

「なんやろな。仏かな、神かな。な、舵取りさん」

「わしにもわからんな」

「したらな、音。ほら、大きな木にしめ縄張ってあるわな。あれは神が宿ってる言うわな。神木言うからな」

「うん、しめ縄張ってあるものは神や」

「したら、仏木言うものはないのかな」

「聞いたことあらせんな……。舵取りさん、仏と神とどうちがうんや」

「うん。仏言うたら、悟りをひらいた人間を指すと、ミスター・ギュツラフが言うたやろ」

「そうやったかな」

音吉はあいまいな顔をした。

「わしは音ほど、イングリッシュはようわからんけど、日本でも聞いたことはあるわ。お釈迦さんは菩提樹の下で悟りをひらいたとかな」

岩吉は同じ長屋にいた易者の竹軒を思い出した。岩吉を可愛がって、字を教えてくれた易者であった。

「悟りって何やろ」

久吉が尋ねた。

「さてな。要するに悟りって悟りやろな」

「悟りって悟り？　わからせんな」

「悟ってみなければ、わからん心地や」

「なるほど」

久吉は膝を叩いて、

「舵取りさん、うまいこと言うわな。わしな、うちが貧乏だったでな、小さい時、あんこの入ったまんじゅういうもの、食うたことあらせんかった。どんなものかわからせんかった。あんな味やろか、こんな味やろか思うてたわ。したらな、隣のおかみさんがまんじゅうくれてな。あれはうまかったでえ。どんなふうにうまかったかと聞かれても、言えせん味やった。悟りもそんなものやな」

「久こそうまいこと言うで」

岩吉がほめると、久吉は図に乗って、

「あ、そうやそうや、な、音。お前、女の味知らんやろ。わしも知らん時はわからんかった。けどな、女抱いたらわかるんやな。悟りも、悟ってみんことにはわからせんわな」

「また久の冗談がきつうなった」

音吉が苦笑し、岩吉も片頬に笑みを浮かべた。

「悟った者が仏か。悟るってことがわからんで、悟るのはむずかしいことやなあ」

「そりゃむずかしいわな音、久。お釈迦さんかて、出家して、山ん中に何年もこもったんや。そして悟られたんや」

「へえー、そんなこと、舵取りさん、どこで知った？」

「わしら船子は、信心深いだでな、般若経は誰でも上げることができる。そんな序に、親方さんに聞かされたものや」

「なるほどな」

久吉は感心して、幾度もうなずいた。音吉が言った。

「したら、仏さんはこの世を造ったわけではないんやな。神とは全く別ものやな」

「けどな、音。日本では、死んだ人も仏さん言うしな、死んだ人を祀って神さんとするしな。やっぱりごじゃごじゃやな。それよりなあ、舵取りさん。ミスター・ギュツラフたちを見てたら、ふしぎでふしぎでしようがあらせんわ」

先程の蝶であろうか、二つもつれて、再び丘の腹を舞って来るのが眼下に見えた。墓詣りも盛りを過ぎたらしく、爆竹の音も間遠になった。

「何がふしぎや」

「だってな、ミスター・ギュツラフは本を読むか、ものを書くか、人にものを教えるか、誰かを訪ねてお説教に行くか、一日中働いているやろ」

「うん、そうやな。飯さえ、ものを読みながら食べてることがあるわな。それで?」

「つまり、起きてる間は働いているやろ。ミセス・ギュツラフやってそうや。清の国の子供たちを集めて、朝から晩まで、その世話やら、学問を教えるやらで、休む暇がないで」

「久吉の言うとおりやな」

「そればかりでないわ、キャサリンもイザベラも、娘盛りやいうのに、やれ飯の仕度や、洗濯や、掃除や、子供に字い教えるやら、ようあれでふっくり肉がついていると思うほどや」

「で、何がふしぎや」

「働いてばかりだでな、何の楽しみがあるのか思うてな。それがふしぎでならんのや」

言われてみれば確かに久吉の言うとおりであった。ギュツラフ夫妻も、キャサリン、イザベラの姉妹も、体を休める時がないように見えた。着飾って遊び歩くというふうもない。誰に命ぜられるでもなく、それぞれが朝から晩まで懸命に働いている。

「全くやな。酒をのむわけでなし、煙草を吸うわけでなし……」

とうなずく音吉に、

「そうやろ、音。ばくち打つわけでなし、女買いに行くわけでなし。只働くだけや。サンデー（日曜日）言うても、スクール（学校）が休みなだけで、その代わりにスクール・チャーチ（教会学校）もあるやろ。やっぱり体休める暇があらせんのやで」

「そうやなあ。何が楽しみなんやろう、舵取りさん」

「そうやな、多分、働くのが楽しみなんやないか」

「働くのが楽しみ？」

「そうや。そうでもなければ、あんなににこにこして働けるもんやない。特に女は、おもしろうないと顔に出るでな。それが三人の女がみな、えらい機嫌よう働いているわ」

「ジーザス・クライストを信じているからやろか」

「そうだとしたら、キリシタンも大したもんやで」

「そうやなあ、日本のお上が言うような、邪教ではあらせんわな。第一、子供たちの扱いを見ていても、親切や。貧乏人の子も、金持ちの子も、隔てなく可愛がるわな」

「いや、貧乏人の子のほうを、よけい大事にしとるかも知れせんで」

「日本では、金持ちの子は大事にされるけど、貧乏人の子は、人間以下の扱いや」

「うん、船主さんや和尚さんは別やったけどな」

と、また爆竹の音が、うしろでした。三人がふり返るほど大きな音だった。爆竹の煙が墓の上に漂っている。

「話は別やけどな」

元の姿勢に戻って、久吉が横目でちらりと岩吉を見た。

「何や？」

「あの媽閣廟な。ミスター・ギュツラフにつれてってもろうたわな」

媽閣廟は航海安全の守り神として、船乗りの信心を集めている廟であった。この廟の名から、このあたりをマカオと呼ぶようになった。それほどこの地の住民にとっては重要な廟であった。

「うん、その媽閣廟がどうした？」

「船から降りるとな、みんなあそこに詣って、お礼をするんやってな。そしてその足で、女買うてな、病気染って、えらい苦しみをするんやって」

「誰に聞いた？」

「隣のスクールの男先生に聞いたわ。だから絶対に女買いはするなって。……けど、ほんとやろか、舵取りさん」

「病気が染ることか」

「うん」

「ほんとやろ。染るというんなら染るんやろ」

「そうやろか。わしはな、そんなに恐ろしい病気とは思えん。あれは、わしらに女買いさせんようにとの言葉やないやろか」

「久、お前、女を買いたいか」

「聞くだけ野暮や。わしはな、病人でないで。もう大人だで。体がむずむずして、もうかなわんわ。よう舵取りさん、女買いに行くと言わんわなあ。女が欲しうないんか」

「久、俺かて男や。おんなじや」

「なんや、舵取りさんもおんなじか。女欲しいんか。じゃ、頼むから一度、買いにつれてってくれんやろか」

「いやや」

ぶっきら棒に岩吉は答えた。

「いやや？　何でや」

岩吉はちょっと黙ってから、

「わしはな、身に沁みたんや。わしらがケープ・フラッタリーにいた時、ハドソン・ベイのドクターがわしらを買い取ってくれた。高い金を出してな。その恩をわしは忘れられせんのや」

「わしかて、恩は忘れせんで。わしらを救ってくれて、船に乗せてくれて、ここまで送ってくれて。その恩を忘れたら畜生だでな」

「久吉、ロンドンからここに来る途中に、奴隷海岸という所を眺めて来たやろ。人間が人間を、馬か牛のように買う話を聞いて来たやろ。あの話を聞いて、久、何も思わんかったか」

「思うた思うた。哀れやと思うたわ。な、音」

音吉もうなずいた。

「けどな、舵取りさん、女買うのと、奴隷買うのとは、ちょっとちがうんじゃないか。小野浦にだって、女と遊ぶ所はいくらもあるで」

「ある。わしもよう女を買うて遊んだもんや」

岩吉の目がかげった。妻の絹も、その買った女の一人であった。

「なんや、自分でたくさん買うておいて、狡いわな」

「久、わしは、口に出してはお前たちに言って聞かせたことはないがな、わしの女房は師崎で体を売っていた女や。わしはその絹の体を、金で買うて、幾度も遊んだ」

岩吉の暗い語調に、久吉は相槌を打ちかねて只うなずいた。

「そのうちに、絹はわしから金を取らんようになった。金で買われるのはいやだと言うようになったんや」

久吉と音吉は顔を見合わせた。

「それをお絹のおふくろに知られてな。そのおふくろってえのが、因業な婆だった。ま、日本中どこの地方にも、娘を女郎に叩き売った親は仰山いる。特に百姓の家に生まれた女は、飢饉の度に売られたものだ。何もお絹の親だけが、娘を食い物にしたわけではないかも知れせんがな。しかしな、一つ屋根の下に住んでいて、客を取らせるってえのは、何とも情のねえ話だ」

「…………」

「お絹が俺から金を取らんと知って、このおふくろが打ったり蹴ったりの折檻よ。髪の毛を引きずりまわしてな。酷い折檻を俺は見た。身を売らねばならん女というものは、哀れなもんや」

岩吉はしかし、その絹の母、かんを殴って、死に至らしめたことは話さなかった。

「しかしな、馬鹿なものや。自分の女房のそんな苦労を知っていても、女を買うことがそれほど悪いことにも思われせんかった。それがな、自分がハドソン・ベイのドクターに買い戻されて……奴隷海岸の哀れな物語を聞いて、男に買われる女の辛さが、ようやく身に沁みた」

「なるほどなあ、そう言われれば、何や女も買いに行けん気持ちになるわな。な、音」

「うん。第一、わしはもともと、女を買いに行く気など、少しもあらせんかったしな」

「なんで買いに行く気があらせんかった？」

「父っさまがな、女遊びはあかんと、いつも兄さに言うていたでな」

「只それだけでか」

「そうや。それだけでや」

「妙な男やな。男いうもんはな、親に何と言われようと、女買いに行きたいもんや。やっぱり音は、正直武右衛門の子やな。どこかが、わしらとはちょっとちがうわ」

「そんなことあらせんけど……」

「でもな、音。今の舵取り(かじとり)さんの話は、何や胸に刺さったな。聞かんほうがよかったな」

「そんなことよりな、久吉。さっきのつづきや。ほんとの神をひとりだけ信ずるいうたら、どれにする？　そのほうが大変や」

「何や。また信心の話か。わしはな音、正直の話、神さまの話はどうでもいいんや、大きい声では言えせんけど」

「どうでもいい!?」

「何やそんな驚いた顔をして。わしはな、家にさえ無事に帰れれば神罰当たろうと仏罰当たろうと、かまわん気持ちや」

「なるほどなあ。わしかてそんな気持ちになるわ。ああ、日本に帰りたい。一日も早くな」

「そうやろ。何を信ずるかなんて、日本に帰ってからでも遅くはないで」

「それもそうやな。何せキリシタン禁制だでな、日本は。当分は何も信じないほうが安全かも知れせんな」

「安全や安全や。良参寺の檀家(だんか)になっていれば、キリシタンでないという証拠になるだでな。それが一番安全や」

「それはそうや。けどなあ……」

二人の話を聞いているのかいないのか、岩吉は草の上に寝ころんで、目をつむっていた。四月の陽が三人の上にあたたかかった。

合流

一

はっとして音吉は目がさめた。確か、自分の名を耳もとで呼んだ者がいた。

「音吉っつぁん」

それは女の声だった。

「何や、夢か」

音吉は、今の声は確か琴の声だったと思いながら、寝返りを打った。月の光が、窓際のベッドに臥(ね)ている音吉の肩のあたりまで射しこんでいる。故里の夢を見ることは度々(たびたび)ある。そしてさめる度に、言いようのない淋(さび)しさをおぼえる。さめると同時に、今まで見ていた故里の景色も人々も消えてしまうのだ。泣きたいような懐かしさだけを、日本を離れて以来幾度味わわされてきたことだろう。

(もう少しさめんとよかった)

琴の顔を見たかったと思う。琴が何を語るのか聞きたかったと思う。

(今頃(いまごろ)、お琴も寝てるんやろか。父っさまも母さまも、おさとも寝てるんやろか)

ありありと父や母の寝ている姿が目に浮かぶ。久吉が大きないびきをかき始めた。その向こうで、岩吉の規則正しい寝息が聞こえた。

（あとひと月で、マカオに来てから一年経つなあ）

マカオに来たのは十二月だった。菊の花が蕾を持っている頃だった。あれからいろいろな花が、次から次へと咲いては散った。正月の菊を始め、妹さとのように可愛い桃の花、日本の桜のような紫京花、藤の花、山吹に似た黄色い花も見た。真紅のサルビヤ、そして朝顔の花も見た。胡桃の木に似た木綿の木の赤い花もあでやかだった。燃え立つような炎樹の木、赤松、黒松、様々な樹々も四季それぞれに見てきた。桑の実の赤や黒の大きな実も懐かしかった。ついこの間まで石栗の並木を通って、浜に泳ぎにも行った。が、その暑い夏も過ぎた。春には帰れるか、夏には帰れるかと思いながら、とうとう今年も十一月になってしまった。

（今年中に帰るのは無理やな）

今年は正月から、三人は一心に聖書和訳の仕事に取り組んできた。その仕事も、あと二、三日で終わるめどがついた。ヨハネ伝と、ヨハネの手紙、上中下の訳である。

昨日はもう、ヨハネの手紙下巻の半ばまで終わった。久吉は、

「終われば日本に帰れるんやな」

と、弾んだ声ではしゃいだが、岩吉は浮かぬ顔で何か考えていた。それが、音吉には妙に気にかかる。音吉はそっとベッドを下りて立った。窓によると、月が薄雲から出てくるところだった。

（あの月とおてんとさんだけやな。わしらが子供の時から見ていたものは）

音吉は皎々と輝く月をじっと眺めた。こんな思いで月を眺めることがあろうとは、夢にも思わなかったことだ。小野浦の、あの貧しい自分の家や、裏の畠や、小野浦の浜を、この月は照らしているのだ。琴の家の土蔵の白壁にも、松の木影をくっきりと映して、月は照っているにちがいない。音吉は泣きたいような気がした。

（わしらがここにいるとも知らんで……）

音吉はふと、父母や琴の夢の中に、自分が現れているのではないかと思った。自分が夢を見る時は、自分の一念が向こうに届き、向こうが音吉の夢を見る時は、その一念が自分に届くのではないかと思う。朝に目ざめて思うのは、父母や、妹、そして琴のことであり、そして夜寝る時もまた焼けつくような思いで、小野浦を思う。

（そうや、向こうも度々夢にみてるわ。わしもこんなに思うてるだでな）

音吉は月を見上げたまま、そう思って自分を慰めた。

（バイブルの仕事さえ終われば、きっと帰してくれるわな）

音吉たちはマカオに来るまで、こんな仕事が待っているとは想像もしなかった。ギュツラフは、

「歴史に残る仕事です。神の喜び給う仕事です」

と、幾度も励ましてくれた。最初のうちこそ迷惑だと思いはしたが、かれが、本気で、命をかけてキリストを信じていることを次第に思わぬわけにはいかなかった。

「日本の人々にとって、ジーザス・クライストがどれほど大事な方か、今にあなたがたもわかるでしょう」

ギュツラフはそうも言った。久吉は頭を大きくひねって、

「ミスター・ギュツラフ、日本にこれを持って行くつもりですか」

と、呆れた顔をした。

「もちろんです」

「それは無駄や。すぐに焼かれてしまうでな」

「わかっています、お国の事情は。けれども、神の言葉は残ります。焼かれても焼けないものが残ります」

その言葉が音吉の胸に残った。ギュツラフが、焼かれるかも知れないと知りながら、一年近くもかけて、この翻訳に取り組んできたのだ。ある時は食事を取ることも忘れ、ある時は明け方まで、鉛筆をその手から離さなかった。

(そうか、言葉は焼け失せてしまわんのか)

焼けないものがこの世にはあると、音吉も信じられるような気がした。

ギュツラフはこのあと、十五年後に、四十八歳で香港で死んだ。その臨終の床で、ギュツラフは新約聖書コリント第一の手紙十五章五十七節の「主イエス・キリストにより て勝を得しむる神に感謝す」の聖句を明確に言い残し、両手を天に上げながら、「勝利」「勝利」と叫んで果てた。

このギュツラフの真剣なあり方を、音吉は十八歳の若者であるだけに、大きな感動をもって感じ取っていた。

「音、どうしたんや」

久吉が不意に声をかけた。階下で柱時計が二時を打った。

「どうもせん」

「眠れせんのか」

「うん。月がきれいだでな、眺めていたんや」

「月など眺めていたらな、ますます眠れせんで。明日はまた、バイブルの仕事があるだで、早よ寝たらええわ」

久吉の声がやさしかった。音吉はうなずいたが、ふり返ることができなかった。

二

翌日午後、予定の聖書和訳の仕事も終わった。昼食を終えた三人が、ほっと自分たちの部屋にくつろいでいた。

「うまい豆腐やったな」

久吉は今しがた食ってきた豆腐と野菜のあんかけを思い出して言った。

「そうやな。けど、一度湯豆腐か、冷や奴で食うてみたいもんやな」

岩吉も今日は少し口が軽い。明後日には必ず聖書和訳の仕事は終わると、ギュツラフが言ったからだ。

「舵取りさん、冷や奴で一杯、といきたいんやろ。しかし、よう酒も飲まんで我慢しとるわなあ」

久吉が、盃を口に運ぶ真似をしながら言った。

「久、人間ってな、妙なものや。馴れれば馴れるんや。酒がなきゃあないように、あればあったように……」

「ふーん。そう言えば、そうやな。岬にも酒はあらせんかったしな。わしらかて、味噌汁がないでも、何年も生きてきたでな。たくあん漬けがなくてもな。わしなど、たくあん漬けと味噌汁がなければ、生きていけんと思うてきたけど、なくてもよう生きてきたわ」

「それがわからんのやな、ふだんは」

音吉も相槌を打つ。

「けど、女は欲しいで。よう夢を見るわ。夢ん中だけで間に合わすわけにもいかんでな。早う帰って嫁さんもらいたいわ」

久吉の言葉に、岩吉も音吉も笑った。が、笑えないものを音吉は感じた。

「帰れるんやろな、舵取りさん」

「その筈やがな」

岩吉の声が沈んだ。みんな思い思いの姿勢で椅子に腰をおろしている。三人は、水主だった時からの習慣で、朝に夕に部屋をきれいに清めていた。ベッドの上の毛布も、のし餅のようにきちんと四角に折って置かれてある。

「その筈？　そんなもんではあらせんやろ。これからまさか、マタイ伝だの、何だのを日本語に訳すなどとは言わんやろ」

「それは言わんがな。まだはっきりした話を聞かんでな」

「これから帰る話が決まるんやないか」

久吉は楽天的だ。

「ま、そうやろな」

気を取り直したように岩吉がうなずいた。

「そうに決まってるわ。正月になったら帰る話は決まるで。したらな、マカオから日本までは、ひと月もかからせんという話だでな。この足で、日本の土を踏めるんやで。この足でな」

久吉の言葉に、音吉は片足を膝の上に置き、その足を見ながら思った。

（そうや。この足で小野浦の土を踏めるんや。自分の家の土間に立てるんや）

「そうやな」

何かを考えている岩吉の声であった。

「したらな、舵取りさん。今度の正月が異国での最後の正月やで。父っさまや母さまに会えるんやで。そしてな、日本の物ばっかり食えるんやで」

「ほんとやな、久吉。また二人で、あけびを取りに行こ」

「行く行く。けど、考えてみたら、いろんなもの食うてきたな。ケープ・フラッタリーでは、みんなの残り物食わされてな」

「食うた、食うた。が、それよりこわかったのは、初めて畜生の肉食うた時やったな。罰当たらんかと思うてな」

「肉食うて罰当たるいうのは、日本だけやな」

「そうや、肉食うて身が汚れるのは日本だけや」

「アメリカでも、エゲレスでも、肉食うたからって、それで誰も祟られたふうはあらせんわな」

「所変われば品変わるいうてな、罰当たらんようになるんかな」

「ま、そんなもんかもな。それはそうと、清国の食い物もうまいなあ。作り方覚えといて、日本に帰ったら、父っさま母さまに食わしてやりたいわ」

久吉と音吉が語っている時だった。階下の玄関にギュツラフの声がした。

「何やろ？　また勉強やろか」

久吉が呟いた時、既に音吉は階段を駈けおりていた。つづいて岩吉も久吉も部屋を出た。階下の客間に、ギュツラフと一人の若い紳士が三人を迎え入れた。紳士はチャールス・ウイリヤム・キングといって、まだ二十五、六歳のアメリカ人であった。キングはオリファント商会の共同出資者で、オリファントと、キングの父が従兄弟であった。二、三日前アメリカからマカオに着いたというキングは、疲れを知らぬよい血色を見せていた。紹介が終わり、握手を交わすと、椅子に坐ったキングが言った。

「岩吉、久吉、音吉。わたしは、実はあなたがたに会いたかったのですよ」

三人は驚いてキングを見た。

「どうしてですか」

岩吉が尋ねた。

「それはですね。今年の一月でした。ヨーロッパからアメリカに帰る船の中で、あなたがたの噂を聞いたのです」

「ほう、誰からです」

久吉が身を乗り出した。

「ハドソン・ベイの支配人ジョージ・シンプソンからです」

三人は大きくうなずいた。ハドソン湾会社はインデアンの奴隷であった三人を、大金を払って救ってくれた会社である。ドクター・マクラフリンや親切なグリーン夫妻を思い出しながら三人はうなずいたのである。

ジョージ・シンプソンにはロンドンで会っていた。

「ミスター・シンプソンは、あなたがた三人のことを大変心配していました。何とかして日本に帰して上げたいと言っていました。そして、勇気ある人々だとほめていました」

「…………」

「ところが、この間清国に着いた時、わたしはあなたがたがマカオにいると聞いたのです。一度ぜひ会いたいと思ったのです」

「ご親切に、ありがとうございます」

岩吉の言葉と共に、三人は頭を下げた。キングは、今まで見たアメリカ人やイギリス人の中でも、特に清らかな風丰をしていた。貿易商というより、神に仕える者のような雰囲気があった。

ギュツラフが言った。

「わたしが、聖書和訳をあなたがたに手伝ってもらった話を知らせたところ、ミスター・キングは大変感激なさってね」

キングは大きくうなずき、

「すばらしいことです。神はあなたがたに、この光栄ある仕事に参加させるために、はるばる太平洋を横断させ、ロンドンを経て、マカオまで導いてくださったのかも知れません。あなたがたはすばらしいことをなさいました」

久吉は大きく手を横にふり、朗らかに言った。

「どういたしまして。わたしたちはミスター・ギュツラフに日本語で何というかと聞かれたことを、答えただけです。ミスター・ギュツラフは、本で調べたり、一心に説明したり、大変でしたが……な、音、そうやな舵取りさん」

最後の言葉を久吉は日本語で言った。ギュツラフは、

「いやいや、わたしも苦労しました。三人も大変苦労しました。わたしが説明する。なるべく的確な言葉を得たいと、詳しく言えば言うほど、彼らにはわからなくなるのです」

「なるほど、それはわかります」

「どうしても言葉が出て来ない時は、わたしがメドハーストの和英英和辞典をひらいたり、モリソン先生の英華辞典をひらいたりして、悪戦苦闘でした。しかし、もう少しで終わります」

ギュツラフは立って行って、書棚の引き出しから草稿を取り出した。受け取ったキングは、

「ほっほう！」

と声を上げた。初めて見る日本の文字であった。

「これが日本の字ですか」

「はい。しかし、日本は文字の多い国で、漢字もひら仮名もあります。岩吉がインデアンの地で書いた手紙には、漢字が多く使われています。だからマクラフリン博士でも、三人が日本人だとは思わず、清国人だと思ったそうです」

ギュツラフはいつもの調子で、熱っぽく語った。

「けれどもわたしは、一般の人たちに読んでもらうために、片仮名を使うことにしたの

です。そして、できる限り庶民の語る言葉に訳してもらったのです。音吉、これを読んで、聞かせて上げなさい」

音吉はうやうやしく頭を下げ、読み始めた。

「ヨハンネスタヨリ　ヨロコビ

ハジマリニ　カシコイモノ　ゴザル。コノカシコイモノ　ゴクラクトモニゴザル。コノカシコイモノワゴクラク。ハジマリニコノカシコイモノ　ゴクラクトモニゴザル」

澄んだ声である。

「……ヒトノナカニイノチアル、コノイノチワ　ニンゲンノヒカリ。コノヒカリワ　クラサニカガヤク、タダシワ　セカイノクライ（暗い）、ニンゲンワカンベンシラナンダ」

日本語を知らぬキングが、日本人の音吉が読む日本語の聖書を、うなずき聞いていた。その顔に深い感動の色がみなぎっている。

ギュツラフは、音吉がヨハネ伝の第一章を読み終えると、続いてヨハネの手紙上巻に移らせた。

「……テンノツカサヒカリ、ヒトノナカニクラサワナイ。ワシドモヒトワトモニホヨバイアルトユウ、クラサノナカニ　アヨベルナラバ　ワシドモウソヲユウ、マコトヲツクラヌ。……」

言葉を超えた何かがキングの胸を打った。キングはこの三人を、命にかけても日本に帰そうと、心の中に決意した。

三

音吉はギュツラフに命ぜられるままに、和訳した聖書を読んでいく。

「カワイガラレタヒトビト、ワシドモ　カワイガリヤエヨ。メグミ　ゴクラクカラクル、ミナカワイガルニン（人）、ゴクラクカラウマレタ、テンノツカサヲシル……」

これはヨハネの第一手紙四章七節であり、現行訳では次のようになっている。

〈愛する者たちよ。わたしたちは互に愛し合おうではないか。愛は神から出たものなのである。すべて愛する者は、神から生れた者であって、神を知っている〉

熱心に聞いているキングの顔を、岩吉は驚いて見つめていた。聞いたこともない日本語の聖書は、一語もわからぬ筈だ。にもかかわらず、なぜこのキングは、これほどに真剣に聞いているのだろう。岩吉がそう思った時、ギュツラフが言った。

「ありがとう、音吉。上手に読んでくれましたね」

つづいてキングも言った。

「ありがとう、ありがとう。言葉はわからないが、あなたがたの努力は、わたしの心を打った。ほんとうにありがとう」

キングはそう言うと、しっかりと音吉の手を握り、つづいて久吉、岩吉の手を順に握った。あたたかい力強い手であった。

話は漂流のことに移り、一時間ほどして三人が部屋を出て行くと、キングが改めてギュツラフに言った。

「それにしても、長い漂流によく耐えたものですね。彼らの精神力には驚きました」

「全くです。生ける神が彼らに力を与えたとしか思われませんね」

「そうかも知れませんね。そして、あなたのこの度の聖書和訳に協力させてくださったのですね。しかし、僅か一年で、日本語に訳するとは……お噂は聞いていましたが、あなたの語学力にも驚きました」

「いえいえ、お恥ずかしいものです。何せ、参考書がほとんどないものですから。とにかくあの三人の助けがなければ、ここまではできませんでした」

「いやいや、大したものです。何しろ商務庁の重要な任務を遂行しながらなのですから」

「お言葉恐れ入ります。すべては神の恵みです」

「ところでミスター・ギュツラフ。わたしたちのオリファント商会では、今度福音船を造りましてね」

「ああ、伺っておりますとも。今、マカオに来ているヒマレー号のことですね。全く御社の伝道熱心には、伝道者のわたしたちが恥ずかしくなるほどです」

　ギュツラフの言葉は世辞ではなかった。オリファント商会は、イギリスの東インド会社の商売仇だったが、キリスト教の伝道に極めて熱心であった。自社の船に、幾人もの宣教師を無料で乗せ、アメリカから清国に送りこんでいた。そればかりか、海外伝道会のために、広東に建物をも用意して、その活動を助けていた。そしてこの年福音船ヒマレー号を進水させたのである。

「いやいや、いささかのことです。神の恵みで、わたしたちも利益を得ているわけですから、少しは伝道のために捧げなければ……。そのヒマレー号が、十二月の初めにマカオを出航する予定なのです」

「ほほう、来月ですか。どちらに向けて出帆するのですか」

「セレベス、ボルネオ方面です」

「では……」

ギュツラフの目が輝いた。

「ミスター・キング。ヒマレー号で、わたしのこの原稿を、シンガポールに届けていただく訳には参りませんか。シンガポールで印刷の予定なのです」

「おう！　それは光栄です。ぜひお役に立たせてください」

「ありがとう、ミスター・キング」

ギュツラフが喜びの声を上げた。テーブルの上に飾られていたハイビスカスの花が、かすかにゆれた。

「ところでミスター・キング。ヒマレー号は、いつマカオに戻ってきますか」

「来年の五月か、六月でしょう。戻るとすぐに、清国、朝鮮に行くことになっています」

「では、おねがいがあります。その時に、あの岩吉たち三人を、日本に送り帰してはいただけませんか」

ギュツラフは持ち前の性急ともいえる熱心さで、いきなり頼んだ。

「そうですね。イギリスの政府がお望みなら、喜んで」

「ありがとう、ミスター・キング。これで安心しました」

ギュツラフの顔に安堵のいろがひろがった。

「実はミスター・ギュツラフ。わたしも彼らのためには、何とかして上げたいと、先程から思っていたところです。只、このことは、慎重に計画を練らなければなりませんね。充分に時間をかけましょう」

キングは考え深げに答えてから、

「話は変わりますが、ミスター・ギュツラフ。あなたが日本のために、ヨハネ伝とヨハネの書簡を選ばれたのは、なぜですか。マタイ伝やルカ伝のほうが、どこの国の言葉に訳すにしても、たやすいと思うのですが」

キングは聖書和訳に話を戻した。

「ええ。そのことは皆さんによく言われるのですよ。確かにたとえ話の多いマタイ伝やルカ伝のほうが、翻訳は容易です。何せヨハネ伝は、形而上的に過ぎますからね」

「全く。四福音書では、一番取っつきにくい福音書です」

キングが微笑した。

「しかし、わたしはモラビア兄弟団（キリスト教の一派）に深く関わっておりますから、ヨハネ伝こそ、キリストの神性をもっとも明らかに示していると信じているのです。また、ヨハネの書簡は、人間が生活していく上に大事な兄弟愛について書かれてありまするし……」

「なるほど。おっしゃるように、ヨハネ伝に示された真理は、確かに深いものです。ヨハネの書簡は、わたしたちの生活に欠かすことのできない愛が、述べられてあります。それでわかりました」

「ミスター・キング。わたしがヨハネ伝を選んだのは、それだけではありません。彼ら三人とマカオの社寺を巡った時、わたしは彼らが、どこに行っても頭を下げることに気づいたのです。彼らは、何にでも手を合わせるのです。それでわたしは、アテネの、あの『知られざる神に』手を合わせる記事を思い出したのです」

「ああ、使徒行伝にある、あのアテネの神々のことですね」

「そうです。おっしゃるとおりです。ミスター・キング。それでわたしは、キリストの神性を確実に伝えるヨハネ伝を選んだというわけです」

キングは深くうなずき、じっとギュツラフを見つめた。が、そのキングの目に、なぜかちらりとかげるものがあった。それが何であるかを、ギュツラフはその時は知ることができなかった。

四

「なあ、音。ヒマレー号は、もうとうにシンガポールに着いたやろな」

庭の芝生に、芝刈機を押していた久吉が、手をとめた。明るい三月の空が、大きくひろがっている。ミセス・ギュツラフの、生徒たちに英語を教える声が庭に聞こえてくる。

岩吉と音吉は、生垣に大きな鋏を入れていた。

「久吉ったら、毎日ヒマレー号の話やな」

音吉は鋏の手をとめずに言う。

オリファント商会の福音船ヒマレー号が、ボルネオ、セレベスに向けてマカオを出帆したのは、四か月前の十二月三日であった。その船には、和訳されたヨハネ伝とヨハネの書簡の草稿が託され、シンガポールの印刷所に届けられることになっていた。そしてそれは、木版刷りになる筈だった。ヨハネ伝だけでも千五百部以上印刷される予定であった。

「だってなあ、音。当たり前やないか。船が帰ってきたら、その船で日本に帰れるんやで、なあ舵取りさん」

「ま、帰って来ればな」

岩吉は不愛想に答えた。船というものは、必ず無事に帰ってくるとは限らぬものなのだ。そう岩吉は思っている。

「帰って来ればな、か。舵取りさんは時々いやなことを言う人やな」

久吉はまた芝刈機を押し始めた。その音があたりにひびく。芝刈機の通った跡の筋目が美しい。

「久吉、ほんとに、帰って来なけりゃ、どうなるんやろう」

音吉の持つ鋏がとまった。

「帰って来るわ」

久吉はこともなげに言いながら芝刈機を押して行く。

「けど、帰らんかったら、どうするんや」

「その時は、別の船を仕立ててくれるやろ」

「じゃあ、ヒマレー号が帰らんでも、ほかの船でさっさと帰らせてくれるといいのにな」

音吉が呟く。

「それもそうやな」

芝刈機を離れて、久吉は音吉の傍に来た。

「ほんとや、音の言うことはほんとや。何もヒマレー号で帰らんならんことはないわ。もうバイブルの仕事は終わったしな。ええ気候になったしな。一日も早う帰して欲しいわ」

「そうやな。けど、世話になっとるだでな。わがままは言えせんわな」

「音、わしはな、わがままいいたいんや。いや、わがままではあらせん。このマカオに来てからでも、もう一年と四か月も経ったんやで。日本はすぐ隣というのに、何でそんなに長く、ここにいなければならんのや」

「ほんとや。わしもそう思う。父っさまのことひとつ考えても、病気が悪うなって、死にやせんかと思うと、気が気でないわ」

「そうやろ。死んでから帰ったんでは、何にもならせんで。無事な顔を見せて、早う安心させてやらんとな」

「音、久。ぐだぐだ言わんと、さっさと仕事をせい！」

岩吉の声が飛んだ。二人は首をすくませ、顔を見合わせたが、それでも久吉は素直に芝刈機に戻った。

と、その時、玄関のほうが騒がしくなった。

「何やろ？」

久吉がふり返ると、岩吉が再び叱った。

「きょろきょろするな。まるで餓鬼や」

再び久吉は首をすくめ、今度は熱心に芝を刈り始めた。音吉は、久吉の言うのも無理はないと思った。確かに、すぐ目と鼻の先に日本があるというのに、なぜここに一年四か月もの長い間、留め置かれなければならなかったか。音吉も不服だった。

だが、三人には詳しいいきさつは知らされていなかった。三人がマカオに着いた時、ロンドンから三人を乗せて来たゼネラル・パーマー号の船長ダウンズは、英国商務庁（貿易監督庁）と、三人の送還方法を協議した。この結果、ひとまずギュツラフ宅に三人を預けることにし、次官のエリオットが三人の帰還について直接責任を取ることになった。このエリオットは、長官ロビンソンの質実なあり方とは対照的に、武力をもってでも各国との通商を強行しかねない人間であった。次官エリオットは、ひそかに日本への通商をねがって、岩吉たち三人を、イギリスの軍艦で日本に送り帰したい旨（むね）を、長官ロビンソンに書き送った。次官エリオットはマカオに駐在していたが、長官は伶仃島（リンテイン）にいたからである。この手紙は三人がマカオに着いた年の、一八三五年十二月二十五日に書かれた。

　次官エリオットの手紙を受け取った長官ロビンソンは、岩吉たち三人の意向を文書で提出させ、印度（インド）総督（そうとく）とイギリス外務省に上申した。上申書（じょうしんしょ）には、三人のマカオ滞在費と、日本へ回航する軍艦を要請する旨が書かれてあった。一八三六年三月一日付で書かれたこの上申は、恐らく九月にロンドンに着いたのであろう。外務省は同年九月十四日付で回答を発している。

〈三人の日本人は、日本向け清国帆船によって日本に送り帰すこと。尚（なお）その費用は大英帝国駐華貿易監督庁（商務庁）の緊急費より支出のこと〉

　この文書がマカオに着くには、再び数か月を要した。イギリスとしても、徒（いたず）らに三人を留め置いた訳ではなかった。ギュツラフはこれら手続きに要する日数を予想して、急いで聖書和訳に手をつけたのであった。が、三人にとってはギュツラフへの協力のために留め置かれたように思われたのである。

「ロンドンに着いた時は、発つまでに十日しかなかったのになあ」

久吉と音吉は幾度もそう言ったが、ロンドンには最高機関の政府があって、短時日に決定できたことなど思い見る余裕もなかった。

(何やろな、今の騒ぎは)

久吉がそう思った時だった。三人の住む家の窓からキャサリンが顔を出した。

「早くいらっしゃい。驚くことがあるのよ」

キャサリンの大きな目が、一層大きく見ひらかれていた。

「驚くこと？　すばらしい美人でもやってきましたか」

久吉が冗談を言った。

「いいえ、日本人が来たのです！」

「日本人⁉」

三人は同時に叫んだ。

「そうよ。だからすぐにいらっしゃい！」

三人は思わず顔を見合わせた。

「舵取りさん！　日本人って、お上やろか」

久吉が声をひそめて言った。

「かも知れん」

岩吉も低く答えた。

「そうや！　きっとお上や。どうする？　舵取りさん」

音吉の顔が青ざめた。

「まさか、お上がここに来るわけはあらせん、とは思うが……」

岩吉は見据(みす)えるように家のほうを見た。

「わしら、キリシタンの手伝いをしたでな。知られたらどうしよう」

音吉には何よりも不安なことだった。

「ほんとや。内緒のことだでな。これが洩(も)れたら打ち首や」

「何しに来たんやろ。キャサリンがすぐに来いと言うたわな」

三人は額を集めて、ぼそぼそと語り合った。

「とにかく、バイブルのことは、口が裂けても言うてはならん。いいか、久、音」

「言う訳あらせん。けど、ミスター・ギュツラフやミセス・ギュツラフが言わんやろか」

「あれだけ頼んであるだで、言わんやろ」

「けど、ハリーがうっかり言わんやろか」

「それはわからんな。ハリーはまだ餓鬼(がき)だでな」

「大変なことになってしもうたわ」

久吉の言葉を聞きながら、音吉は思った。

（日本人がこんなに恐ろしいなんて……）

三人が想いつづけていた日本人は、父母であり兄弟であり、親しい者たちであった。

（お上がこわいんや、お上が）

そう思った時、再びキャサリンが窓から呼んだ。

「早くいらっしゃーい。庭仕事は後でいいのよ。あなたがたと同じように、嵐に遭った日本の人たちよ」

「嵐に遭うた⁉」

久吉が叫んだ。

「何や！　お上やないんや！」

三人は、ほっと胸をなでおろした。と、次の瞬間、久吉が駈け出していた。その後を音吉と岩吉が追った。

応接間に駈けこむと、正しく四人の日本人が椅子に坐っていた。服装こそ異国のものであったが、確かに日本人の顔であった。ギュツラフとキャサリンがそこにいた。

「ほんまに、日本人やな！」

久吉が叫んだ。と、年長の一人が、

「そういうあんたがたも、真実日本人とですのう！」

と、かっと目を剝いた。

「そうや、日本人や。同じ日本人や、同じな！」

「おう、懐かしか。まちがいなく日本の言葉とです」

岩吉たち三人と、今着いたばかりの四人が、口々に叫んだ。みるみる七人の目から涙が吹き出した。ものを言おうとしても、口がふるえるばかりで言葉にならない。

この四人は九州肥後の国出身の原田庄蔵二十九歳、同じく肥後の国寿三郎二十六歳、肥前の国熊太郎二十九歳、そして同じく肥前の力松十五歳の四人であった。

五

「そうか。えらい難儀をしたんやな。わしらばかりが、流されたのではあらせんのや」

庄蔵、寿三郎ら四人が交々語る話を聞き終わって、久吉は涙をぬぐった。

四人が岩吉たち三人に語ったあらましは、後に寿三郎が日本に書き送った手紙に次のように記されている。

〈ワタクシノ、イママデノ、カンナンクロウハマズセカイニタトヘルコトハナク。シカシソノワケアラマシ。三十五日ナガレテ・ソノウチ十三日、ノマズクワズ。ソウシテイコクニツイテ、チニアガリケレバ、クロンボウハルカウヨリマイルニ、シゼントチカヨリソノカタチヲミルニ、ハダカニテ、ユミヤカタナヲモツテマイリ。ワタクシドモコレヲミテ、コレコソオニニマチガイナシ、イヨイヨクワレルニソウイナシトオモイ。カノクロンボ、ワタクシドモニテヤイ（手まね）ヲイタシテ、キリモノ

（着物）ヲワタサヌト、ユミデイコロスト、ヤリノホサキノヤウナルヤノ子《ネ》ヲヒツクワシテ、ユミヲヒイテヲドロカシテ、ミナ、イルイ、ダウグ（道具）ニイタルマデ、モギトリソロ（候）。

ソノトキバカリ、セツカクチニアガリテ、イチメイヲワルトハ、ザン子《ネ》ンシゴクトオモイソロ。

ナラビニ、ソノクロンボノトコロニ、三十日カクマワレ、ソノアイダハ、マイニチ〳〵、カライモヲ、ハラハンブンタベサセラレテ、イチドキニテ、ヤフ〳〵イキノカヨウバカリノコトナリ。

コレヨリオクラレルミチノコト。カイジヤウヲワタルニハ、カイジヨウニアイ、ソノトキモ、ヤウヤク、イノチヲタスカリ、マタ人ノカヨワヌオホヤマアルイワタニ〳〵カワヲワタリ、ヤマノナカニ、ハナハダヒル（蛭《ひる》）ノオホキトコロナリ。

コノヤマミチヲマイルニハ、タニノミゾノアルトコロ、ヒノヤツジブンヨリ、シバタキギヲアツメテ、子《ネ》ドコロヲツクリテ、ノジクヲイタシ。

ワタクシドモヲオクルヤクニンワ、ユミヤテツポウヲモツテ、ハナハダヤウジンキビシクシテマイリ。コノナンジヤウノミチヲ、四日ガアイダアユミソロ。コノアヒダニ、ヒトイチニンヲルトコロナシ。

コノクニノナマイキラ（マニラ）トイフナリ。コノクニノジヤウカニマイリ、コノクニヨリ、唐広澳門《マカオ》トイフトコロニオクラレ。コノトコロヨリ尾張《おわり》ノ人三人トモニナリ。

……〉(以下略)

船頭庄蔵以下四人は、二年前の一八三五年十一月一日、天草を出帆した。岩吉たち三人がロンドンよりマカオに着く幾日か前の頃である。百トンもないその帆船には、さつま芋が積みこまれていた。船はすぐ目と鼻の、長崎に帰る筈であった。が、途中嵐に遭い、帆柱を切り落として、三十五日間漂流し、ルソン島に漂着した。その間、米も水も尽きた生活が十三日つづいた。長崎、天草間の航海に、食糧を多く積んでいる筈もなかったからである。漂着した地には黒人たちがいた。言葉もわからぬながら、十三日間飲まず食わずであることを手真似で語ったところ、ほんの僅かな食糧を与えられた。が、衣類や、所持品の総てを奪われ、真裸で日を過ごした。やがて、スペイン政府の知るところとなり、役人四人に護送されてマニラに着いた。途中蛭のいる密林や、深い谷を幾日もかけて旅をした。

その後四人は、マニラに一年いたが、スペイン政府は四人の処置に窮して、遂に庄蔵たちをマカオに送った。が、マカオにおろしただけで、四人のことを誰に頼んだわけでもない。むろん滞在費の支給もなければ、その日の食糧さえ与えられなかった。港に下り立った四人は見も知らぬマカオの街を眺めて泣いた。見る者一人として知る者はない。言葉をかけてくれる者もいたが、その言葉がわからない。次第に人が集まって来て、あれを言い、これを言いはじめた。四人は人々に囲まれながら、死ぬより途がないと語り合った。

と、弁髪の男が、オリファント商会のチャールス・キングをその場につれて来た。キングは四人に字を書かせた。その字の中に片仮名があった。つい数か月前、ギュツラフの家で見た片仮名と同じ字を、キングはそこに見た。こうしてキングは、直ちにアメリカ伝道協会のウイリアムズと相談して、ギュツラフの家に四人を托したのであった。

「それは、大変なことやったなあ」

両腕を組んで、じっと話を聞いていた岩吉が、腕をほどいて頭を下げた。音吉も、

「ほんとに、えらい難儀やったなあ」

と、声をしめらせた。久吉が、

「けどな、もう安心やで、ここに来たらな」

と、明るく言って、

「飯もあるしな、みんな親切やしな、可愛い女もいるしな。但し、この女には手は出せんで」

気を引き立てる久吉の言い方に、四人はようやく笑顔を見せた。と、はっと気づいたように、船頭の庄蔵が改まった物腰になって、

「これはこれは、自分たちのことばかり申して、失礼いたしました。あんたさまらもえらい難儀に遭われたとな。お国を出られたは、何年のことですと」

「忘れもしない天保三年十月十日のことや」

「えっ⁉　天保三年とな？」

庄蔵は痩せ細った指を折りながら、

「それでは、足かけ六年にも……。わしらはまだ丸一年と四か月ですたい。上には上があるとですのぅ。して、船は何日ぐらい流されたとですか」

「何日？」

久吉は目を大きくして、

「何日やあらせん。一年と二か月や。一年二か月海の上にいたんや」

「一年二か月とですか。うーむ。わしらは三十五日で、恥ずかしいようなもんですばい」

寿三郎の言葉に、音吉が首を横にふって、

「いやいや、一年二か月というてもな。わしら、飯の食わん日はなかったでな。あんたら、十三日も飲まず食わずとは、大変なことや。米も水も切れては、命にかかわるでな。そのほうが大変や」

音吉は、漂流中の、のどのひりつくような渇きを思い出しながら言った。

七人が交々語る漂流の話は、その夜夕食を終えてもなおつづき、夜半まで尽きることがなかった。

六

「雨やなあ。あいにくや」

ベッドの上に起き上がった音吉が、浮かぬ顔で隣ベッドの久吉を見た。

「うん。サンデー（日曜）だというのにな」

久吉は毛布を撥ねのけた。庄蔵たち四人が来てから、初めての日曜日である。二、三日前から、三人は日曜日の来るのを恐れていた。毎週日曜日の正午には、岩吉たち、三人のための礼拝が始まる。フォート・バンクーバーにいた時以来、三人は日曜日に礼拝をすることには馴れていた。

しかし、庄蔵たち四人が、マニラにいた時礼拝に出席させられたかどうか、三人はまだ聞いてはいない。それは、尋ねることさえ憚られることであった。

昨日、夕食の時、ギュツラフは庄蔵たち四人に、明日は日曜日だから、教会の礼拝に出るようにと勧めていた。が、その言葉は、庄蔵たちにはよくは通じなかったようである。ギュツラフが英語で言う時は、岩吉たち三人の誰かが通訳した。が、ギュツラフも簡単なことなら日本語で伝えることができた。ギュツラフは昨夕日本語でこう言ったのだ。

「あす、チャーチに行きます。おまいりです」

あとで庄蔵たちは三人に尋ねた。

「あした、どこにお詣りするとですか」

思わず三人は顔を見合わせた。岩吉が言った。

「チャーチや。異人の寺や」

叫ぶように寿三郎が聞き返した。

「異人の寺と⁉」

「キリシタンか！」

熊太郎の声が、更に大きかった。と、久吉が言った。

「ようわからんけどな。もしかしたら、そうかも知れせん。けどな、わしら三人はキリシタンではないだでな。心配は要らんわ。只で食わせてもろうているで、義理で行くだけや」

船頭の庄蔵が大きくうなずき、

「事情はわかり申した。命あっての物種と言いますたい。国に帰るまでは、わしらも異人の言うなりになりますばい」

ものわかりのいい庄蔵に、三人はほっとした。が、熊太郎は、

「そぎゃんこつ！　キリシタンは恐ろしか。お上の詮議はきびしか」

と、頭を抱えた。そればかりか、熊太郎はこうも言った。

「あんたら、異人の言葉ぎょうさん使うけん、キリシタンでなかか⁉」

岩吉ははっきりと首を横にふって、

「いいや、わしら日本人や。一日も早う日本に帰りたいでな。キリシタンになる訳あらせんやろ」

「そうや。舵取りさんの言うとおりや。わしら異人の中にいただで、エゲレスの言葉を

じねんと覚えてしもうたけどな。けど決してキリシタンにはなっておらんで。キリシタンになるにはな、キリシタンの水をかぶるんや。わしら、キリシタンの水にさわったこともあらせん」

「そうや。わしらの願いは只、国に帰ることだけや。キリシタンになるわけはあらせん」

音吉もきっぱりと答えた。庄蔵は、

「これはこれは熊太郎が失礼なことば申して、すまんとですたい」

と、ていねいに詫び、それから四人だけで何か話し始めた。四人の言葉は、異国語のように耳馴れぬ言葉が多く、何を言っているのか、三人にはわからなかった。が、わからないながらも、四人が礼拝に出るか、出ないかを語り合っていることは、見当がついた。聞いていた久吉が言った。

「えらい早口やなあ。イングリッシュ（英語）よりむずかしいわ」

久吉の言葉に音吉もうなずいた。庄蔵も寿三郎も、字も言葉もよく覚えていて、三人に語る時はわかりやすく話すように努めてくれた。ギュツラフは、岩吉たちの言葉と庄蔵たちの言葉に驚いて、どちらが本当に多く使われている日本語か、見当がつかぬようであった。

やがて庄蔵が、岩吉たちに言った。

「異国には異国のしきたりがありますばい。わたくしどもをここへつれてきてくだされたキング先生も、ここの主ギッツラフ先生もキリシタンの先生と、初めから覚悟していたことですたい」

庄蔵は賢そうな目を岩吉たちに向け、落ちついて言った。

今、その時のことを思い出しながら、音吉は浮かぬ顔をしていた。

「何や、音。また何か考えているな」

久吉が釣りズボンのひもを肩にかけながら言った。

「けどなあ、あの四人もチャーチに行くわなあ。それがなあ」

「それでいいんやないか。わしらだけチャーチに行くんやったら、何や気味が悪いけど、これでほんとの仲間になるんや」

久吉の表情はむろん明るかった。

昨夜、庄蔵たちも確かに言っていた。

「わしらも、キリシタンの寺に行きますばい。ばってん、お上にはお互い口が裂けても言わんとです」

そのことは音吉も忘れてはいない。

「けどなあ、久吉。ミスター・ギュツラフは、またわしらの手伝うたあのバイブルを使うにちがいあらせんで」

「あっ、そう言えばそうやな。それがあったわな」

「そうやでえ、久吉。あれ読んだらなあ。誰が日本の言葉に直したか、すぐに気づかれるやないか」

「うーん。そうやなあ」

二人のほうに背を向けて、まだ眠っている岩吉に目を向けながら、久吉は声をひそめた。

「わしらの仕事とわかったら、どうするんや久吉」

「だがな、音。ミスター・ギュツラフは、日本の言葉がうまいでな。それでな、ミスター・ギュツラフのした仕事だと言えばいいんや。わしらは何も知らん顔をしていればいいんや」

「そうかな。それで通ればいいけどな」

音吉は毛布をたたむ手をとめた。

午になった。

すぐ近くにある小さな教会堂に、雨の中を七人はつれ立って行った。七つのコーモリ傘が、背の高さに従って、高く、また低く動いて行く。

家から教会堂までは、五分とかからない。五十人入れるか入れないかの、小さな会堂である。会堂の正面に「太初有道」と書かれた額が掛けられてある。読み書きの達者な庄蔵が、すぐその額に目を注め、口の中で低く読んだ。講壇の左手にある小さなオルガンの傍に立っていたキャサリンが笑顔で七人を迎えた。四人掛けのベンチが何脚か二列に並んでいる。七人は前から二番目のベンチに坐った。オルガンの前奏が始まると、庄蔵たち四人はその音色に驚いて目を見張った。が、熊太郎はすぐにうつむいた。

ギュツラフの祈りが終わり、音吉が案じていたように、和訳の聖書が読み上げられた。まだ印刷された聖書は、シンガポールから届いてはいない。ギュツラフは自分のノートをひらいて読んだ。

「アノヒトワ　ワシノツミユヱ　ミガハリニタツ。ワシドモバカリワナイ　タダシミナセカイユヱ。(彼は、わたしたちの罪のための、あがないの供え物である。ただ、わたしたちの罪のためばかりではなく、全世界の罪のためである。ヨハネ第一の手紙二章二節)」

読み終わったギュツラフは満面に笑みを湛えて、七人の顔を順々に見た。

「きょうは、わたしたいへんうれしいです。さいわいです。七人の日本人とおまいりをすること、思いませんでした。このうれしいきもち、わかりますか」

ギュツラフにとって、今日の日は確かに想像もしないことだった。七人もの日本人の前に、自分の訳した聖書を読む日が、これほど早く来ようとは、夢にも思わぬことであった。ギュツラフは、神の深い恵みを感じていた。

「にんげん、罪あります。誰も。人をにくみました。うらみました。これ罪です。そしりました。心の中に。わたしたちの心、毎日毎日、罪を持ちます。罪、たくさんになります。罪ない日、ありません。この罪持って、にんげん死にます。それゆえ、ゲヘナ(地獄)に行きます」

熊太郎は指で両耳をふさいでいた。しかし庄蔵も、寿三郎も、そして一番年少の力松も、ギュツラフの顔をしっかりと見て、話も聞いていた。音吉と久吉は、その四人の様子をそっとうかがっていた。

「……罪の人、ほろびます。けれど、罪の人ほろばない道あります。それは、ジーザス・クライストです。この人、わたしたちの身代わりです。わたしたち助かります。ジーザス・クライスト、みんなの罪の身代わりになりましたから、助かります。にんげんは、このことだけ、忘れてはなりません。……あなた罪ありますか」

突然ギュツラフは、熊太郎を指さした。熊太郎は両耳に指を突っこんだままだった。

「あなた、罪ありますか」

ギュツラフは寿三郎を指さした。寿三郎は大きくうなずいて、

「あるとです。船が流されたは大きな罪とです」

「船流された？」

ギュツラフは問い返した。音吉が英語で、漂流のことだと告げた。

「おう、流された。それ、人の罪でありません」

「いや、ミスター・ギュツラフ。日本では、それは大きな罪です」

岩吉が英語で言った。

「どうして？　嵐に遭（あ）った、それ人の罪ですか」

「ミスター・ギュツラフ。日本では、人を恨んでも、悪口を言っても、牢（ろう）には入れられ

ません。しかし、日本の海から流れ出た者が日本に帰れば、牢に入ります。もしかすると、殺されます。日本では、船が流れたことは、大きな罪です」

以前にも、岩吉はこのことをギュッラフに話した筈であった。が、ギュッラフにはよく理解されていないように、岩吉には見えた。ギュッラフが、日本語で答えた。

「おお、それ、罪でありません。罪、そんなことではありません。バイブルにある罪はにんげんの心の罪です。憎むこと、ねたむこと、人の妻ほしいこと、これ罪です。殺すこと、ぬすむこと、これ罪です。けれども、ジーザス・クライストが、わたしたちの罪をかぶります。全部かぶります。わたしたち安心です」

そう言った時、寿三郎が大声で言った。

「そぎゃんこつ……人の罪をかぶる……そぎゃんこつ、信じられんとです！」

その時、音吉は思わず、心の中に叫んだ。

(なぜ、信じられせん⁉　ジーザス・クライストは、ほんとに罪をかぶってくれたんや)

音吉はそう思って、思わずはっとした。

七

紗のような薄雲を透かして、六月の赤い夕日が大きかった。その夕空の下に、幾十もの砲門をつらねたイギリス軍艦ローリー号が停泊していた。

「まちがいなくエゲレスの戦船や。待ちに待った船や。な、音」

「全くやなあ。とうとう来てくれたんやなあ」

岩吉、音吉、久吉の三人は、今、船着き場に横たわっているローリー号をまたたきもせずに見つめていた。三人の傍らに、庄蔵たち四人が口々に何か言いながら、甲板を走りまわる水兵たちを指さしている。

庄蔵たち四人がフィリッピンからマカオに来て、三か月経っていた。ボルネオに向かったヒマレー号が帰ってくれば、日本に帰れるという話や、イギリスの軍艦が来れば、その軍艦で帰れるかも知れないという話を、庄蔵の来た頃から聞かされていた。だが、イギリスの軍艦も、ボルネオに向かっていた福音船ヒマレー号も、いっかな姿を見せようとしない。

一時は、清国の船で日本に帰るという話もあった。それは、イギリス政府から商務庁長官に対して、

〈三人の日本人は、日本向け清国帆船によって送り帰すこと〉

という指令があったからである。だがこの話は、いつとはなく立ち消えになった。

事は、イギリス政府の考えているほどには容易に運ばなかった。早くから日本と通商を許されていた清国は、日本の事情に詳しかった。漂流民に対する異様なまでの幕府のきびしさを、清国側は知っていた。たとえ漂流民を送り届けたとしても、それはあたかも疫病神を運びこんだかの如くひんしゅくを買う。ばかりか、送って行った船に対して

まで、日本の幕府はうさん臭げに扱うのである。まちがっても喜ばれないこの役目を、清国が引き受けるわけはない。こうして、三人を清国船で送り帰すイギリス政府の方針は、変えざるを得なかった。

初め、アメリカのオリファント商会のキングは、その商会の福音船ヒマレー号によって、三人を日本に送り届けるつもりでいた。それはギュツラフの強い希望であったから、キングはそれをイギリス側の意向として受けとったのである。

だが、キングはその後、イギリス政府の方針をはっきりと知った。特に、ロビンソンに代わって商務庁長官になった前次官エリオットが、アメリカの船で岩吉たちを日本に帰すのを好まぬことを知った。岩吉たち三人は、フラッタリー岬で、インデアンの手から買い取られて以来、イギリスの保護下にある。その三人を、イギリス政府の意向に反して送り帰すことは、アメリカ人のキングにはできないことであった。

そんな成り行きになっているとは知らずに、岩吉たちは、ヒマレー号か、イギリス軍艦かの何れかが、自分たちを日本に送り帰してくれるものと思っていた。が、ボルネオ方面に行ったヒマレー号も、イギリス軍艦も一向に姿を見せない。

「もうそろそろ来てもいい頃やな」

久吉はそう言い、この半月程、毎朝、音吉と共に港に出かけた。しかし、来る日も来る日も、二人はむなしく戻って来た。

今朝も、音吉と久吉はむなしく港から戻って来た。戻ってくるなり久吉は、ベッドに

仰向けになって、

「舵取りさん、わしらほんとに帰れるんやろか。ヒマレー号はどこぞで嵐に遭うて、流されたんやないやろか」

　と、元気のない声で言った。

　それが夕刻になって、ローリー号入港の知らせを、キャサリンから聞いた。三人は、庄蔵たちと共に漢字の手習いをしていたが、筆や硯をしまうのももどかしく、港に駈けて来た。正しく軍艦ローリー号は入港していた。

「舵取りさん、今度こそ大丈夫やな。きっとあれで帰れるんやな」

　弾んだ久吉の声に、岩吉は石の上に腰をおろして、

「とは思うがな、乗ってみるまでは喜べんで」

　と、それでも明るい声で言った。

「そりゃあ乗ってみなければ、わからせんけどな。ヒマレー号は帰って来んのやから、この軍艦に乗るより仕方あらせんわな」

　シュラウドを駈け登る水兵たちの姿を見ながら、久吉が言う。

「けどなあ。ずいぶんたくさんの大砲を乗せとるな。あんな船で帰ったら、お上のお咎めがきつうなるのとちがうか」

「音の言うとおりや。あまり喜べんかも知れせんな」

　岩吉がうなずいた。

「また、そんなことを言う。エゲレスはよその国やで。よその国が船を仕立てて、送ってくれるんや。日本のお上は、そんなに話がわからんやろか」

「お上というものの腹の底は、わしらにはわからせんでな」

「そうやろか。そんなに闇くもに咎めるやろか」

「何せ流されたことが大きな罪だでな、久」

軍艦ローリー号入港と聞いた時の喜びが、音吉の胸の中で次第にしぼんでいった。

「けどな舵取りさん、まさか殺しもせんやろ。キリシタンにさえなっていなければ、家に帰してくれるのとちがうか。な、音」

「久吉にそう言われれば、そんな気もしてくるしな」

と、音吉も少し元気を取り戻す。

「ま、久の言うとおりかも知れせん。異人でさえわしらを大事にしてくれたでな。それに、案ずるより生むが易しと言うでな。取り越し苦労してもきりがあらせん。無事に帰れると喜んでいたほうがいいやろ」

岩吉の言葉に、音吉は深くうなずいて、

「そうやな。一日の苦労は、一日だけでたくさんやって、バイブルに書いてあったわな」

「音！　まちがっても、そんなこと言うたらいかんで、ナムアミダブツ、ナムアミダブツ言うていたら、まちがいないんや」

庄蔵たちのほうを盗み見ながら、久吉は低い声で音吉をたしなめた。

久吉は、庄蔵たちがマカオに来てから、食膳に手を合わせて、ナムアミダブツと言うようになった。一緒に庭仕事をしていて、般若心経を口ずさむこともある。

「久吉は賢いわ」

音吉はうなずいて、

「ナムアミダブツ、ナムアミダブツ」

と、庄蔵たちのほうを見ながら言った。

「あのな……」

久吉が明るい声で、庄蔵たちに話しかけた。七人は、仲はよいのだが、つい三人と四人に別れてしまう。言葉が聞き取りにくいからだ。船頭の庄蔵と寿三郎は、かなりわかりやすく話してくれるのだが、それでも聞き覚えのない言葉がひょいひょいと口から出る。それはおもしろく、珍しくもあったが、聞き取るのに苦労もした。話に熱中してくると、ほとんど言葉がわからなくなる。それでつい、二組に別れてしまう。

久吉の声に、四人は久吉を見た。

「あのな……わしらがアメリカからエゲレスまで行った船は、ちょうどこんな戦船でな」

「ほほう。こぎゃん大きか船に乗ったとですか」

四人は三人を取り囲むようにして、腰をおろした。

八

四人の驚く顔を、久吉は得意そうに見まわして、

「わしらが乗った船は、もっと大きかったかも知れせんな。な、舵取りさん」

「うん。大きかったかも知れせん」

「へえー。この船より大きかと？」

熊太郎が目を丸くした。

「そうや。その大きな戦船に乗ってな。わしらアメリカを五月に出て、エゲレスに着いたのは、次の年の六月や」

「うーん。一年も乗ったとですか」

前に幾度も話した筈だが、軍艦ローリー号を前にして聞く話は、庄蔵たちには新しかった。岩吉はうなずきながら言った。

「あのな、船頭さん。考えてみるとな。わしらは国を出てから、足かけ六年、丸四年半を過ぎたんや。そのうちな、宝順丸で流されたのが一年二か月。イーグル号に丸々一年。ロンドンからマカオまで、きっちり半年や。つまりな、丸二年と八か月は海の上やった」

「うーん。二年八か月とな。それは、辛かことよのう」

久吉は得たりとうなずいて、

「辛いの苦しいのなんて言うもんやあらせんかったわ。ほら、あのセーラー……日本語で何と言うやろ、音」

「セーラーか。セーラーはセーラーや。侍ともちがうしな」

「ま、そうやな。あの男たちが登り降りしているシュラウドな。わしらもあの一番高い帆桁まで、何べんも何べんも、登り降りしたんやで」

「ほんとやな、久吉。今考えたら、ようやったわな。それにな、ケープ・ホーンの嵐は恐ろしかったでえ」

　二人は交々ホーン岬の形容し難い嵐の恐ろしさを四人に語って聞かせた。そして、破れた帆の代わりに、水兵をあのシュラウドに貼りつかせた提督アンソンの酷薄な話も聞かせた。

「人間の皮をかぶった鬼とですな」

「そぎゃん男は、犬畜生にも劣るとですな」

「恐ろしか」

「恐ろしか」

　四人はそれぞれに相槌を打った。久吉が言った。

「それからな。戦船はほんとにきびしいんやで。棒を持って追いまくるんや。アイ　アイ　サアなんや」

「アイ　アイ　サア？　何とですか、それ」

庄蔵に聞かれて、久吉は頭を掻いた。

「舵取りさん、アイ　アイ　サアは、アイ　アイ　サアやな」

岩吉は苦笑して、

「アイ　アイ　サアは、言って見れば、どんな無理な命令でも、口返しのできんことや。心からはいと言うことや。只のはいではいかんのや」

「なるほど、絶対服従、問答無用とですか」

庄蔵は語彙が豊かであった。音吉がつづけた。

「だから、あんな立派な船ん中でも、辛いことがあるんや。長い船旅だで水は少ないし、青物はないし、あそこに見えるセーラーたちも、みんな逃げ出したい気持ちで働いているんや」

話しながら、イーグル号で親切にしてくれたサムや「親父」の顔を音吉は思い出した。

（どうしているやろなあ、サムや「親父」は）

ロンドンを発つ時、朝早くわざわざ見送りに来てくれたのだ。

「なあ、舵取りさん」

久吉が岩吉を見て、

「イーグル号を思い出したら、何や乗るのいやになったな。またアイ　アイ　サアやろからな」

「日本へは二十日ほどというで。二十日ほどなら、たとえ火の雨が降ろうと、槍の雨が降ろうと、我慢できんわけはあらせん。な、船頭さん」

「まったくですたい。日本へ帰るとなら、どぎゃん辛抱もできるとです。その上、あんな大きか船ですばい、心配はなかとです」

庄蔵はうなずいた。音吉は目の前のローリー号が、自分たちを乗せて、小野浦の沖に着く様を胸に浮かべた。見たこともない船に、故里の者たちはさぞ騒ぎ立つことであろう。しかもその船に、五年も前に死んだ筈の自分たちが乗っていると知った時、人々は仰天するにちがいない。

（それにしても、父っさまは無事やろか）

（母さまは元気に決まっとるとは思うが）

（兄さのことを、何と言うて聞かせたらいいやろか）

（お琴はもう嫁に行ったろな）

誰かの人妻となったであろう琴の姿を思い浮かべて、音吉は複雑な思いだった。

「けどなあ、ケープ・フラッタリーのインデアンも恐ろしかったで」

久吉が言った。この話も、幾度か庄蔵たちにしてきたところだ。

「わしらの会った黒んぼたちも恐ろしか」

年少の力松が競うように言った。

「けどな」

何かを考えていた岩吉は、ローリー号に目を据えたまま、

「よう考えてみると、怖い人間は、何も黒ん坊やインデアンばかりではあらせん。日本にも恐ろしい人間はたくさんいるでな」

「それもそうやな」

久吉はすぐにうなずいて、

「舵取りさんのいうとおりや。インデアンかて、アー・ダンクは蝮みたいやったけど、あのご新造はやさしかったしな。ピーコーかて、かわいかったし。ほら、何と言うたやろ、あの若い男……」

「ドウ・ダーク・テールのことやろ」

「そうやそうや。あの男かて、日本にきても立派なもんや」

寿三郎が足もとの小石を弄びながら、

「そうかも知れんとです。あぎゃん黒か人を見たことなかったけん、恐ろしか思ったとです。ばってん、見馴れたら、そぎゃん驚くこともなかとです」

岩吉は二、三度うなずいて、

「わしもそう思うで。見馴れんということ、言葉が通じせんということで、恐ろしく思うだけや。こっちが恐ろしいと思う時は、向こうも恐ろしいと思うにちがいあらせん」

「そうや、そうや。舵取りさんのいうとおりや。わしらかて、インデアンの言葉がわかっていれば、嵐に遭うて流されて来たんや、十四人のうち十一人死んでな、大変な目に遭うて来たんや、と言うことができたわな」

小さな漁船が、次々と港に入って来る。夕日が大陸の山に次第に傾いていく。

「言葉って、大事やなあ。なあるほど、それでバイブルを日本の言葉に……」

言いかけた音吉の脇腹を久吉が小突いて、

「そうや。音の言うとおりや。ナムアミダブツは大切や。な、舵取りさん」

「うん。ナムアミダブツな。あれは一体、どんな言葉なんやろ、な、船頭さん」

岩吉は落ち着いて、庄蔵に顔を向けた。幸い九州の四人は、誰も音吉の言いかけた言葉に気づかなかった。

「わしもようは知らんとです。ばってん、仏さまが一緒にいるこつではなかとですか」

「仏さまが、わしらと一緒にいること？　インマヌエル・アーメンと、似てるわな」

久吉が思わず言った。

「イマネル？　イマネル・メン？　それは何のこつとです」

あわてて口をつぐむ久吉に、

「ナムアミダブツをエゲレスの言葉で言うと、そういうことになるんや。な、久吉」

音吉が助け船を出した。

「そうや、そのとおりや。そんなことよりな、あの船に、ほんとに乗って帰れるんやろか。何や胸がじりじりするわ」

久吉は話を外らした。

「ほんとに、じりじりするわなあ。フォート・バンクーバーを出た時のことを思い出すなあ。早う日本に帰りとうて、胸が焼けるようやったなあ」

「さぞかし、わしらの何倍も何倍もの苦労をしたとですのう。辛か話とです」

「ほんとですたい。わしら九州のもんは、まだまだ運がよかとですたい」

庄蔵につづいて寿三郎が言うと、熊太郎が首を横にふって言った。

「そぎゃなこつなか。わしらも運は悪か。あの飲まず食わずの十三日は、地獄に堕ちたと同じですたい」

「そうやろな。その上、マカオに捨てられてな。腹切りしようと覚悟したんやから、あんたがたも大変なことやった」

岩吉はしみじみといたわった。

ローリー号から時鐘が聞こえた。

「懐かしい音やなあ、舵取りさん」

思わず音吉が立ち上がった。

「そうやな。辛いことでも、過ぎ去れば懐かしいものや。あの音は二度と聞きとうないと思うたこともあったがな」

「とにかく、音、何もかも、今に思い出になるんや。みんな家に帰って、父っさまや母さまに聞かせてやることができるだでな、うれしいなあ、音」

久吉の目尻に涙が光った。夕日が山の端に触れようとしていた。

岐路

一

一八三七年七月三日。岩吉たち七人は遂にマカオを出発し、その日の夕刻広東港に着いた。マカオ、広東間は帆船で半日がかりの距離にある。この広東港に、五百六十四トンの快速帆船モリソン号が岩吉たちを待っていた。このモリソン号は、福音船ヒマレー号の姉妹船で、同じくオリファント商会に属していた。

オリファント商会のキングは今、船室の小さな机に向かっていた。友人であり、同じ社員であるダグラス・ヘイマンに今回の航海についてのいきさつを書き送ろうと思ったのである。

夜も十時を過ぎ、停泊中のモリソン号の船内は、しんと寝静まっている。傍らのベッドに眠る妻のやさしい横顔を、ランプの光りが仄かに照らしていた。

〈親愛なるダグラス。われわれの救い主キリストの神を崇めてペンを取る。

ぼくは今、モリソン号の船室で、君に手紙を書くところだ。明日、七月四日は、われわれらの祖国アメリカの独立記念日だ。その独立記念日に、このモリソン号は——どうか驚かないでほしい——日本に向かって出帆する。

だが、実の話、ぼくの心はいささか複雑なのだ。明日、気持ちよくこの広東港を出帆するために、君に向かって、ぼくは胸の中にうごめいているすべてのものを吐き出したいのだ。君は持ち前の忍耐深さ、寛容さ、そして何よりも素晴らしい信仰をもって、ぼくのこの手紙を読み取ってくれるにちがいない。よい友を持つことは幸せなことだ。と、先ずぼくはここで神に感謝しよう。

君は記憶していることだろう。ぼくが昨年、ヨーロッパからの船の中で、三人の日本人たちが、北アメリカのケープ・フラッタリーに漂着したことについて聞いたことを。はるばると、遠い西の国日本から、太平洋を一年二か月もかかって漂流してきた話を。あの時ぼくは、かなり興奮して君に告げたものだ。帆柱も舵も失ったジャンクに乗って、気も狂わずに生き残ったこの三人は、何という素晴らしい精神力だろうと、君も感動していた筈だ。

実はね、ダグラス。ぼくがこの三人――いや、正確には、マニラからスペイン政府によって送られて来た漂流民と合わせて七人だが――を日本に送り届けようとしているのだ。

なぜ、ぼくがこの漂流民を日本に送還することになったか。それが実は、ぼくにはすっきりとしないのだ。先ず彼らに最初に会った時のことを話して見よう。

ぼくが昨年十一月マカオに着いた時、プロシャ生まれのギュツラフという宣教師の家で、かの三人の日本人たちに会った。彼らはいわゆる荒くれた船乗りではなかった。あの太平洋を一年二か月も漂流した偉大な精神力の持ち主たちは、何とも礼儀正しい、実に善良な人たちであった。その彼らに会っただけでもぼくは感激したのだが、更にぼくを驚かせたものは、君、一体何だと思う。それはね、彼らが聖書和訳に協力していたということだ。お蔭でギュツラフはヨハネ伝と、ヨハネの書簡上中下を、僅か一年足らずの間に、翻訳したというわけだ。彼らは、漢字を知っていたが、書かれたものは、彼らの国のアルファベットで書かれてあった。それはギュツラフの希望で、つとめて彼らの日常語に訳されたものだそうだ。

　ぼくはその草稿を見た時の感動を、生涯忘れないだろう。ぼくはその時、心の中に、必ずこの三人を日本に送り届けてやりたいという思いにかられた。この気持ちは、ぼくを知っていてくれる君なら、あやまりなく受け取ってくれると思う。ぼくのその時の気持ちは、実にあのルカ伝十章のサマリヤ人が、強盗に遭って傷つけられた旅人をねんごろに介抱して、自分のろばに乗せ、宿まで届け、宿賃も治療費も払ってやった、あのやさしさだった。

　このぼくの気持ちを察したかのように、ギュツラフも、われわれの商会のヒマレー号で三人を日本に送ってもらえないものかと、ぼくに頼んだ。このギュツラフという伝道者は、イギリス商務庁の高級通訳官としても活躍している語学の天才だ。ダグラス、彼は何と二十か国もの言葉を自由に操るという評判だ。また彼は、何か国にも聖書の翻訳を試みた有能な伝道者だ。

ところが、彼は、熱情家ではあるが、時折熱情にかられる余り、逸脱した行動や考えを持つところがある。ほら、思いついたら実行するという、実に勝れた実行力を持つために、かえって失敗する人間が、この世には時折いるだろう。彼もややその型に入る人間なのだ。

ここでぼくは、もう一人の人間をどうしても君に紹介しなければならない。それは、イギリス商務庁長官エリオットだ。彼もまた、有能な男にはちがいない。有能というより、ぼくには、野心家というほうが的確だと思うが……。彼は一年程前まで次官だった。その次官当時、エリオットは、日本人三人を取り調べた。彼らが、まちがいなく日本人であり、彼らの言うように漂流したかどうかをだ。日本の地図も見せて調べたらしい。ところが彼らは、名古屋から江戸までの航路を誤りなく指さし、遭難した場所も正確に伝えたという。

このエリオットは、多くの自由貿易論者と同様に、武力を持ってでも、イギリスの市場を開拓していきたいと願っていた。当時の長官ロビンソンとは対照的な性格なようだ。彼は三人を日本に送り届けることは、日本に通商を求めるいい機会だと、ロビンソンに進言した。そしてそのための軍艦を要求した。

ところが、イギリス政府は日本との貿易に大した関心を示さず、このエリオットの望みを斥けた。しかしまもなく、ロビンソンに代わって、エリオットが長官になった。多分イギリス政府は、アヘン貿易に積極的なエリオットのほうを買ったのだろう。

この長官になったエリオットに対して、

「三人の日本人は、清国帆船に乗せて送還せよ」

と、イギリス政府が文書をもって通告して来たことを、ぼくは知った。だが、清国では、日本と古くから通商があって、日本の事情に明るかった。日本人を送り届けても、かえって日本政府の恨みを買うことを知っていた。そこで、清国はイギリスの提案を拒否した。


というわけで、かわいそうに彼ら三人は、当てもなく帰国の日を待ちわびるより仕方がなかった。何しろ、商務庁は、イギリス政府の指令どおりに動かねばならない。がその指令を果たす道が閉ざされたというわけだ。役所仕事というものは、何れの国においてもこのようなものだ。

むろんこんないきさつは、後から知ったわけだが、ぼくはボルネオ方面に向かったヒマレー号がマカオに戻り次第、ギュツラフの要請どおり、その船で彼らを日本に送り届けるつもりでいた。彼らを送り届けるために、ぼくはどれほど様々に思いをめぐらせたことだろう。


ところが、今年六月になって、ぼくはエリオットからこう言われたのだ。

「ミスター・キング。ヒマレー号が日本まで彼らを送って行くことには、わたしは賛成できません。琉球まで送ってくだされば、それで充分だと思います」

ぼくは驚いた。なぜヒマレー号が日本まで彼らを送って行ってはならないのか。エリオットはこう言った。

「琉球は、日本薩摩藩と、清国の両方に属しています。したがって、琉球には日本船の便がたくさんある筈です。その日本船で漂流民を帰してやるほうが安全にちがいない」

なぜ彼がそう言ったか。ぼくはすぐにわかった。彼には漂流民の安全よりも、もっと大事なことがあったのだ。それは、われわれオリファント商会の日本進出を阻止することだった。

ダグラス。ぼくはエリオットのその底意を知った時、何とも言えない失望を感じた。君なら、その時のぼくの気持ちを察してくれるだろう。ぼくは若い。ぼくはまだまだ未熟だ。三十歳になるまで、まだ三年あるぼくは、エリオットの主張を聞いた途端に、日本へ行く気持ちが萎えてしまったのだ。情けないことだが、ぼくはやはり、よきサマリヤ人ではなかったのだ。これは主（神）の前に、心から頭を垂れて告白しなければならない事実だ。

ぼくが、彼ら三人に初めて会った時、彼らを日本に送り届けたいと思ったその心情は、決して損得勘定からではなかった。しかしね、ダグラス、人間という者は恐ろしいものだ。その後、彼ら漂流民を日本に送還する手だてをいろいろ考えている中に、ぼくはオリファント商会の責任ある地位にある者として、日本との通商を夢みなかったと言ったら、嘘になる。ぼくは彼らを安全に送り届けると同時に、日本との通商が成功した報告書を認めている自分の姿を、幾度か想像した。だが、そう思ったからといって、商社マンとして、それは当然のことだと君は思ってくれるだろう。商社マンは世界の国々との通商をねがっているのだ。もしそれをねがわなかったら、怠惰ということになる。しかし、ぼくは、エリオットがイギリス外務省の命令によって、日本との通商を諦めねばならなくなった時に及んで、われわれオリファント商会の好意を無視したことは、余りにも露骨な仕業だと思った。余りにも商売仇としてのあり方だと思った。ぼくはこうして、日本人送還の熱意も、日本への通商の夢も、共にきれいに捨て去った。

ところが、先月六月十八日、イギリス軍艦ローリー号が、マカオに姿を現した。その翌日、ギュツラフはぼくを訪ねて来てこう言った。

「あの日本人三人のことについて、いろいろご心配いただきましたが、彼らもいよいよマカオを発ちます。長官の命令で、彼らをローリー号によって琉球まで送ることになりました」

ぼくとエリオットとは、気まずいままに別れていた。さすがのエリオットも、わが社のヒマレー号で、しかもぼくたちの意志に反して彼らを琉球まで送らせることを、ためらったのであろう。第一ヒマレー号は、シンガポールからの手紙によれば、まだしばらくマカオに帰ってくる気配はなかった。だからぼくも、ヒマレー号を使わず、ローリー号を使うことは、止むを得ないことだろうと思った。

ところがギュツラフは、つれて行くのは、かの岩吉たち三人だけだと、ぼくに告げた。

「三人!?」

滅多に大声を出したことのないぼくだが、その時ばかりは自分でも驚くほど大きな声だった。なぜ三人だけなのか。あの九州の四人組は一体どうなるのか。詰め寄るようにぼくはギュツラフに問うた。と、ギュツラフはこう言ったよ。

「長官の命令なのです。岩吉たち三人は、もともとイギリスのハドソン湾会社が関わっていた者です。そして、今ではイギリス商務庁が彼らの面倒を見ています。しかし九州組の四人は、スペイン政府がマカオに置き去りにした者です。その彼らをわたしの家に預けて、一切(いっさい)の経費を負担しておられるのは、申し上げるまでもなく、あなたがたオリファント商会です。つまり、イギリス政府としては、アメリカのあなたがたが預かっている漂流民にまで、口を挟(はさ)むわけにはいかない、というのが長官の見解なのです」

ダグラス、ぼくは驚いた。いや、呆(あき)れた。「管轄(かんかつ)がちがう」。これが役人の考え方だ。しかし、なぜ七人で一つ屋根に暮らしている者を、三人だけ帰すというのか。君だって理解に苦しむだろう。

確かに一番先に四人に関わったのはぼくたちアメリカ人だ。四人がマカオの港に置き去りにされた時、ぼくの所に清国人が注進に来た。ぼくは駈(か)けつけて彼らを見たが、日に焼け、痩(や)せ細った彼らが、ぼくの目には何国人かわからなかった。そこでぼくは手真似(てまね)で、彼らが字を知っていれば字を書いて見よと言った。驚いたことに、その中の一人が、ぼくがギュツラフの家で見た日本のアルファベットを書いたのだ。ぼくはアメリカ伝道協会のウイリアムズと相談して、日本人のいるギュツラフの家に、四人の世話を頼んだ。確かにエリオットの言うとおり、管轄はちがっている。が、そんなことは問題ではない筈だ。

三人だけつれていくと言うギュツラフに対して、ぼくは必死になって頼んだ。

「彼ら七人を二分することはやめてほしい」

そして、彼らの唯一の通訳者であるギュツラフとも離ればなれにならぬようにしてほしいと、ぼくは真剣に頼んだ。ギュツラフは言った。

「それはむろん、わたしも願っていることです。しかし、一通訳官に過ぎないわたしには、長官を動かす力はないのです」

ぼくはその時、四人の一切の経費は、今までどおりオリファント商会が持つ。何とか七人を無事に日本に届けてほしいと、一心に頼んだ。

するとその翌日だ。エリオットがわたしの所にやって来た。

「ミスター・キング。あなたは実に親切な人だ。あなたほど気の毒な人に対して心から心配なさる方を、わたしは見たことがない。ミスター・ギュツラフからあなたのお気持ちを聞いて、わたしも感動しました。そこで一つ提案があるのですが……」

彼はこう言った。ダグラス、それはどんな提案だったと思う？　彼はこう言ったのだ。

「先日、わたしは、貴社が彼らを日本まで送ることに反対しました。それは、琉球から日本船に乗って帰るほうが、彼らの安全につながると思ったのです。しかし、あなたのお気持ちをギュツラフから聞きながら、あなたの真実は、日本の政府を動かすにちがいないと思いなおしたのです。もし、まだあなたが日本まで彼らを送ることをお望みになっておられるなら、彼らに関する日本との交渉の一切をオリファント商会にお委せしたいと思います」

と。

ぼくの心に、冷水を浴びせておきながら、彼はこんなことを言ってきたのだ。わたしは、なぜエリオットの態度が豹変したのか、実のところよくはわからない。が、言って見れば、（イギリスの官吏として、イギリスよりもアメリカに利益を与えることは好ましくない。しかし、アメリカに利益を与える可能性があったとしても、イギリス軍艦によるよりは、オリファント商会に送還を頼んだほうが適切だ）と見て取ったにちがいない。なぜならわが社は、貿易通商を強引に望むのではなく、単純に人道にもとづいて行動していることを、彼は知っているのだから。

しかしね。ダグラス。正直の話、ぼくはすぐにOKする気にはなれなかった。エリオットが長官としての責任において、彼ら漂流民を帰したらいいではないか、という気持ちにおちいった。が、一方ではこうも思った。あの三人は、わがアメリカに漂着した人間である。その日本人を、神は今、ぼくの手に、エリオットを通して委ねようとしているのではないか。そしてそれは、誕生して間もない、わが愛するアメリカの国旗を日本に対して示す、絶好のチャンスではないか。神はとにかくぼくを用いようとしていられる。ぼくはそうも思った。

しかしそうは思っても、ダグラス、一度冷えた心は恐ろしい。ぼくらは喜んでではなく、いたし方なくエリオットの提案に応じたのだ。エリオットは更に具体的な提案を示した。「ローリー号にギュツラフと彼ら七人を乗せて琉球まで送る。そこから先はオリファント商会の船に乗せてやってほしい」と言った。そこでぼくはこう言った。「途中までであっても、日本人たちを軍艦に乗せるのは反対だ。それだけでも日本政府の誤解を招く」と、討論を重ねて、遂にぼくの意見が容れられたのは、ローリー号がマカオを離れる直前であった。つまり、マカオに入港した六月十八日から、僅か一週間の間に、あらまし以上のような論議や、その他細かい打ち合わせが、幾度も重ねられたのだ。

ぼくは七月十五日に、琉球でローリー号と落ち合うために、急いでヒマレー号の代りの船を探さなければならなかった。幸い、われらの尊敬する中国伝道の始祖モリソン先生の名にちなんで、名づけられたわが社のモリソン号が、ニューヨークから広東に来ていた。

ぼくは、早速モリソン号から大砲を外すことに決めた。日本政府を刺激しないためだ。キリスト教の冊子を一切モリソン号からおろしたのも、同じ理由からだ。ぼくはキリスト教の冊子を配りに日本に行くのではなく、神の御心をなすために、彼らを送り届けに行くだけだ。明日は独立記念日だが、大砲を外したモリソン号は祝砲を撃たない。只、祖国アメリカの自由と、繁栄と、名誉のために、祈りを捧げて出発するつもりだ。

最後に、長くなったが、手紙を書いているうちに、人間として一番大事なことは、やはり神の御心をなすということであると、改めて気づいた。あ、言い忘れたが、なぜギュツラフが軍艦ローリー号に乗って、先に出発したか。それは、福州に通訳官としての緊急の任務があるからだ。

君と君のご家族の上に平安を祈る。また半年間、ごぶさたするかも知れない。よいクリスマスを、よい新年を、ついでに、よい誕生日を、そしてイースターを迎えるように祈る。

もう一つ言い忘れたが、ぼくは妻と、お手伝いをつれて日本へ向かうことにした。女性が乗っているのは平和のしるしだ。船長以下、総員三十八名。ぼくらの共通の友人信仰の友ウイリアムズも、医師のパーカーも一緒だ。

一八三七年、七、三、夜十一時四十五分。

チャールス・ウイリヤム・キング

神の与え給いし友ダグラス・ヘイマン〈へ〉

二

七月四日に広東（カントン）を出帆したモリソン号は、十二日午前十一時那覇（なは）港外に錨（いかり）をおろした。

「あ！　日本の船がたくさんいるで」

久吉がいち早く千石船（せんごくぶね）を見つけて、港のほうを指差した。そこには九隻（せき）の和船が碇泊（ていはく）していた。

「ほんとや、舵取りさん。千石船や」

音吉の声も上ずった。庄蔵たち四人も、懐かしげに目を輝かした。

那覇の港には、その両側から石垣造りのがっしりとした長い防波堤が海の中に突き出ていた。その二つの防波堤の先端に、それぞれ小さな城が築かれてあり、向かって左手の防波堤には、更にもう一つの小城が築かれ、寺まで建てられてあった。そして、その防波堤の上を、馬や人が絶えず往き交っていた。

「どうや、音。あの千石船で日本に帰りとうないか」

久吉の言葉に、音吉は激しく首を横にふって、

「千石船はもうこりごりや。久吉だって、そう言うていたやないか」

と、怒ったように言った。何年ぶりかで見る千石船は、確かに胸の熱くなるほど懐かしかった。だが音吉は、もはや再び千石船に乗りたいとは思わなかった。ホーン岬のあの凄まじい嵐をさえ無事に乗り切ったイギリス軍艦イーグル号や、ロンドンからマカオまでのゼネラル・パーマー号の危なげない航海は、千石船のもろさを、いやというほど思い知らせてくれた。

七人が甲板で話していると、船長がやって来て、急いで船室に隠れるようにと言った。岩吉たちがこの船に乗っていることを琉球の役人に知られるのを恐れたのである。

だが一時間過ぎても、モリソン号に近づいて来る船は一隻もない。他の港であれば、傍らを過ぎる漁船でも、珍しげに近づいて来る。が、琉球の漁船は、決してモリソン号

に近寄ろうとはしなかった。二時間経ち、三時間経ったが、役人すら訪ねては来ない。船長インガソルは小首をかしげた。キングも、宣教師ウイリアムズも、不審に思った。琉球は清国と、薩摩藩の両方に属するとは言っても、実はほとんど薩摩藩の勢力下にあって、ヨーロッパ船との通商が許されていなかった。みだりに外国船に近づくことは、あらぬ嫌疑を受けることになる。しかしそんな琉球の事情を、船長もキングたちも知らなかったのである。

三時を過ぎて、ようやく二隻の小舟がモリソン号に近づいて来た。半裸の男たちが十二人、鮮やかに艪をこいでいる。その小舟の中に、琉球の役人が幾人か乗っていた。役人たちは、和服によく似た袖のひろい衣服をまとい、煙管と煙草入れを腰の帯にたばさんでいた。岩吉たちは、小舟の近づくのを船室の窓からそっとうかがっていた。

「わしら見つかったら、どうなるんやろ？」

「心配あらせんやろ。日本のお上ではないだでな」

「けどな、どこのお上でも、お上は怖いで」

音吉と久吉はひそひそと語り合った。

しばらく経って、足音がし、琉球の役人たちが船室に入って来た。七人は、はっと身を固くした。が、役人たちは格別咎める様子もなく、七人に近づいて何か言った。

「はい、わしらは日本人とです」

庄蔵がつつしんで答えた。

　薩摩藩と絶えず交渉のある役人たちは、薩摩弁で何か熱心に庄蔵に語りかけた。岩吉たち三人にはわからなかったが、話を終えた役人は、親しげに庄蔵の肩に手を置き、部屋を出て行った。その様子を、キングがドアの傍に立って見守っていた。

「船頭さん、あの人たち何と言うたんや？」

　役人たちが去ると、待ちかねたように音吉が尋ねた。

「いや、それがのう。流されて、日本に帰るところやと言うたらのう、悪いことは言わん、ヨーロッパの船から降りて、薩摩の船で帰ったほうが安全だと、そぎゃんこつ言うとりましたわ」

「ふーん。薩摩の船で帰ったほうがのう」

　寿三郎が落ちつかぬ顔になった。

「そしてのう。これはヨーロッパの人には喋ってはならんと、肩を叩いて帰ったとですたい」

「ふーん。内緒とのう」

「それでわしは、みんなとよく相談すると答えたとです」

「なるほど。何やもやもやするわな」

　久吉が胸のあたりを撫でまわしながら岩吉を見て、

「舵取りさん。わしらの気持ちは定まっている筈やけどな。そんな話を聞いた以上、もう一度はっきり肚を決めたほうがいいとちがうか。な、船頭さん」

「その通りとです」

一同は岩吉の言葉を待つ顔になった。

「そうやなあ。既に決めたことやが、改めて言われるとなあ……」

岩吉はややしばらく黙って考えていたが、

「薩摩の船で行ったら安全やということやが、それはつまり日本の船やったら、外国の船より、お上の気を悪うせんということやろかな」

「多分そぎゃんこつでしょう」

「けどな、どっちの船で帰っても、取り調べはあるやろ。お咎めはあるやろ」

「むろん、お咎めはあるとです」

「それや、それが問題や。琉球に来る前はどこにいた？　マカオにいたと言えば、マカオにいた証拠はあるかと聞かれるやろ。その時、何を証拠にすればいいんや。ロンドンにいたことも、フォート・バンクーバーにいたことも、誰も請け合ってくれんのや。この大嘘つきがと言って、どんな難癖をつけられるか知れせん。それが恐ろしいで」

「そうや。舵取りさんの言うとおりや」

音吉も不安げに言う。岩吉が言葉をついで、

「確かにな、船頭さん。もし、モリソン号に乗って行ったら、お上は気い悪うするかも知れせんけどな。わしらも知ってのとおり、この船には大砲もなければ、戦する者も乗っておらせん。ミスター・キングのご新造や、女中まで乗っている」

「そのとおりですたい」

「これだけ真を尽くしているんや。大砲の外した跡まであるんや。日本のお上かて、アメリカやエゲレスの親切が、わからん筈がないやろ」

「わしも舵取りさんの言うとおりやと思うわ。な、音。だからマカオで聞かれた時に言うたんや。日本の船では帰りとうないとな」

「そうや。第一、わしは日本の船がいやや。嵐が来てまた流されたら、またアメリカや。この上また一年も流されたらどうするんや」

庄蔵たちにしても、長崎と熊本の目と鼻の先で漂流したわけである。和船のもろさをいやというほど身に沁みていた。近いようでも、日本はまだまだ遠い。快速船モリソン号で帰るほうが、より安全だと、七人は思った。しかも、人格円満なキングや、日本語のできるギュツラフに頼っていれば、日本の役人との交渉も、すべてはうまくいくと七人の意見は一致した。

三

翌日も暑かった。船室の寒暖計は午前十時で華氏九十度を超えていた。昨日上陸したキングたちは、今朝も早くから、ボートを漕いで都の首里を訪ねて行った。が、昨日にまさる暑さに、遥かに浮かぶキラマ諸島を丘の森から眺め、東の首里の家並みを眺めただけで、引き返して来た。

船に戻るや否や、ウィリアムズが岩吉たちに告げた。

「漢字とひら仮名で書いた本を持っていた少年がいましたよ。あれは日本人でしょうか。それはそうと、琉球という所は、清国とは全然ちがいますね。清国では、物売りが大声で叫びながら売り歩きますが、そんな物売りは一人もおりません。いや、人だけではありません。犬がいるのかどうか、犬の鳴き声もしなかった。静かな町ですよ」

聞かされて岩吉たちは、甲板から那覇の町を眺めた。焼けつくような太陽の光が、丘の緑をぎらぎらと照らしていた。

甲板から下りた岩吉たちは、ドアをあけ放したままの船室に、暑さを避けた。と、庄蔵が笑いながら、

「琉球の女子は、なかなかよかとです」

と、故里で聞いた話を始めた。

「なかなかよかと？　どんなふうによかとですか」

久吉が庄蔵たちの言葉を真似て、膝を進めた。

「それはのう、嫁入り前は遊び女のようにどぎゃん男とでも交わるとです」

「へえー、それはええな。けど、親は黙っとるのかな」

「いやいや、親も娘も、これを恥とはせんとです。ばってん嫁いだが最期、その堅いこと比べるものがないちゅうこつです。親戚の者が来ても、顔を見せんとです。亭主のほかか、絶対に同席せんとです」

「ほう。どうしてそんなに堅くなれるんやろな。不思議やな」

「全く不思議なこつです。その上、嫁したる以上は、自分で稼いででも、亭主を色里に遊ばすのが、ここの女の道とですたい。決して妬きもちは焼かんとですたい。亭主を遊ばせんような者は、婦道を知らぬと、笑い者になるちゅうこつです」

　久吉がまた庄蔵の言葉を真似て、

「こりゃあ、男の極楽たい。全く、ゆうべ聞いたように、ここは乙姫さんの竜宮たい」

　昨夜庄蔵は、浦島太郎が亀につれて行かれた竜宮は、即ちこの琉球だと言っていた。六人が、久吉のひょうきんな語調に、思わず笑った時、あけ放ってある戸口から、昨日の役人が入って来た。七人は途端に押し黙った。

「おはんらは、まちがいなく日本人でごわすな」

　いかめしい薩摩の言葉だった。

「昨日も申したとおり、わしらは日本人ですたい」

　きっぱりと庄蔵が答えると、役人たちは急に昨日のように早口となり、庄蔵もまた早口に答えた。昨日と同じく、ここでモリソン号から降りるのを勧めているのが、岩吉たちにもわかった。

　が、やがて役人は出て行った。

「断ったんやな、船頭さん」

　音吉が尋ねると、

「断ったとです」

庄蔵は微笑して見せた。

この日の昼、船長が役人たちに頼んでおいた新鮮な鶏卵やみずみずしい瓜が食卓を賑わした。

午後になって、日本の船が一隻薩摩に向けて出て行った。砂糖が積まれてあるのだと、ウイリアムズが言った。日本の船に乗ることを拒んだ七人は、複雑な思いでその船を見送った。と、音吉が叫んだ。

「あ！　舵取りさん。宝山丸と書いてあるわ！　宝順丸の弟分みたいやな」

岩吉は船尾に書かれた「宝山丸」の字に目をとめたまま、答えなかった。

十四日、通訳のアニヤと、役人たちが、肥えた三頭の豚と、同じく大きな二頭の山羊を、幾桶かの水と共に運んで来た。

そしてこの日、軍艦ローリー号がその姿を南の洋上に見せたのである。

「来た来た！　ローリー号が来たーっ！」

岩吉たち七人をはじめ、キングもウイリアムズも、一斉に声を上げて手をふった。役人たちが驚いて船端に駈けよる程の歓声であった。キングがふり返って役人に言った。

「あの船から友人が乗り移ったら、われわれは明日にも出帆します」

「明日!?　明日ここを出るのですな」

おさえきれぬ笑みを浮かべて、いかにも安心したように、お互いにうなずきあった。

やがて役人たちはモリソン号を降り、錨をおろしたローリー号に小舟を向けた。岩吉たちは暑い甲板に出て、ギュッラフを待った。まもなくギュッラフがモリソン号に乗りこんで来た。

「おう、みなさん。ご機嫌よう」

ギュッラフは、岩吉、久吉、音吉と、順々に握手をし、庄蔵から力松に至るまで、一人一人に言葉をかけた。音吉はうれしさの余り涙をこぼした。一年七か月、音吉たちはギュッラフの家に世話になったのだ。その間、一度としてギュッラフは三人を冷たくあしらったことはない。ギュッラフはいつも、三人を大切な友人のように扱ってくれた。

そのギュッラフと七人の様子を眺めていたウイリアムズとキングが感動の面持ちで近づいて来た。

しばらくして、七人は船長室に呼ばれた。そこにはギュッラフとキングが待っていた。七人が椅子に腰をおろすや否や、ギュッラフが日本語で尋ねた。

「どうですか。あなたがた、日本に帰る心の準備、できましたか」

「はい。できております」

岩吉が答えた。ギュッラフは、音吉、久吉、庄蔵と、一人一人の気持ちを確かめて行った。一同が、帰る覚悟ができていることを順に述べると、更にギュッラフが言った。

「では、ほんとうに日本に帰りたいですか」

ギュッラフは、これまた一人一人に答えを促した。

「どんなことがあっても帰りたい。日本に帰るしか、望みはありません」

「日本のほかに、どこに帰るとですか」

「親と子の顔を見たら、その場で息が絶えてもかまいませぬ」

七人はそれぞれ真心から答えた。

「では最後に、もう一つ尋ねます。このモリソン号で、行きたいですか。それとも、日本の船で行きたいですか」

七人は口を揃えて、モリソン号で帰りたいと告げた。日本の船が、嵐に弱いことも告げた。ギュツラフは、重ねて尋ねた。

「この船で日本に行っても、日本はあなたがたを受け入れますか」

「わしらは日本人です。きっと、情け深く、わしらの苦労を聞いてくれると思います」

岩吉が答えると、他の六人も、口々に同じことを言った。ギュツラフは英語でキングにその旨を伝えた。と、キングは英語で言った。

「あなたがたの気持ちはよくわかりました。あなたがたの意志を尊重して、日本に送り届けましょう。安心してください」

七人は、琉球の役人から薩摩の船に乗るようにと勧められたことは、ギュツラフに話さなかった。モリソン号のほうが、すべての面で安全に思われたからである。

七人が立ち去ると、ギュツラフとキングは、日本人のために一層力を尽くすことを誓い合って握手を交わした。

「今日、ローリー号で会議があります。終わり次第、わたしの荷物をこちらに運びたいと思います。多分、明日の午後にはここに移ることができるでしょう」

ギュツラフはそう言って、忙しげに立ち上がった。ギュツラフは、長官エリオットの計らいで、明日からしばらく、休暇が与えられることになっていた。つまり、ギュツラフはイギリス政府の官吏ではなく、個人として日本を訪れるのである。

部屋を出ていこうとするギュツラフに、キングが言った。

「ミスター・ギュツラフ。恐縮ですが、ローリー号にお預かり頂きたい荷物があるのですが」

「おやすいご用です。どんな荷物でしょうか」

「船員に運ばせます。実は、わたしの知らぬ間に、キリスト教の小冊子がたくさん積みこまれてあったのです」

マカオを発つ時の申し合わせでは、日本政府を刺激しないために、一切の宗教文書をモリソン号に乗せないことにした筈であった。だが、伝道熱心なギュツラフがひそかにトラクト（冊子）を何千部も積みこんでいたのである。

ギュツラフは少し顔を赤らめて詫びた。

「申し訳ありません」

「わかっていただけたらありがたい。ミスター・ギュツラフ。わたしは何よりも、彼らを安全に故国に帰してやりたいのです。そのためには、この度だけは、トラクト頒布は舞っていた。

「あきらめてください」

「わかりました。お手数をおかけいたしました」

ギュツラフは、キングの真実に打たれたようであった。

サンゴ礁の汀に打ち寄せる波が白い。カモメが幾つも夕焼けを映した海の上に、低く

四

七月十六日夕七時、モリソン号は日本を目指して、琉球の南端を迂回していた。那覇港が視界から消えて、一時間以上は過ぎている。和風を受けて、船はゆるやかに海上を進んで行く。

船長室には、船長インガソル、医師パーカー、宣教師ウイリアムズ、オリファント商会のキング、そしてギュツラフの五人が、食後のコーヒーを飲んでいた。

点したばかりのランプが、静かに揺れている。ふと、ギュツラフは違和感を感じた。それは、甲板にいた時は感じなかったものだ。ギュツラフは暗くなった窓外に目をやった。暗くはなっても、彼方の水平線は、空と水との境をはっきりと区分していた。

(そうか……)

水平線を見つめながら、ギュツラフは自分が何に違和感を感じたのかに気づいた。五人の中で、ギュツラフだけがイギリス政府に属していて、他の四人はアメリカ人であっ

たのだ。が、それだけではないことを、ギュツラフは心の隅（すみ）に感じていた。

「ところで皆さん。ここでもう一度、この度（たび）の航海について、重要な懸案を討議しておきたいと思いますが、よろしいでしょうか」

キングがにこやかにコーヒーカップを皿の上に置きながら言った。一同が口々に賛成をとなえた。

「では、先（ま）ず、われわれが日本のどこに入港するかということですが、船長はいかがですか」

「わたしはやはり、長崎港に入るのが穏当（おんとう）であると思います。前回にも申しましたように、日本では、長崎港以外に、ヨーロッパの船を入港させないことになっていますから」

「わたしは、船長（キャプテン）の意見に異議があります」

若いウイリアムズが元気な顔を船長に向けた。

「どうぞ何なりと」

船長は鷹揚（おうよう）にうなずいて見せた。

「船長、第一にこのモリソン号はヨーロッパの船ではありません」

「なるほど、われわれはヨーロッパではなくアメリカだ」

船長は愉快そうに笑った。

「そこですよ、船長。日本の法律には、ヨーロッパの船の入港は規制していますが、わが国アメリカについては、只の一行も書かれておりません。彼らはまだ、アメリカの存在を知らないのですから、われわれアメリカを規制する法律がある筈がありません」

「それはおっしゃるとおりです」

医師のパーカーも相槌を打った。

「とするとですね。われわれが江戸に入港しようと、薩摩に入港しようと、はたまた岩吉の故郷熱田に入港しようと、決して日本の国法を犯すことには、ならない筈です」

「それは確かにそうですがねえ。日本がわれわれをヨーロッパの船と思って、国法を破ったと詰るかも知れませんよ」

船長インガソルはあくまで慎重だった。

「船長の心配はごもっともですが……」

キングが口をひらいて、

「日本の政府に咎められたなら、われわれはヨーロッパの者ではなく、アメリカの者であることを説明しましょう。そうすればわかってくれると思います。われわれに関する規制がない限り、われわれは自由なのですから。それはそれとして、わたしも江戸に直航すべきだと、今も考えているのです」

一同はキングの意志的なまなざしを見つめて、次の言葉を待った。

「その第一の理由は、江戸には、日本の最高政府が置かれているからです。最高政府と直接交渉することが、最良の道だとわたしは信じます。なぜなら、最高政府さえ岩吉たちを受け入れてくれるなら、彼らの安全は全く保証されるからです」

「そうです。それが、この度の最も重大な、そして果たすべき問題だとわたしも思います」

ウイリアムズが力をこめて言い、

「ミスター・キングの意見に、全く同感です。もし、地理的に一番近い薩摩藩と交渉して、薩摩が岩吉たちを受け入れても、江戸の政府が受け入れなければ、岩吉たちの安全は侵されるかも知れません。何しろ日本の最高政府は端倪すべからざる強力な政府と聞いておりますから」

黙って聞いていたギュツラフが、はじめて口をひらいた。

「確かにおっしゃるとおりです。われわれは、日本人たちを、只届けさえすればいいのではありません。彼らが安全に受け入れられなければ、苦労して送り届ける意味はなくなるのです。わたしも、江戸にある政府と交渉するのが、最善の道だと考えます」

船長インガソルは腕組みをしたまま、静かに揺れるランプを見つめていた。博学のウイリアムズが言った。

「では、江戸に入港と肚を決めましょう。何しろ江戸の人口は百万と聞いています。広さも六十平方哩の大都会だそうです。一六一六年に完成したという近代都市江戸こそは、多分地方的な偏見を持たぬ都市だとわたしは思います。恐らく古い慣習もないにちがいありません。つまり、合理的に問題を討議し得る政府がそこにあると、わたしは信じますが……」

一同はうなずいた。見たことのない日本は、誰にとっても謎に満ちた国であった。むろん、日本が排他的な国であることは、誰知らぬことのない事実であった。が、その日本も、曾てはヨーロッパの諸外国と通商していたと聞いている。今日本が鎖国政策を取っているのは、その諸外国が日本の国法を度々犯したためであるとも聞いている。しかし、新しい国アメリカは、曾て一度も日本を訪れたことがない。従って日本の国法を犯したこともない。今、初めて、アメリカは日本を訪れようとしているのだ。しかも七人の日本人漂流民を送り届けるのが主な目的である。紳士的に交渉すれば、江戸にある最高政府は、必ず自分たちの人道的な行動を評価してくれると、一同は思っていた。幾度か意見が交わされた後、結局は船長インガソルも江戸直航に同意した。パーカーが言った。

「ミスター・キング。これで決まりましたね。もしかすると、日本の政府はアメリカとの通商を認めるかも知れませんね。日本政府に通商を拒まれるような過失を、アメリカは過去に一度も犯してはいないのですから」

「そうなれば、願ったり、叶ったりです」

キングは楽しそうに笑った。その声に合わせて、一同も笑った。が、ギュツラフは、またしても、自分がイギリス政府の官吏であることを改めて感じた。ギュツラフは、四人と共に声を合わせて笑うことができなかった。ギュツラフは、今日、イギリス戦艦ローリー号からこのモリソン号に乗り移った。ローリー号は、モリソン号に先立って那覇の港を出帆した。その行き先を、ギュツラフは誰にも語ってはいなかった。それは、国の機密に関する事柄だったからである。ローリー号は今、小笠原諸島に向かっている筈だった。小笠原諸島は、イギリス人が発見し、一応イギリスの占領下にあった。ローリー号は、小笠原諸島の測量調査に出かけたのである。その結果小笠原諸島が永遠に英領になるか、否かが決まる筈であった。そうしたことを語り得ぬというだけで、ギュツラフは四人との間に、一つの溝を感じていた。だが、決定的な溝は別にあった。

ギュツラフは、不意に、その溝を超えたい思いに駆られた。熱情的なギュツラフは、自分でも思いがけぬことを、突如として言ったり、したりすることが、度々あった。ギュツラフは口を固く閉じてうつ向いた。口まで出かかった言葉を抑えようと思ったのだ。

「どうしました？　ミスター・ギュツラフ」

いち早くギュツラフの様子に気づいたキングが声をかけた。ギュツラフは暗くかげる目を上げて、ゆっくりと一同を見まわした。

五

琉球の島を左に見ながら、船はたゆたうように夜の海を進んで行く。ギュツラフは、一同を見まわしてから深い吐息をついた。

「ミスター・ギュツラフ。江戸に直航することについて、何かご不満でも……」

キングが丁重に尋ねた。

「いいえ。それは全面的に賛成です。わたしは只……あなたがたが羨ましいのです」

「羨ましい？　一体、何が羨ましいのでしょう？」

「…………」

ギュツラフは再びうつ向いた。ウイリアムズが快活な笑顔を向けて言った。

「ミスター・ギュツラフ。わたしこそあなたが羨ましい。あなたは語学の天才だ。プロシャに生まれながら、英語も、清国語も自国語のように話される。シャム語も日本語も、またたくまに修得される。何か国にも訳された数々の聖書。ああ、わたしにもその才があったら……。全くあなたは天才だ」

ウイリアムズの賞賛に、ギュツラフは口を歪めて、

「ありがとうミスター・ウイリアムズ。しかし、如何なる才能も、神に用いられてこそ、生きるというものです」

「あなたの才能は、立派に用いられているではありませんか」

医師のパーカーの言葉も温かかった。

「いいえ、ミスター・パーカー。神が与えてくださった才能を、サタンもまたしばしば利用するのです。そのことは、とうにあなたがたもご存じだと思います」

一瞬、一同は押し黙った。ギュツラフが何を言い出そうとしているかを、察したからだ。

「皆さん、わたしは伝道者です。が、同時に商務庁の官吏です。ということは、常にイギリス政府の方針に従わなければならないということです。これがわたしにとって、どれほど辛いことか、おわかりでしょうか」

ウイリアムズがうなずいて、

「わかります、ミスター・ギュツラフ。神の方針と、イギリス政府の方針とが、常に一致しているとは限らないでしょうからね。いや、イギリス政府に限らず、どこの国の政府の方針も、なかなか神の方針とは一致しませんでね。われわれアメリカの国にしても、残念ながらその例外ではありません」

と、やや冗談めいた語調でギュツラフを励ました。

一八三一年、清国はアヘン輸入を禁じ、翌年再び、アヘン輸入を厳禁した。更に三年後の一八三四年には、イギリスからのアヘン輸入禁止を宣言した。にもかかわらず、いまだにイギリスは清国にアヘンを売りつけている。イギリス商務庁の通訳官であるギュツラフは、そのアヘン取引の交渉にも、通訳の責を果たさなければならなかった。

一方、キングたちの属するオリファント商会は、アメリカ貿易商社の中でも、アヘンを扱わぬ唯一の商社であった。キングたちもそのことに誇りを抱いているのを、ギュツラフは知っていた。キングたちがアメリカ人であるということよりも、決してアヘンを扱わぬ商社であるということのほうが、ギュツラフの心を重くさせていた。

「みなさん、わたしは一度このことをざんげしなければならないと思っていました。わたしは右手で福音のトラクトを配りながら、左手で大きな罪を犯していたのです」

パーカーが、おだやかな目をギュツラフに向けて、

「ミスター・ギュツラフ。人間というものは、多かれ少なかれ、右手でよいことをし、左手で罪を犯しているものです。イエスは、右手でしたよいことを、左手に知らせるなと言いましたが、わたしたちは左手のした悪いことを、右手に知らせまいとして、必死です」

一同は思わず笑った。パーカーがつづけて言った。

「医師という商売も、右手で病人の命を救い、左手で殺すことがしばしばあります」

その言葉を聞いて、キングが言った。

「ミスター・パーカー、それは過失というものでしょう。殺そうとして殺したんじゃない。助けようとして死なせてしまったまででしょう」

「いや、貴重な命を扱う使命がある以上、わたしは医者として、自分の誤診はむろん、致し方なかったと思える患者の転帰をも、自分の罪としてきびしく追及すべきだと思っているのです」

「それはすばらしいことです、ミスター・パーカー。人間は、自分の過失や罪の言い逃れのためには、無数の弁解の言葉を用意しています。それがあなたにはない。しかし、ミスター・パーカーの立場と、ミスター・ギュツラフの立場とはちがいます。ミスター・ギュツラフ、わたしはあなたが、なぜイギリス商務庁に仕えているのか、正直の所

ながら言った。


キングは率直だった。ギュツラフは口ごもった。と、船長のインガソルがあごをなでながら言った。

「しかしミスター・キング。こうも言えはしませんかねえ。ミスター・ギュツラフがもし商務庁を辞められても、必ずその代わりの人間が現れるわけでしょう。その人間が通訳になるより、ミスター・ギュツラフが通訳であるほうが、清国人にとって幸いであるということはありませんか」

「さあ……船長が善意に考えるお気持ちはわかりますが、しかしわれわれは、この世の国籍こそちがっても、キリストにあっては、〈われらの国籍は天にあり〉なのです。だからこそわたしは、ミスター・ギュツラフに申し上げたい。どうか福音のために専心なされることをと」

「わたしもそうしたいのです。しかし……」

「しかし、イギリスの商務庁があなたの才を惜しんで手放さないのでしょう。そう簡単にはお辞めになれませんね」

パーカーが言うとキングが首を横にふり、

「わたしはそうは思わない。アヘンがいかに人間の体と魂を蝕むか、そして死に追いやるか、その悲惨な実態は、ミスター・ギュツラフは、よくよく知っておられる筈です。わたしたちの商会は、アヘンがどんなに利益になろうと、あれだけは決して扱わない。

それが神を信ずる者の良心だと思うのです。わたしがこの際それをミスター・ギュツラフに求めても、無理だとは思わない」

ギュツラフは深くうなずいた。船長のインガソルが少し気の毒そうに言った。

「ミスター・ギュツラフ。人間というものは、確かにいろいろな罪を犯すものです。ことアヘンにかけては全く過ちを犯さなくても、他のことでは過ちを犯しているかも知れません。いや、一日たりとも、われわれは罪を犯さずには生きていけない存在です。われわれも口幅ったいことは言えないのです」

「ありがとう、船長。しかし、わたしのしていることは恥ずかしいことです。むろん、いつもアヘン輸出に関わっているわけではありません。しかし、わたしの給料は……汚れています」

「では、どうでしょうか、ミスター・ギュツラフ。あなたが商務庁官吏としての立場を、神の御心（みこころ）に叶（かな）うように用いられては」

ウイリアムズが言った。

「と、申しますと？」

「つまり、アヘンの害を説いて、輸出を思いとどまらせるように、イギリス政府に進言するのです。わたしはそのことのために祈りたい」

ギュツラフは額に手を当てて少しの間考えていたが、

「わかりました。今後、大いに努力してみましょう。それは大変むずかしいことですが……。実は、わたしは、清国の人々にもヨーロッパの人々にも、そして岩吉たちにも、アヘンはむろんのこと、酒や煙草の害を幾度も語ってきました。しかしわたしは、わたしのしてきたことを、根本的に改めなければならないと思います。皆さんのように、ピューリタン（清教徒）の信仰をわたしも持たなければ、本当の伝道にはならないと思います」

少しギュツラフの表情が明るくなった。が、キングは、そのギュツラフの顔を、いたましげに眺めた。

（この偉大な天才といえども、果してどこまでイギリス政府に立ち向かうことができるか）

キングは疑わずにはいられなかった。むろんこの時、キングは、この三年後の一八四〇年、イギリスがアヘン戦争を前にして清国の舟山列島を占領した際、ギュツラフがその列島の司令官になるとは、想像もしなかった。

キングはギュツラフの顔を見つめながら、昨日岩吉たちの手を握りしめていたギュツラフのあたたかいまなざしを、複雑な心で思い返していた。

ああ祖国

一

帆を張ったロープの軋む音が絶えない。七月二十九日午前四時、音吉は小用を足した後、船首の甲板に立って、行く手に目をこらした。まだ明け切らぬ水平線は海とも空ともわかちがたかった。マカオを出て二十七日目、琉球の那覇を出てちょうど十五日目になる。音吉は潮風を胸一杯に吸いこんだ。途端に眠気が吹きとんだ。

(今日こそ日本が見えるやろか)

胸苦しいほどの期待に、音吉の胸はふくらんだ。二十五日頃から、気温が次第に下がって来た。ウイリアムズが、日本に近づいて来た証拠だと言っていた。今朝の風は、昨日の朝の風よりさらに涼しい。

「音、早いなあ」

久吉がいつの間にか傍にやって来て、のびをしながら大きな欠伸をした。

「うん」

「おちおち寝てもいられせんわな」

「うん。寝ていられせん。いつ日本が現れるか、胸がわくわくや」

船縁に塩が白くこびりついている。久吉はその塩を指で掻いてなめた。そしてにやっと笑った。

「何や久吉、何を笑うとる？」

「思い出したんや」

「思い出した？　何のことや」

「ほら、何とか言うたな。バクサ何とかな」

久吉は赤銅色の二の腕に、指で×印を書いて見せた。

「あ、疱瘡にならんようにって、ドクター・パーカーが船員たちにしてたわな」

「わしらにもしてくれると言うたで、参ったわ。あれ、バクサ……」

「ああ、バクサネイションやろ」

「よお覚えとるな、音は」

「でもな久吉、何を覚えても、もうイングリッシュには用がないで。日本に帰ったら、日本の言葉だけでいいでな」

「ほんとやな。音、日本の言葉だけでいいんや。うれしいな、音」

「うれしいな。何や、ほっとするな。けど、癖になっていて、サンキューだの、アイムソーリーだの、口から出て来んやろか」

「当分は出てくるやろな。出て来てもええわ。日本語しゃべったような顔をしてればええ」

「それもそうやな。エゲレスの言葉は、お上かて知れせんでな」

言いながら、しかし音吉は何か不安でもあった。

山羊の鳴く声がした。琉球で山羊や豚をもらったが、それも一頭だけになってしまった。

「音、日本に帰ったら、魚を一杯食えるで。もう肉は食わんでもええで」

「肉食うたなど、これも日本に帰ったら言えせんな」

「そうやな、言えせんことが、たくさんあるわな。ジーザス・クライストのことは、口が裂けても言えせんしな」

「言えせん言えせん。ただただナムアミダブツや。もの言う度にお念仏となえてたら、まちがいあらせん」

東の空にたなびく雲が、僅かに黄色を帯びて来た。

「そろそろ舵取りさんも九州の船頭さんたちも起きる頃やな」

この幾日か、岩吉は日の出前に必ず甲板に出る。自分の目で日本の姿を捉えたいと、岩吉は言っていた。

「そうやな」

うなずきながら音吉は、この航海でアメリカ人のキングやウイリアムズ、そしてドクター・パーカーが、岩吉を日々重んじて行く様子を思い返した。数日前にはこんなことがあった。二十五日のその日、船は南西に流れる強い潮流に押し戻されて、前日に進んだ分だけ無駄になってしまった。翌日も、同様に潮に流された。そこで岩吉は進言したのである。

「もっと陸に近づくと、必ず北東に流れる潮に乗ることができる筈です」

船長のインガソルは謙虚に岩吉の言葉に従った。すると、たちまち岩吉の言うとおり、船は一日に五十三マイルも進むことが出来た。久吉と音吉は、それが何よりも誇らしかった。

「さすがは舵取りさんやな」

九州組の四人の気づかなかったことを、岩吉が気づいた。そのことがまたうれしくてならなかった。

思い出して音吉は、今またそのことを言った。

「ほんとにうれしかったなあ、あん時は。もし舵取りさんがいなかったら、この船やって、どこまで押し流されていたか、わからせんで」

「ほんとや、ほんとや。けど、言うこと聞いてくれた異人さんも偉いわな、音」

「偉い偉い。日本のお上だと、ああはいかんで。お前らはひっこんでおれ、と怒鳴るに決まっているでな」

岩吉の進言に、熱心に耳を傾けていた船長インガソルやキングの姿を思い浮かべながら、音吉は心からそう思った。

「ところでなあ、音。この船、ちゃんと日本へ着くやろか」

久吉は空に目をやった。薄墨色の空が次第に青みを帯び、黒く沈んでいた雲が、柔らかな灰色に変わっていた。

「どうしてや久吉。ちゃんと北に向かって進んでいるやないか。日本に向かっているだで、日本に着くやろ」

音吉は、無精ひげの目立つ久吉の顔を見た。

「けどな音。船長は日本が初めてだでな。行ったこともない日本に、間違いなく着くやろか。右も左も海ばかりやで」

「それは大丈夫や。久吉だって知ってるやろが。艫にも舳にも、羅針盤があって、海図もあって、世界中何処へでも、行きたい所へ行けるんや」

「それは知ってるけどな。マシン（機械）やって、こわれることもあるやろ。何や、急に心配になって来たわ」

久吉らしくない言葉だった。が、久吉は、日本が今日明日中に目の前に現れると聞いて、かえって不安にもなるのだ。日本に帰れる喜びが高まれば高まるほど、あらぬ想像も湧いて来るのだ。

「久吉にそう言われると、何やわしも心配になるけどな。ま、大丈夫や。必ずこの目で、日本の国を見れるで。この足で、日本の土を踏めるで」

「そやな。アメリカからロンドンまで行ったし、ロンドンからマカオまで、ぐるーっと廻って来たことだでな。今度はほんのひと月ほどの旅や。大丈夫やな」

フォア・マストのロープが頭上で大きく軋んだ。その上に、明るくなった空がひろがっていた。

二

「おおっ！」

驚きとも、うめきともつかぬ声を上げて、岩吉は北西の一点を指さした。

「あっ！　あれは！」

舳に居合わせた音吉、久吉、九州の庄蔵たち、そして博物研究の任を帯びたウイリアムズも、共に声を上げた。今までたなびいていた雲が不意に切れ、その切れ目に削り取られたような陸地の一画が、五里程の彼方に現れたのだ。

「御前崎や！　御前崎や！」

岩吉の声がふるえた。

「御前崎!?」

寿三郎の声もうわずった。

「そうや！　あれは確かに御前崎や！　御前崎にちがいあらせん！」

岩吉の言葉に一斉に歓声が上がった。二十回以上も、江戸と大坂の間を往復している岩吉にとって、御前崎を見誤る筈はなかった。岬の高さはおよそ十二丈、格別高くはない。が、その切岸の形に特徴がある。その御前崎の手前には岩礁地帯があり、更にその手前には沖御前崎と呼ばれる大きな岩がある。その岩を嚙む白波を、今岩吉の目は明らかに捉えていた。

「御前崎と申したら、駿府でごわすな！」

庄蔵の声も一段と高い。

「そうや、駿府や」

岩吉が答えた。一同は声もなく只御前崎を見つめるばかりだ。

（来た！　遂に来たっ！）

足を大きくひらいて突っ立ったまま、岩吉は両の拳を固く握りしめた。岩太郎を抱いた絹の姿が浮かび、老いた養父母の顔が浮かんだ。懐かしさに胸の張り裂ける思いを岩吉はこらえた。日焼けした岩吉の目尻に涙が光った。その岩吉と並んで、音吉も久吉も、庄蔵たち四人も、うるんだ目を大きく見ひらいたまま、肩をふるわせていた。そんな岩吉たちを見守るウイリアムズ、キング、そしてギュツラフのまなざしがあたたかかった。

音吉と久吉が早朝の甲板に立ってから、二時間後の午前六時のことである。

陸地を覆っていた雲が、いつしか搔き消すように消え、朝日を受けた海岸線がくっきりと見えた。北方に伸びるその海岸に、打ち寄せる波が白い線のように細い。

岩吉はつと、人々を離れた。と、船首に斜めに突き出たバウ・スプリット（斜檣）をよじ登りはじめた。バウ・スプリットからはフォア・マスト（前帆柱）を支えるロープと、前帆を張るロープが、フォア・マストに向かって吊られていた。バウ・スプリットの下には網が張られているとは言え、眼下は底知れぬ深い海である。そのバウ・スプリットを、岩吉はよじ登って行く。ここからは何物にも遮られず、故国日本を望み見ることが出来るのだ。

久吉と音吉も、ためらわずに岩吉の後を追った。庄蔵たち四人も後につづいた。そうせずにはいられない気持ちが、七人の心にあった。船の揺れに身をまかせながら、しばらくの間七人は、遠ざかり行く御前崎を眺めていた。順風と潮の流れに、モリソン号の船足は早い。

「これが宝順丸ならなあ、音」

久吉が真っ先に口をひらいた。

「ほんとやな、久吉。兄さも、船頭さんも、みんな揃って帰りたかったな」

「全くや。あのな音、あそこは駿河湾やろ。俺に初めて駿河湾という名を教えてくれたのは、水主頭や」

「水主頭か。せめて水主頭だけでも生きていてくれたらなあ」

音吉の胸に水主頭の仁右衛門の最期が思い出された。一年二か月の漂流も終わろうとする頃、残ったのは水主頭と岩吉たちの四人であった。その水主頭も床に着いたきりであった。岩吉に命じられて、布団のまま水主頭を、陸の見える開の口まで運んで行った。

岩吉が仁右衛門の肩を抱き起こして、

「ほら、白く見えるやろ。あれが陸や」

岩吉が指さすと、

「おう、あれが陸か」

と、仁右衛門は声をふるわせた。もとの場所に布団を戻した時、仁右衛門はしみじみと言った。

「よかったのう」

その声のやさしさを思い出して、音吉は今たまらない気持ちだった。仁右衛門は、陸を見て半刻も経たぬうちに、容態が急変して死んだ。兄吉治郎をはじめ、誰の死も辛かったが、わけても仁右衛門の死は辛かった。今、日本を目の前にして、仁右衛門の死が妙に心にかかった。

「わしら三人だけで帰るの、何や小野浦の人にわるいな、久吉」

「ま、それもそうやけどな。わしらが帰って、みんなの最期を知らせるのも、慰めになるやろ」

「そうやろか。でもなあ……」

狂って死んだ最期や、痩せ細って死んだ最期を知らせるのは、しのびない気がする。わけても、何人かを海の中に葬ったとは言えないような気がした。みんなフラッタリー岬に、丁重に埋葬して来たと言わなければならないような気がした。

モリソン号は船足も早く駿河湾の沖を過ぎて行く。

「富士はまだ見えんとですか、岩吉っつぁん」

寿三郎の声が潮風にちぎれる。

「見える筈やが、富士のあたりは雲が出ているだで……」

「それは残念とです」

「まあ、雲さえ上がれば、一日走っても見える筈だでな」

「舵取りさん、アメリカにも富士があったわなあ」

「アメリカに？」

年少の力松が怪訝な顔をした。

「いつか、話した筈やろ力松。ほら、インデアンの手から助けられて、フォート・バンクーバーに行く船の中でな、富士山が見えたんや。富士山そっくりの山がな」

久吉はコロンビア河の河口から、マウント・レイニアを見た時のことを、今更のように懐かしく思った。あの時、本当に富士山かと思ったのだ。もう日本に近いのかと思ったのだ。あの時の胸のとどろきが、昨日のことに思われる。今、七人が眺める富士のあたりは雲に覆われてはいるが、そこには正に本物の富士が聳えている筈だった。

（駿河湾か。遠州灘を過ぎたんやな）

岩吉は斜檣にまたがり、懐かしい故国の姿を見つめながら、宝順丸遭難の夜を思い出していた。

（あれから足かけ六年……）

宝順丸が熱田を出たのは、天保三年十月十日の朝であった。江戸へ向かった宝順丸は、翌十一日午後には、既に遠州灘を走っていた。灰色に垂れこめた空の下に、鉛色にうねっていたあの日の遠州灘を、岩吉は忘れることができなかった。遠州灘から眺める陸地は山が低く、不馴れな者には何処が何処やらわからぬ平板な地形だ。陸を見ながら航路を定める千石船にとって、一つの難所とも言える。とりわけ季節風の吹き荒れる秋は、船の難破する数も多かった。

あの日八つ半（午後三時）頃、岩吉は、船の後方洋上に現れた点の如き黒雲を見た。その時の戦慄を、岩吉はこの五年間、幾度思い起こしたことか。あの小さな黒点が、疾て雲だった。疾て雲の恐ろしさを知らぬ水主はいない。黒点は見る間に宝順丸の頭上一杯に広がった。その黒雲を引き裂くように稲妻が走った。それが嵐の始まりだった。やがて宝順丸は、大波の上に突き上げられ、波の谷間にずり落ち、ずり落ちてはまた突き上げられた。強風を孕んだ重い帆を、二基のろくろにへばりつきながら水主たちは引きおろした。棒のように太い雨足が、容赦なく叩きつけた。額も頬も抉るばかりの雨だった。三丈もある大波が、宝順丸を目がけて襲いかかった。

（あん時だあ、舵の羽板が波にもまれて真っ二つに引き裂かれたのは……）

夜の船倉に、アカ汲みに狂奔していた岡廻りや水主たちの姿がありありと目に浮かぶ。帆をおろした帆柱が黒雲を掻き廻すように大きく揺れながら、無気味に軋みつづけていた。つづいて積み荷が捨てられた。米俵が捨てられた。外艫が激浪にもぎ取られ、流し台と水桶が暗い波の底に呑みこまれて行った。吊り行燈が闇の中に揺れに揺れていた。

岩吉は次々にあの夜のことを思い出す。

「帆柱を切らにゃあーっ！」

叫んだのは、荷打ち（捨て荷）を指揮していた水主頭の仁右衛門だった。船倉から胴の間に米俵を引きずり上げていた岩吉が、大声で聞き返した。

「帆柱を切るとうーっ⁉」

聞き返す岩吉に、仁右衛門は厳然と言った。帆柱に当たる風で、船が不安定になる。その上、強風を受けて陸から遠ざかると仁右衛門は言った。

「水主頭ーっ！　帆柱を切りゃあ、二度と帆を上げれせんでーっ！」

岩吉は夜空に聳える太い帆柱を見上げて絶叫した。その帆柱の先が闇に融けて見えなかった。只嵐に軋む無気味な音だけが大きかった。

（あれが帆柱を見上げた最後だった）

岩吉はほっと重い吐息をついた。

船頭の重右衛門が、神棚の前で御幣を右に左にふりながら、一心に祈った。帆柱を切るか、切らぬか、神意を伺ったのだ。岩吉は、何と答えが出るか、胸苦しい程の緊張で、その結果を待っていた。

（帆柱がなくて、どうして帰ることが出来るか）

嵐は一時だ。決して切ってはならぬと岩吉は思った。が、みくじは「切る」と出た。

嵐に傾く船の上で、岩吉は斧をふり上げ、帆柱の根に打ちこんだ。

（みくじが反対に出たら、全員助かっていたのに……）

言いようもない怒りが不意に岩吉を襲った。

三

朝の六時に御前崎を見出したモリソン号は、三時間後には伊豆半島の石廊崎の沖合を走っていた。朝食もそこそこに、岩吉たち七人は再びバウ・スプリットに腰をおろして、日本の山々に見入っていた。荒波に抉られ、凹凸の激しい美しい海岸である。

「あれが石廊崎や」

岩吉が言うと、六人がまた声を上げた。

「山また山やな」

久吉が言う。庄蔵がうなずいて、

「美しか国とです」

しみじみとした声だ。音吉も讃歎して、

「ほんとにきれいな国や。山の向こうに山があって、その向こうにまた山があって、なあ久吉」

「うん。夢ではあらせんな、な、音」

久吉が自分の頬をつねった。

「夢ではあらせん、夢ではあらせん」

音吉の声がうるんだ。こうして、目の当たりに日本を見ることを、この五年間、どんなに想い描いたことか。帆柱も艫も失った宝順丸の上で、フラッタリー岬の魚臭いベッドの中で、フォート・バンクーバーのミスター・グリーンの心持ちよい部屋の中で、イーグル号のハンモックの上で、ゼネラル・パーマー号の船室で、マカオのギュツラフの家で、ひたすら恋いつづけたのは祖国の山河や、人々のことであった。故里の夢も幾度見たことか。

「あ！　父っさま、母さま！」

叫んだ瞬間、目ざめた時のやるせなさを、どれほど味わってきたことか。それが、今度こそ、この手でしっかりと父母やさとの手を握りしめることが出来るのだ。

（兄さのことは辛いけど……）

この五年の間、父母は吉治郎も音吉も共に死んでしまったと思っていたにちがいない。自分一人でも生きて帰ったのを見たら、どんなに喜んでくれることか。父の泣き出しそうな顔が目に浮かぶ。母の嗚咽する声が聞こえるようだ。

「兄さ――」

と、冷たい海の中まで入って見送ってくれたさとは、もう十四の筈だ。

（会える！　もう直き会える！）

不意に隣で久吉がうたい出した。

「お蔭でな、するりとな、脱けたとさ」

肥前の力松も真似てうたう。久吉は、くり返しくり返し、同じ唄をうたった。うたいながら、久吉の目に、お蔭参りから帰り着いた時の父の姿が胸を嚙んだ。父母に黙ってお伊勢参りに脱け出した久吉は、連れの長助に去られて幾日も帰りが遅れてしまった。家に近づくと、父の又平の怒声が窓から聞こえて来た。

「あの久吉の野郎、帰って来てみい。只じゃ置かんでな！」

潮風で鍛えた又平の声が、家の外までびんびんと響いた。それをなだめる母のりよの声がした。妹の品の声もした。叱られるのを覚悟で家に入った久吉を見た又平が、いきなり素足で土間に飛び出し、

「久吉か――⁉　よお戻ったなあ！」

と叫ぶと、痛い程に久吉を抱きしめ、大声を上げて泣いた。あの父の号泣を思い出す度に、久吉は心の底から、

（帰りたい。這ってもずっても帰りたい）

と思って来た。

「お蔭でな、するりとな……」

幾度目かの歌の最後が泣いていた。そんな日本人たちの様子をドクター・パーカーは日記に次のように書きとめている。

〈七名の漂流民は、再び祖国の海岸を見て非常に喜び、船首の斜檣に腰をおろして、熱心に祖国を見つめていた。見覚えのある岬や、島や、山を見る度に、歓声が上がった。

まもなく、この世で最も愛する、しかも長い間別れていた人たちに会えることを思って、胸をとどろかせていた。これが糠喜びに終わり、僅か数日で牢獄につながれる憂き目を見ることなどないようにというのが、口には出さなくとも彼らの願いであり、とにかく親切に受け入れられることを期待していた〉

パーカーが書いているように、岩吉たちの誰もが、抑えても抑えても抑え切れない喜びと共に、言いようのない不安を抱いていたことも確かであった。

「お上のお調べは、どの位かかるとですか」

岩吉の隣にいた船頭の庄蔵が尋ねた。

「さあてなあ、十日や二十日ではあらせんやろ。半年もかかった話も聞いているだでな」

「半年と!?」

「そうや。わしは北前船に乗っていた時、年寄りから聞かされたことがあった。折角日本に帰りながら、吟味がきびしくて気が狂った男がいたそうや。それればかりか、挙げ句の果てにその男は首を吊って死んだそうや。三十年も前のことやがな」

岩吉はその男の名を知らなかったが、これは事実であった。文化二年（一八〇五年）大坂の稲若丸がサンドイッチ諸島まで漂流し、アメリカ船に助けられた事件である。この男は、稲若丸に乗っていた水主の松次郎という男であった。アメリカ船が日本の漂流民を助けたのはこれが初めてであった。

「哀れなこってすなあ。折角故国に帰りながら、首を吊って死んだとは……。しかし、お上は一体、何をそんなに半年も調べるとですか」

「わしにもようわからせん。どこから船出したかとか、どこで嵐に遭ったか、どこの国に助けられたか、送って来た船が途中で商売をしなかったか、飛び道具をどこぞ船底にでも積んでおらなんだかとか、いろいろ聞くと言うわな。けど、何よりきびしいのは、キリシタンに改宗しておらんかということらしいな」

「キリシタンのう」

庄蔵は岩吉を見、

「踏み絵があるとですか」

「あるやろな」

答えながら岩吉は、自分はジーザス・クライストの顔をこの足で踏むことが出来るかと思った。

(何も信じたわけではあらせんが……)

しかし、自分たち三人をインデアンの手から買い取ってくれたマクラフリン博士はキリストを信じていた。親切にしてくれたミスター・グリーン夫妻も、ゼネラル・パーマー号のフェニホフ牧師も、長い間親身も及ばぬ世話をしてくれたギュツラフ夫妻も、このモリソン号ではるばる送ってくれるキングたちも、みなキリストを信じている。そのキリストの顔を踏むことは、これら親切にしてくれた人たちの顔を踏むようなものだと、岩吉は心が痛んだ。

（しかし、わしにはお絹や、岩太郎が待っている！）

たとえ、足一本、腕一本になっても帰らねばならぬと、岩吉は思った。

「わしは踏み絵など、いくらでも踏むとですが……お上はキリシタンの教えを受けたか、しつこく探るとでしょうな」

「そうやろな。けど何と言われても、何も聞かんかったと言い通すより仕方あらせん」

「わしは大人ですばい、しらを切れましょうが、ばってん力松などはまだ子供ですばい。脅（おど）され、すかされて、うかうかと口を割らんか、心配なこつです」

それは岩吉たち三人も、心配していたことであった。どんな巧妙なわなを仕掛けて取り調べをするか、役人のすることは想像もつかない。罪人をつくれば、その役人の手柄（てがら）になると聞いたことがある。一人の人間を罪に落とすために、どんな手を使われるか、わからないのだ。放免した後で何かが発覚した場合、役人は責任を問われる。それを恐れて長い時間をかけたり、拷問（ごうもん）をしたりすると聞く。

（チャーチに行ったことが、ばれなければいいが）

長い取り調べに疲れ果てて、力松だけではない、誰が口を割らぬ訳でもない。誰一人キリシタンになった者はいないが、説教を聞かされたことは事実なのだ。庄蔵たちには内緒にしてはいるが、聖書の翻訳（ほんやく）に手を藉（か）したことも事実なのだ。岩吉の胸はまたしても重くなって行った。

その岩吉の思いを知ってか知らずか、久吉が大声で言った。

「あっ！　島や！　舵取りさん」

指さす東南東の海原に、八丈島、御蔵島、三宅島、神津島、新島、利島、大島などの伊豆諸島が、飛び石のように連なって見えた。

四

昼食を終えて岩吉たちは甲板に出た。右手に白煙を吐く大島の三原山が見え、船は伊豆半島に一里程の近さに迫っていた。下田湾がすぐ目の前に見える。

「千石船や！」

「千石船や！」

久吉と音吉が船縁に駈け寄った。突如二十隻を超える千石船が海上に現れたのだ。小さな漁船も無数に見える。

「たくさんのジャンクですな。何かあったんでしょうか？」

キングと並んで何か話していたウイリアムズが、岩吉に尋ねた。どの船も西に向かって進んでいる。モリソン号とは行き交う形だ。岩吉は英語で答えた。

「ああ、あれらの船は、きっと下田の港に、風の変わるのを待っていたのでしょう。わたしたちも江戸を往復していた頃、よくこのあたりで風待ちをしていたものです」

岩吉の言うとおりだった。いつしか風向きが変わっていたのだ。西南からの風を背に受けていたモリソン号は、今、北東の風に逆らって、間切り航法に移っていた。幸い潮の流れに乗っていたから、難航する程ではなかった。が、今西に向かう千石船や漁船は、追い風を得てこのあたりの湾から出て来たらしい。

「小野浦の千石船はいないやろかな、音」

「わしもな、久吉。今そう思うていたところや」

「小野浦の船があったら、今すぐ乗せてってほしいわ」

「ほんとやなあ。みんな、自分の家に帰るんやろか、羨ましいなあ」

「帰り船とは限らんで。江戸から大坂へ向かうのもあるやろ」

九州の寿三郎たちも、近づいて来る千石船を見て、何か声高に話し合っている。

「わしらの船は三本マストだでな。異国の船だとすぐにわかるやろな」

「けど、気にもとめんようやな。あんまり近づいて来るのもあらせんわ」

そう言ったが、それでもモリソン号のすぐ前を横切って、南下して行った千石船があった。

ウイリアムズがギュツラフに言った。

「日本と言う国は、なんと美しい国でしょうな。まるで山また山の一大画廊を見るようですな」

「全くです。パノラマを見るようです。あの山並みの向こうに見えるマウント・富士をごらんなさい」

「口にもペンにも言い現せませんな。こんな美しい国だから、岩吉や庄蔵たちのような、賢く、礼儀正しい国民が育ったのですね」

今またバウ・スプリットに登って行く七人の日本人に目をやりながら、ウイリアムズは言った。

「同様です、ミスター・ウイリアムズ。おそらく日本人は、心あたたかくわたしたちを迎えてくれることでしょう。そして、快く彼らを引き取ってくれることでしょう。そしてあるいは、アメリカとの通商に心を動かしてくれるかも知れませんよ。ねえミスター・キング」

メモ帖を片手に、日本の風景を眺めていたキングが、二人に向かって笑顔を見せ、

「そう願いたいものですな」

キングはこの時、メモに次のような走り書きをしていた。

〈午過ぎわれわれは巨大な伊豆半島へ、二、三マイル以内に接近した。この半島の先端には、半島と同名の伊豆岬があり、アガチエ岬が西側にある。半島は崇高な山々の集塊で、中央には日本における最高峰の一つである富士山が、一万二千ないし一万五千フィートの高さに聳え、傾斜せる両側と、平らな頂上とで、大きな屋根の形をしている〉

しかしこの時、富士山の一部には、まだ雲がかかっていた。が、午後四時半には、モリソン号の北西に、全く雲の吹き払われたその姿を見せ、斜面の雪渓が、青空の下に七

月の陽を受けて輝いていた。この雪を見たパーカーは、
〈この間からわれわれは雪が近くにあることを感じていたが、水銀柱は七十七度半（摂氏二十五度強）を示していたにも拘らず、寒くて外套を着たいほどであった〉
と、その日の日記に記してある。

モリソン号は今、浦賀水道に向けて相模灘を静かに進んでいた。日はすっかり暮れて、一日中眩しく日を返していた海は、闇の中にくろぐろと静まりかえっていた。右手の大島も影のように黒い。波に見えかくれしていた漁船も水鳥も、いつしか影をひそめた。美しい緑の山々も最早その姿を消した。海岸の遠く近くに常夜灯が見える。


「日本の夜や」

船室の窓に寄っていた岩吉が呟いた。

「まことに日本の夜とです。マニラにも、マカオにもなかった夜とです」

庄蔵も、隣の窓から、暗くなった陸地を飽かずに見つめていた。

「これでお上が吟味をゆるうしてくれたら、言うことなかとですたい」

手枕をしたまま、寿三郎が言う。

「ミスター・ギュツラフは、日本人は大丈夫話が通ると言うていたがな」

岩吉もギュツラフの言葉に、いささか安堵していた。わざわざ異国の人々が、手間ひまかけて送り届ける者を、無下には扱わないと思いたかった。一番年下の力松が、もう

寝息を立てている。まだ十五の力松には不安が少ないのだ。

「おや？　舵取りさん、あの火は何やろ？」

音吉が訝しげに言った。

「火？　常夜灯とちがうか」

岩吉も、庄蔵も寿三郎も、音吉の指さす方に目を凝らした。

「何や、見馴れぬ火やな」

岩吉が素早く立ち上がった。と、みんなが岩吉の後につづいて甲板に出た。幾つかの高台に、赤々と燃え上がる火が見えた。

「常夜灯ではあらせん」

岩吉はきっぱりと言った。

「とすると……狼火かのう」

庄蔵の言葉に、一同が口々に叫んだ。

「狼火や！　狼火や！」

いつの間にか、ギュツラフやインガソル船長が近づいて来た。

「のろし？　それ何ですか」

ギュツラフの問いに岩吉が答えた。

「のろしはサインです。敵が来た時、兵隊を集める時、何か変わった事がある時、遠い所に知らせる方法です」

「わかりました。なるほど、ではあの火は、モリソン号を都に知らせるサインかも知れませんね」

「そうかも知れません」

音吉と久吉は不安な顔を岩吉に向け、ギュツラフに向けた。

「一体、どういうことになるんやろ」

次々と増える狼火を見て、音吉は心細げに言った。

「心配なかとです。ミスター・ギュツラフが話をつけてくれるとです」

船頭の庄蔵はあわてなかった。

「そのとおりや。ミスター・キングも、帝に貢物を持ってこられた。そのうえ、お上宛に書いた詳しい手紙も持って来られたでな」

その手紙には、漂流民七人のことが述べられてあり、アメリカという新しい国についての説明が述べられていた。贈り物は、初代大統領ワシントンの肖像画、手袋、百科辞典、望遠鏡、アメリカ史、アメリカ条約集などであった。またドクター・パーカーは、数々の薬を贈り物として用意して来た。

「この船は、日本に何の害も加える船ではなか」

「船頭さんの言うとおりや。大砲はみんな外した。キリシタンのちらしは一枚ものせてあらせん。ミスター・キングはご新造をつれて来たしな」

「ほんとやな。この船は戦船ではあらせん。ただ親切で、わしらを送ってくれているだでな。いくらお上やかて、遠い国のお客さんを、手荒くは扱わんわな」

久吉の明るい声も、しかし音吉の不安を静めはしなかった。音吉は狼火の赤い火を、言いようのない、いやな心地で見つめていた。

五

「音、雨やな」

眠っていた音吉の脇腹を突つきながら、久吉が窓から外をのぞいた。

「何や、もう朝か」

仄かに窓の外が明るい。音吉はむっくりと起き上がった。船倉にはベッドはない。皆、毛布にくるまって床に眠っている。熊太郎のいびきがとりわけ高かった。

「何も見えせんな」

向かい風に雨がしぶいて窓を叩いた。幾筋も幾筋も雨が窓を流れる。

「どの辺やろ」

音吉も窓に顔を近づけた。

「わからんが、日本の海であることはまちがいあらせん」

「ほんとやなあ。日本の海なんやなあ、日本のなあ」

音吉は夢を見ている心地だった。昨日見た、雲一つない富士山の、青空に聳えた姿が、目の底に焼きついている。緑の豊かな陸地の風景も、はっきりと思い返すことができる。

（あれは夢ではあらせんかったのや）

思いながら、霧雨の横なぐりに吹きつける窓を見ていると、何か不安でもあった。甲板を歩く幾人かの足音がひびいて来る。

「音、よく眠れたか」

「うん。夢も見んとよく寝たわ」

昨日一日、バウ・スプリットの上に、風にさらされながら、懐かしい祖国の姿に見入っていた。喜びと、不安の入り混じった緊張の一日であった。夜も目が冴えてすぐには寝つかれなかったが、一旦寝入ると、誰しも深い眠りに引きこまれた。一番先に寝ついた久吉が、今朝は誰よりも早く目がさめた。

半刻程経つと、一同が起き出した。まだ霧雨を交えた北風が船に挑みかかっている。甲板に上がった岩吉たち七人は、雨雲の早い動きを見上げながら立っていたが、

「冷たい雨とですのう」

庄蔵が太い眉を寄せて言った。

「ほんとやな、夏だと言うのに」

陽暦一八三七年七月三十日のその日は、日本の暦では即ち天保八年六月二十八日であった。音吉が言った。

「な、舵取りさん、わしらが国を出る時も、寒い雨がつづいていたような気がするがな」

「うん。寒い長雨やった、あの年も」

岩吉はゴム引きのコートの腕を組みながら、遠くに目をやった。と、寿三郎が言った。

「わしらが国を出た天保六年の年も、その前の年も寒か年であったのう。あちこちで飢饉騒ぎがあったとですたい。もしかすると、今日まで飢饉がつづいているかも知れんとです」

憂わしげに庄蔵は吐息をついた。庄蔵たちが日本を出た年も飢饉であったことは、岩吉たちも聞いていた。しかし年中暖かいマカオに暮らしていて、日本は再び豊作になったかのように、楽観していた。

雨風が絶え間なくコートの裾をあおる。音吉はあたりに注意深く視線を投げかけながら、昨夜の赤々と燃え上がる狼火を思っていた。モリソン号の来航を江戸に伝えたにちがいないあの狼火は、果たして自分たちに幸いをもたらす狼火か、災いをもたらす狼火かと、心にかかってならなかった。と、僅かに霧雨がうすれて、右手に陸地が見えた。

「あ！　舵取りさん、あれは何処や？」

岩吉も、他の五人も、音吉の指さす彼方に目を凝らした。緑のほとんどない陸地の手前の海に、大きな岩が幾つも見え、一瞬にして霧の中に消えた。

「洲崎や！　房総の洲崎や。あの沖合の岩は洲崎の岩や」

「洲崎とですか!?　すると江戸が近いとですか」

庄蔵が雨の流れる顔を岩吉に向けた。

「そうや。こっちが洲崎なら、やがて浦賀が向こうに見えて来る筈や」

左手を指さした岩吉の顔が生き生きと輝いた。向かい風を受けて、船は間切りながらゆっくりと進んで行く。

しばらくして、雨霧がうすらいできた。時々房総半島の低い陸地や、三浦半島の黒いほどの松の緑が、見えがくれしはじめた。不意に、松の間に青い畠が広がったり、丘の上の農家の煙が、白く吹きなびくのが見えたりする。小さな漁船が、雨風にもめげず、無数に出ている。だが、なぜかモリソン号を見守る気配もない。

「異国の船が、珍しくあらせんのかな」

久吉が不思議そうに首をかしげた。

「まことにのう。こぎゃん大きか船が、目に入らんとですかのう」

寿三郎が相槌を打つ。

「けど久吉、この雨風だでな。船の揺れもひどいでな」

「ま、そうやな。わしも父っさまも、あんな小さい船で、よう魚を獲ったもんや。魚獲りも遊びではあらせんでな。一匹でも人より余計獲らねばならん。よそ見も出来せん」

久吉もうなずいた。うなずきながら、漁船の人々の姿に、ひときわ父が懐かしかった。潮焼けして、茶渋をぬったような又平の顔や腕が目の前に見えるようであった。が、この又平が、昨年既に死んだことを、むろん久吉が知る筈もない。

正午頃であった。

「や！　雷の音ですたい」

船倉で昼飯を取っていた岩吉たちが耳を傾けた。が、何の音も聞こえない。

「力松の空耳や。この空模様では、雷は鳴らせんで」

久吉がチーズをパンに挟みながら言った。

「いや、わしも遠くで雷が鳴ったように聞こえたで」

音吉はスープを手に持ったまま、耳を澄ませた。が、やはり何の音も聞こえない。

「遠い雷なら、心配はなかと」

寿三郎は食うのに余念がない。

窓の外は再び霧が流れていた。まもなく、聞き馴れぬ音が遠くにした。

「ほら、やはり雷とです」

力松が手についたジャムをなめながら、得たりと言った。庄蔵が大きく首を横にふって、

「雷ではなか。大砲の音の如ですたい」

「大砲？」

一同が同時に聞き返した。

「わしは大砲の音を、聞いたことがありますばい」

「大砲言うたら、戦の時に使うものやろ？　な、船頭さん」

「言うまでもなか」

一同は食事もそこそこに甲板に出た。船員たちが大声で呼びかわしながら、帆の向きを変えている。甲板を走り回る靴の音、帆柱やロープの軋む音が、潮風に吹きちぎられる。間を置いて、また砲声が聞こえた。ギュッツラフやキングや、ウイリアムズが、インガソル船長と共に、黒い雨コートを着て近づいて来た。

「岩、何の音ですか、あれは」

キングが尋ねた時、またもや砲声が聞こえた。砲声の間隔が短くなったようである。

「大砲だと思います」

岩吉の声が緊張していた。

「やはり大砲ですか」

キングが言い、一同がうなずいた。音は聞こえるが、霧に閉ざされて陸地も砲台も見えない。

「何のための大砲でしょうかね、ミスター・キング」

「キャプテン、こんな経験はわたしにはありませんが、あなたにはおありですか」

インガソル船長は首をふったが、

「岩吉や庄蔵たちを見ていると日本は礼儀正しい国のようです。もしかしたら、このモリソン号を歓迎する礼砲かも知れませんぞ」

「なるほど、礼砲ですか。それはありがたい」

キングもウイリアムズも微笑を浮かべた。がドクター・パーカーは、

「岩、あなたたちはどう思います？　礼砲だと思いますか」

「どうや、船頭さん、礼砲やろか」

岩吉はパーカーの英語を日本語で伝えてから庄蔵に尋ねた。

「いや、わしは礼儀で大砲を撃つ話は知らんとです。そぎゃんこつ、わしら船乗りは聞いたこつなかたい」

「そうやろな。わしも聞いたことあらせん。第一、異国の船が江戸に来たのを見たこともあらせんしな」

岩吉はパーカーたちに向かって英語で答えた。

「そうですか。礼砲でないとすると、われわれが江戸に近づいた合図かも知れませんね」

パーカーがうなずいた。久吉が言った。

「どうやろ、舵取りさん。船にアメリカの国の旗を上げたらええのやないか」

「なるほど、それはええかも知れせんな。エゲレスの旗やオランダの旗ならお上も知っている筈やが、アメリカの旗は知らん筈だでな。初めて訪ねて来た船なら、扱いもちがうかも知れせん」

アメリカが日本を訪れたのは、これが最初である。従って、曾て一度も、日本に迷惑をかけたこともなければ、敵対行為を働いたこともない。久吉の提案で、一同はアメリカ国旗を掲げることに決めた。が、その間も砲声は多くなった。霧が次第にうすらいで来た。灰色の雲が濃く淡く動いている。その動きの中にうす青い空がかすかに見えた。つい先程(さきほど)まで霧にかくれていた鉄色の波のまにまに、長い木片にとまった水鳥が四、五羽揺られていた。その一羽が飛び立つと、僅(わず)かにとまどったような羽搏(はばた)きを見せたが、他の四羽も先の一羽の後を追った。濃い緑に覆(おお)われたなだらかな丘が、左手につらなり、右手の房総半島が海岸線の白波を北に伸ばしていた。モリソン号は既(すで)に浦賀水道を進んでいたのだ。と、その時、

「あっ⁉　あれは？」

熊太郎が叫んだ。何か黒い物がおよそ半マイル前方の海上に落下するのを見たのだ。

次の瞬間、水柱が上がった。

「砲撃です！　砲撃です！」

ウイリアムズが叫んだ。

「礼砲ではなかった！」

キングが唇(くちびる)を噛(か)んだ。

「われわれの船を狙(ねら)っていることは確かです！」

インガソル船長も無念そうに叫んだ。

「このアメリカの旗が、目に入らんのやろか！　な、舵取(かじと)りさん」

久吉の叫びに岩吉は答えなかった。岩吉の頬(ほお)が、ひくひくとけいれんしている。一同が立ち騒ぐ間も砲弾が水柱を立てる。

「ミスター・キング！　このまま航行をつづけますか？」

インガソル船長の緊張した声に、一同がキングを見守った。キングはしばらく押し黙っていたが、顔を上げると静かに言った。

「進みましょう」

「進む!?」

インガソルが詰め寄った。

「進みましょう。われわれには、この七人の漂流民を日本に送り届ける義務があるのです」

「しかし……それは無茶だ」

ウイリアムズは肩をすくめ、両手をひらいてみせた。

「無茶かね、ミスター・ウイリアムズ。わたしたちは日本の皇帝に宛てて、日本訪問に至った理由を文書にしたためて来た。それを手渡しさえしたら、日本政府も穏やかにわたしたちを迎え入れてくれるにちがいない。われわれがもし逆の立場なら、喜んでモリソン号を歓迎するだろう。そして、長い間異郷にさまよっていた漂流民を、大手をひろげて抱きしめるだろう。日本人も、われわれも、同じ情を持った人間の筈だ。日本政府を信じましょう」

キングは澄んだ目で一点を見つめながら、人々を説得した。若いウイリアムズが大きくうなずいて、

「よし、わかった。日本はわれわれを何か誤解している。引き返すことはいつでも出来る。一つの国と理解し合うことは大切だ。キャプテン、進もうじゃありませんか」

「江戸へですか」

　インガソルは気が乗らぬようであった。

「いや、先ず通行許可証を交付する筈の、ウラガに向かいましょう。あの日本の大砲では、われわれの船まで弾丸が飛んで来る心配はないようです」

　インガソル船長はうなずいて、

「とんだ礼砲に見舞われたものだ」

　と言い捨てて、急いで海図室のほうに立ち去った。

「どうなるんやろ、久吉」

　音吉は心細げに陸地を見つめた。

「どうなるんやろな。ま、手紙が渡れば、お上かてわかってくれるやろが……」

「しかし、よその国の船に向かって、こっちの話も聞かずに、いきなり大砲を向けるなんてなあ。何や恥ずかしいわなあ」

　二人の話を聞いて庄蔵がたしなめるように言った。

「お上にはお上の理屈があるとですばい」

「けどな、いくらお上かて、挨拶のしようがあるやろ」

「そうやな、大砲が挨拶とは驚いたな、音」

ハドソン湾会社によって、インデアンの手から救い出されて以来今日まで、マクラフリン博士、ミスター・グリーン、ギュツラフ、キング等々の生き方を見て来た尾張の三人組のほうが、九州の庄蔵たちよりも、少し視野が広くなっていた。人間が尊重されるということが、どんなことかもわかっていた。

やがてモリソン号は、浦賀に二マイル程の地点まで、船を進めた。と突如、間近な台地から砲声がとどろいた。砲弾が唸りを立てて、陸地と船との真ん中に落ちた。船長が言った。

「航行を停止せよと言うことですよ」

船はおもむろに風下に向きを変え、陸地から一マイル離れた海に碇をおろした。この場所は野比の海岸に近かった。時は午後三時頃である。大砲は尚も次々と撃ち出された。砲台が平根山の白壁のがっしりとした建物に据えられているのがよく見えた。この平根山の対岸からも砲弾は飛ぶ。が、湾の広さは五、六マイルもあって、モリソン号は静かに砲弾の及ばぬ地点に待避した。まもなく砲撃は止んだ。

「よかったなあ、舵取りさん」

事のなり行きを、息を詰めて見ていた音吉が、ようやくほっとした顔で言った。

「うん、よかった」

岩吉も大きくうなずいた。

再び砲撃する気配のないのを見定めると、モリソン号は縮帆の作業に移った。岩吉、音吉、久吉の三人も、シュラウドを伝って帆桁に取りついた。フォート・バンクーバーからロンドンまでのイーグル号での一年間に、シュラウドを登ることにも、縮帆することにも三人は馴れていた。

「ほんとによかったな、久吉」

作業をしながら、音吉は幾度も言った。砲撃さえ止めば、話し合いはつくにちがいない。話し合いがつけば、たとえ役人の詮議がきびしくても、とにかく年内にはわが家に帰れると思う。

（父っさま。母さま。わしはとうとう帰って来たで）

踊り出したい思いだった。高い帆桁の上から、すぐ向こうに浦賀の港が見える。家がぎっしりと立ち並んでいる。そのうしろに耕された丘の畠が眺められた。港も丘も船の揺れる度に上下して見えた。

（お琴は嫁に行ったやろな）

そう思った瞬間、俄かに淋しさが音吉を襲った。遠い異国で諦めていた時とは、ちがった淋しさだった。目の前に日本の家々を見、山々を見、丘を見、風になびく木々を見て、不意に琴が惜しくなったのだ。音吉にとって、女とは即ち琴であった。

（お琴は、わしと同じ齢やもな）

日本を出る時、音吉はまだ十四歳であった。が、今は肩幅もがっしりとした十九歳の若者になっている。同じ齢の琴も十九歳になっているわけだ。

(十九の厄まで嫁に行かん娘は少ないでな)

自分に言い聞かせるように、音吉は心の中で言う。

帆を巻き縮めて甲板に下りた時、キングが岩吉たちに言った。

「急いで下に入りなさい。役人が来たようです」

見ると、浦賀のほうから一隻の小舟がモリソン号を目ざして近づいて来た。

六

「どうしてわしらを甲板に出させんのやろ、舵取りさん」

音吉は額を窓につけて、近づいて来る舟に目をやった。誰もが同じようにその舟を見つめている。

「何や考えがあってのことやろ」

岩吉が答えずに、久吉が言った。

「どんな考えやろ？　な、舵取りさん」

日本人がこの船に乗っていることを、早く知らせたほうがよいのではないかと音吉は思った。外国船と見たからこそ大砲を撃って来たのだ。しかし日本人が七人も乗っていると知れば、いかに何があっても大砲を向けることはあるまい。音吉は単純にそう思った。岩吉が言った。

「ミスター・キングとミスター・ギュツラフが言うていたがな。日本の下役人に、いきなりわしらを見せては、事がこんがらがるかも知れんというのや」

岩吉の言葉にすぐにうなずいたのは庄蔵であった。

「なるほど、そうかも知れんとですのう」

キングたちは徳川幕府に対して、モリソン号が日本を訪れた理由を、書類に認めてきた。その書類によって、意図を誤りなく受けとめてほしかった。何よりも先ず、七人の漂流民の安全を保証してほしかった。そしてまた、今後のアメリカとの通商の許可をも得たかったのである。だから、漂流民たちを直接下役人たちに会わせたくはなかった。会えば当然質問がある。それに答えねばならない。その答えを正確に受けとめてくれればいい。が、口頭による伝達が正確になされることはむずかしい。その上持参した書状がかえっておろそかに扱われるかも知れない。キングたちはそう判断したのだ。そんなわけで、とにかく漂流民を下役人には会わせぬがよいと決めたのである。

「ふーん。けどなあ、舵取りさん。わしら日本人やろ。役人も日本人やろ。したら、まちがいなく話は通ずるのとちがうか。事情がよくわかってもらえるのとちがうか」

「そうやな。異人の書いた清国語の手紙より、わしらが口で言うたほうが、わかりは早いかも知れせんわな。けどな……」

岩吉は音吉を見ながら、

「やっぱりそれは無理やろ」

と、かすかに笑った。

「何で無理や？」

「考えて見い。わしらが遠州灘で嵐に遭ったこと、一年二か月も流されていたこと、インデアンにつかまったこと、ハドソンベイのカンパニーに救われたこと、イーグル号でロンドンまで運んでもらったこと、そんなことをいろいろ言うても、異国の名前や、異人の名を聞いただけで、頭がこんがらがるで。な、船頭さん」

「そのとおりです。わしらも何べんも聞いたが、マクラフリンが土地の名前やら、インデアンが人の名前やら、いまだにはっきりせんとです。のう、寿三郎、熊太郎」

　寿三郎も熊太郎もうなずいて、

「船頭さんの言うとおりですたい。ロンドンか、ドンドンか、すぐ忘れるですたい。どの船にどれだけ乗っておられたか、幾度も聞いたこつですが、ばってんなかなか頭におさまらんとです」

「なるほどなあ、そうかも知れせん。人の身の上に出来たことだでな。わしらにしても、船頭さんたちの苦労は、まだ身に沁みてはおらんでな」

　音吉がうなずいた。

「そうや、そんなもんや、音。まして一人二人の役人が話を聞いてくれても、まちがいなく事が伝わるかどうか、わからせん。恐らく必ず曲がって伝わるやろ」

　岩吉の言葉に、久吉が言った。

「そりゃ事や。曲がって伝わったら、あいつらまちがいなくキリシタンやなぞと、訴えるかも知れせんで」

「ほんとですたい。恐ろしかこつです」

「桑原桑原。そりゃ事や」

　みんな首をちぢめた。

「なるほど、ものには順序があるとですのう。口頭より、文のほうが安全とです」

　その時、みんなの話を片耳に、窓から外を見ていた力松が叫んだ。

「仰山な船じゃ！　仰山な船じゃ！」

　いつのまにか輪になって話していた一同が、あわてて窓の外を見ると、雨にもめげず百隻余りもの漁船が、モリソン号を遠巻きにしていた。

「見物やろか」

　久吉が言ったが、誰も答えずに、窓にへばりついて、それらの船を見守った。老人もいる。若者もいる。大人もいれば、女の子もいる。

（日本の人々や！　日本の人の顔や！）

　音吉は懐かしさに、胸が張り裂けそうであった。こんなにたくさんの日本人を見るのは、幾年ぶりのことであろう。

（わしらも日本人だでーっ！　同じ日本人だでーっ！）

　叫び出したい思いをこらえて、音吉はまばたきもしない。

「日本のちょん髷ですのう」

寿三郎が言い、

「日本の蓑や。懐かしいなあ」

と、久吉が言った。平気で雨にぬれている者たちの中に、蓑をつけた姿が幾つかあった。

まもなく、漁民たちは櫓を漕いで近寄って来た。多分甲板で、ギュツラフたちが来るようにと合図したのであろう。好奇に満ちた目をモリソン号に注ぎながら、漁民たちが近づいて来た。

「さっきの役人はどこへ行ったんやろ」

音吉がやや不安げに言った。

「もう船に上がっとるのとちがうか」

久吉が事もなげに言った時、船員の一人が入って来て、船底にかくれるようにと指示して去った。

七

雨のしぶく甲板の上で、ギュツラフ、キング、パーカー、ウイリアムズ、インガソル等がずらりと並んで、集まって来た漁船に手招きをしていた。時は午後四時を過ぎていた。

「なかなか、近寄りませんなあ」

言いながら、インガソル船長は舷門を指し示した。と、漁船の中から一隻の小舟が勢いよく近づいて来た。決死隊の若者のような、気魄に満ちた漕ぎ方であった。が、乗っていたのは、髪も白い六十近い男であった。男は潮焼けした赤銅色の両腕で、慎重にロープにつかまりながら、船腹に刻まれた浅い段を器用に登って来た。多くの漁船の者たちは、息を詰めて男を見守っているようだった。

「いらっしゃい」

ギュツラフが、ゆっくりと日本語で挨拶をした。男は、ギュツラフたちが驚くほどにていねいに頭を下げた。それはウイリアムズが次のように記録に残したほどであった。

〈彼は手先が甲板に届く程低身して挨拶し……〉

若いウイリアムズは、男にならって、同じように腰を屈めて応えて見せた。パーカーがそのウイリアムズを見て笑った。男は、なごやかな雰囲気に安心して、舳のほうに歩き出した。と、今まで黙っていた漁船の者たちが、大声で叫んだ。

「危ないぞーっ！」

「取って食われるぞーっ！」

「殺されるぞーっ！」

「急いで戻れーっ！」

男は立ちどまり、ギュツラフを見た。キングがギュツラフに尋ねた。

「彼らは何を叫んでいるのです？」

「さて、わたしにもよくわかりませんが……」

口々に叫ぶ日本語は、ギュツラフにもわからなかった。ギュツラフが男に尋ねると、

「危ないから早く戻れと言っているのです」

ギュツラフは笑って、

「おいしいものあります。酒もあります。心配ありません。仲間をつれて来てください」

男は舷門を下りて、仲間たちの所に戻って行った。

「食う物があるそうだ」

男が言うと、

「食う物？　おーい、食う物があるとよー」

「えーっ⁉　食い物ー？」

「おう、食う物だとよー」

男の言葉は、舟から舟に伝わって行った。するとたちまち、漁民たちはモリソン号をめがけて漕ぎ寄せて来た。

まもなくモリソン号の甲板には日本人が満ちあふれた。刺し子を着ている者、半纏をまとっている者、様々だが、何れも太股までの短さで、越中褌がのぞいていた。その姿に乗組員たちは驚いたが、日本人たちは船の様子に目を奪われた。帆柱の高さ、太さ、そして、三本のマストに幾本もの帆桁が取りつけられているのを見上げて、口々に驚き

の声を上げた。千石船とはちがって、十枚以上の帆が帆桁に巻きつけられている。

「驚いたもんだ」

「これがエゲレスの船か」

「いや、オランダじゃ」

「ちがう、エゲレスじゃ」

誰も、アメリカの船であることを知らなかった。甲板の片隅で、人々に驚いた豚やガチョウが騒がしく鳴き立てた。漁民たちは珍しげに豚やガチョウを指さして、

「何だ、猪みたいな獣じゃねえか」

「猪とはちがうぜ」

「鳥も妙な鳥じゃな」

ギュツラフが近づいてその名を言った。

「豚!?　へへえー、名前は聞いてはいたが、これが豚か」

「船ん中に獣を飼うなんて、異人って、妙なことをするもんだなあ」

「異人は肉が大好きだというわな。食い物だろう」

「まあ、猪に似てはいるが……」

「おい、そんなことより、この船には胴の間がねえぞ」

「ちげえねえ。どこを剥がして、下に降りるんだ」

「ほんとだ、ほんとだ。しかし、これなら、波をかぶっても、水船になる心配はなさそ

うだな」

幾人かが雨にぬれた甲板を足でどんどんと踏んで見た。

漁民たちは、キングとその妻のいるラウンド・ハウスにも案内された。女が乗っていると知れば、日本政府はモリソン号に対して警戒を解くにちがいないと思ったからだ。が、案に相違して、異人の女に目を注めるふうもなかった。キングたち男も、髪が長い。それであるいはキングの妻たちを女とは思わなかったのかも知れない。それよりも漁民たちは、天井から下がっているランプや、部屋に置かれてある机、椅子、ベッドを珍しがった。椅子に坐ってみる者もいる。

「食う物はどこだ、食い物は？」

中甲板を歩きながら、頰のこけた若者が言うと、誰かがたしなめた。

「いやしいことを言うもんじゃないぜ」

「しかし、食う物があると言ったじゃねえか、食う物が」

しばらくすると、漁民たちはギュツラフやウイリアムズ、キングたちの手から、アメリカの五セント貨幣をもらった。

「ぴかぴか光ってるぞ。何だ、これは？」

「おかねです。アメリカのお金です」

ギュツラフが言った。

「へえー、金。一両小判程の価があるのかな」

「まさか。一朱ぐれえじゃねえのか」

しかし満足して、漁民たちは五セント貨幣をのせた両手を頭の上にまで上げて、ていねいにお辞儀をした。

更紗木綿も与えられた。それをも漁民たちは押しいただいた。そしてやがて、ビスケットやブドー酒が出た。パンも出た。同様に押しいただいてから、

「これは何だ？」

誰かがビスケットを口に入れながら、

「煎餅でもなし……」

と頭をひねる。

「じゃ、これは何だ？」

パンをちぎって、ひと口嚙む。

「饅頭の皮に似てるが、ちょっとちがうぜ」

「何でもいい、とにかくうめえもんだ」

喜んで口に頰張り、ブドー酒の甘さに驚いたりした。誰もが満足そうであった。博物研究の責任を帯びていたウイリアムズがキングに言った。

「印象をよくしたようですね。ところで、わたしも彼らから、珍しい物をもらいたいものですがねえ」

「そうするといい。ギュツラフが助けてくれるだろう」

パーカーが皮膚病や眼病の診察を始めていた。その向こうにいるギュツラフをウイリアムズは呼んだ。ギュツラフはウイリアムズの意向を聞くと、直ちに交渉を始めた。近くにいた若者に、

「それ、何ですか」

と、腰にたばさんでいる煙草入れをギュツラフは指さした。

「煙草道具だ」

若者が答えた。

「このパン上げます。それください」

ウイリアムズがたくさんのパンを若者に差し出した。若者はパンを受け取ったが、煙草入れはやれないと手をふった。ウイリアムズは肩をすくめた。次に、四十がらみの男に向かって、

「それ、見せてください」

と言った。男は脇にさしていた扇をひらいて見せた。達磨が描かれ、「七転八起」とその右肩に書かれてあった。が、その扇はすぐに元の場所に納められた。再びウイリアムズは肩をすくめた。漁民たちはパンを幾つも欲しがり、その上乗組員の持っているハンカチや、鉛筆なども欲しがった。が、しかし、自分の持っている物は、何一つ与えようとはしない。

「日本人はアテナイ人のようですな。実に好奇心が旺盛だ。その証拠に珍しいものに、

いち早く目を注めて欲しがりますね」

　パーカーがウイリアムズに言った。

「なるほどアテナイ人のようです。しかし、こっちの好奇心には無関心のようですな。何一つわれわれに与えようとはしません。これは一体どういうことでしょう」

「それはね、ミスター・ウイリアムズ。多分彼らは人に与えるという美徳を知らないのかも知れませんよ」

　パーカーの言葉に、日本人に取りまかれて質問攻めに会っていたギュツラフがふり向いた。

「さてな、その解釈には、わたしは反対です。岩吉や庄蔵たちを見ていてわかるように、彼らは決して吝嗇ではありません。いつも人の役に立とうとしています」

「では一体、どうしてわれわれの乞う物を与えようとはしないのかね」

「それはですね、ドクター。いつかわたしは岩吉から聞いたことがあります。日本人はどんな立派な物を贈る時でも、これはつまらないものですと言うそうです。それから推しはかると、ここにいる彼らも、自分の持ち物が人に贈るのにふさわしい物ではないと、謙遜しているのかも知れません。わたしにはどうもそんなふうに思われます」

　ウイリアムズとパーカーは大きくうなずいた。ウイリアムズが言った。

「よろしい。それでは、わたしがひとつ、彼らに何かを求めてみましょうか、ミスター・ギュツラフ」

ギュツラフを通訳に、ウイリアムズは一人の男に近づいて行った。男は小ざっぱりとした着物を着、腰に矢立てを下げていた。町人ふうであった。

「その腰にある物は、何というものですか」

ギュツラフがウイリアムズの言葉を男に伝えた。

「矢立てです」

「やたて？　何に使いますか」

男は矢立てを取り出し、そこに入っている短い筆を三人に見せ、懐から出した紙を前に、ちょっと頭をひねったが、

閑かさや岩にしみ入る蟬の声

と、さらさらと芭蕉の句を書いて見せた。

「これはすばらしい！　こんなすばらしい物は、わたしたちの国にはない。それを譲っていただきたいのだが……」

「いやいや、つまらぬものです」

が、再びウイリアムズがほめると、ようやく矢立てをウイリアムズの手に渡した。

こうして中甲板には、パンを食い、ブドー酒を飲んで、上機嫌になった日本人たちの声が満ちていた。

八

「ああ、とうとう来た！　小野浦に来た！」

　音吉は声に出して言ったつもりだが、声にならない。今、砂浜に降り立った音吉の、足の指の間を波がやさしく洗う。白砂だ。正に小野浦の懐かしい白砂だ。その一粒一粒が眩しく真夏の陽を照り返している。

「ほんとうに小野浦なんやな。ほんとうに、ほんとうに小野浦なんやな」

　小野浦を出た時より、浜の松並木が少し少なくなったようだ。その松並木越しに、こんもりと茂る小野浦の低い山々も懐かしい。降り立った浜の右手に岩場も見える。大きな岩だ。あの岩の上から、久吉たちとよく海に飛びこんだものだ。その傍にひと群れの茅萱が風に揺れている。

「ああ、竹林もあの頃のままや」

　風に動く竹のひとつひとつが、お辞儀をして自分たちを迎えているように見える。音吉は躍り上がる思いで歩き出した。足が宙を泳いでいるようだ。少し行くと、白い土蔵が三つ並んで見えた。

「あ、お琴の家や！」

　その右手に、少し離れて萱葺きの小さなわが家が見えた。

「家や！　わしの家や」

道端に真っ赤な葵の咲いている小道を、音吉は走り出した。と、その時、父の武右衛門が、杖をつきながらよろよろと歩いて来た。うしろから、母の美乃がつづく。

（あ！　父っさまだ！　あんなに歩けるようになったんやな）

音吉は体を二つに折るようにして叫んだ。

「父っさまーっ！　母さまーっ！」

その瞬間、音吉は目がさめた。

（何やあ、また夢か）

音吉は気落ちした。いつもの寝ざめとは少しちがっている。

（夢やけど……こんな験のいい夢を見たのは、初めてや）

今まで故郷の夢は幾度も見た。が、今のように、船から降りて小野浦の浜に帰り着いた夢は見たことがない。

（もしかしたら……正夢や）

今見た夢のように、近い中に自分はこの足で小野浦の土を踏めると、音吉は知らされたような気がした。

「おい、みんな！　帰れるで、帰れるんやで。縁起のいい夢を見たんや」

ぐっすりと眠りこんでいる誰彼を揺り起こして、今の夢を知らせたかった。

（何せ、ここは日本だでな）

小野浦に帰るのは時間の問題なのだと音吉の心が弾んだ。

昨日、漁師や町人や、職人たちがモリソン号にやって来た。二百人以上は来たとギュツラフが言っていた。ビスケットやパンや、ブドー酒や、更紗などをもらった日本人たちは、誰も彼も喜んでいたとも聞いた。

「彼らはきっと、役人たちや土地の人々に、われわれの好意を伝えてくれるでしょう」

「一台の大砲もないことを、よく見て行った筈ですし……」

「そして、皮膚病や眼病も治療して上げたのですからね。必ず役人が来るにちがいありませんよ」

パーカーもキングもそう言っていた。またギュツラフは、役人と話し合いたいという清国語や日本語のカードも、幾人かに手渡したと言っていた。だから、船中の誰もが、一心に役人を待っていた。だが、午後の七時に見物人の最後が帰っても、待っていた役人は遂に現れなかった。雨が激しいので、役人の来訪は明日になるのかも知れない、とキングが言い、望みを明日につないでみんなが寝についた。

「な、音、日本人がたくさんごっつぉになったんや。お上もお礼に来てもいいわな」

「うん、来るやろ、きっと。あれから大砲は一発も撃って来んし、もう大丈夫や。それに病まで診てもらったでな、アメリカの親切はようわかったやろ」

岩吉たちもうなずき合い、明日は必ず役人が交渉に来、自分たちはモリソン号から日本に引き取られるにちがいないと話し合った。そして、いつまでも故郷の話に花を咲かせ、

「おそらく今夜限りで、ミスター・ギュツラフやミスター・キングともお別れや。何や名残が惜しいわ」

と言って、眠ったのだ。その眠りの中での夢だった。

「今は何刻やろ」

音吉は暗い中で呟いた。細めたランプが小さく揺れている。昨日より船の揺れが少ないようだ。

(お琴もおさとも元気やろな)

そう思いながら、今見た夢の一つ一つを音吉は思い返す。今まで幾度小野浦の夢を見たかわからないが、今ほどはっきりと見たことはなかった。

(きっと、正夢なんや)

音吉は再び思った。もう直ぐ夜が明けるにちがいない。明け方の夢は正夢だと、よく母が言っていた。とろりと油を流したような、おだやかな伊勢湾の海や、そよいでいた竹や茅萱がたまらなく懐かしい。それにもまして、父と母の姿や、あの萱葺きの家が、泣きたいほど懐かしい。そんなことを思っているうちに、再び音吉は眠りの中に引きずりこまれていた。

どれほど眠ったことであろう。異様な唸りが頭上を走ったような気がして、音吉は、はっと目を覚ました。窓の外を見ると、ようやく夜が明けたばかりで、波にも空にも陸にも、闇の気配がまだ漂っている。

「何か⁉」

庄蔵が跳ね起きるのと、

「何や⁉」

岩吉が叫ぶのと同時だった。つづいてまた大きな唸りが船の上を走った。

「大砲やっ！」

岩吉が怒鳴った。すぐ近くの陸の上で、四門の砲身がモリソン号を狙っていた。

「あぎゃんとこに！」

熊太郎の声がふるえた。

「昨日はあぎゃんとこに大砲はなかったと」

寿三郎も体をふるわせた。誰もが総立ちとなった。

「舵取りさん！　何で撃つんや、何で！」

音吉が岩吉に縋りつくように言った。

「わからん」

「昨日、みんなに大ぶるまいをしたと言うのにな、音」

「ほんとや、何も悪いことをせんのに」

砲弾は唸りを上げ、船の手前に落ち、船を越えて落ちた。

「こっちの話を何も聞かんと、何で撃つと！　何で撃たんとならんと！」

寿三郎が叫ぶ。

「この船が何をしたと言うんや。まだ水一杯お上から恵んでもろうてはいないで。わしらを送って来たんやで。な、……舵取りさん……」

音吉の声が泣いていた。

九

モリソン号はとりあえず白旗をかかげた。何のために攻撃されなければならないのか。船長インガソルも、キングも、ギュツラフも理解に苦しんだ。が、白旗の意味を知ってか知らずか、砲撃は止まない。

「何ということだ!」

船長は直ちに錨を上げることを命じた。砲弾はますます激しくモリソン号に集中する。

「退却だ! やむを得ない!」

キングが船長に言った。

「何と野蛮な国だ! こんな美しい国が、こんなに野蛮とは……」

パーカーの顔も引きつっていた。

急いで後斜桁帆が上げられた。退却の意思表示である。が、砲撃は一向に衰えない。立ち廻る船員たちの頭上を、唸りを上げて砲弾が飛ぶ。その間隔がますます短くなる。水柱が船の前にうしろに絶え間なく上がる。岩吉は舷墻近くにあって、機敏に展帆の作業をしていた。

（何で、撃つんや！　何で！）

　歯を食いしばりながら、岩吉は無念さに耐えた。その岩吉を目がけるように、砲弾が耳をかすめた。はっと身を屈めた次の瞬間、また一弾が撃ちこまれた。と、その一弾は舷墻に命中し、岩吉の足もとに落ちた。

「あっ！」

　誰もが叫んだ。砲弾は跳ね上がって舷側を超え、海中に水煙を立てた。

「大丈夫か!?　大丈夫か!?　舵取りさん！」

　音吉が駈け寄った。砲弾が落ちた瞬間、岩吉が死んだのではないかと思った。久吉も駈け寄って、岩吉に抱きついた。その間も砲弾は頭上に唸る。

「何ともあらせん。日本の大砲は破裂せんでな」

　岩吉は低い声で言った。

「よかった！　舵取りさん死ぬんかと思うた」

　音吉が岩吉の足をさすった。久吉が半泣きになって言った。

「舵取りさん！　日本の大砲が舵取りさんを撃ったんやで！　日本の大砲が！」

　岩吉は黙って再び作業に取りかかった。

　低い平根山から砲身が間断なく火を噴く。鼓膜を破るような大きな音だ。モリソン号は、遂に帆を張って、浦賀の湾を離れた。そのモリソン号を追って大砲を備えた軍船が数隻尚も攻撃して来た。三、四十人の武士たちがそれぞれに乗り組んでいる。

「畜生！ 追いかけてまで撃つとか」

庄蔵が歯ぎしりをした。船足の早いモリソン号と軍船の間が見る見る隔たった。砲弾の届かぬ所まで退避して、モリソン号はとどまった。軍船が尚も近づくかどうか、待とうとキングが言ったからだ。

「何としてもこのまま立ち去るにはしのびない。話し合えばわかると、わたしは思う」

キングは諦めることができなかった。

「無駄です！ ミスター・キング」

ウイリアムズが首を横にふり、パーカーも、

「こんな手荒な挨拶を受けたのです。もうすっぱりあきらめましょう」

と、語調も激しく反対した。

強い風だ。波も高い。船腹を打つ波のしぶきが甲板をぬらす。だがキングはもう少し待とうと言った。先程、港を出る時、ギュツラフが一枚の板を海に投げこんで来たのだ。それには次のように書かれてあった。

「請老爺臨阜船
吾乃朋友要水」

それは役人の来船を願い、水を与えて欲しいという言葉であった。波に漂うその板切れを、小舟が拾い上げたのをキングは見ていたのだ。小舟はあの板切れを必ず役人に届けるにちがいない。外国船が只水を欲しいというだけで、止むに止まれず寄港するとい

うことはあり得る。このモリソン号が、水以外の何ものをも欲しているのではないと知ったなら、砲撃を中止して役人を遣わすであろうとキングは思った。キングは一同をなだめて、波の荒い港外に船をとめて待った。が、役人が来るかも知れぬと予想された時間は遂に過ぎた。軍船も、モリソン号の船足の早さを見て、とうに港に戻って行った。

「出帆しましょう。ミスター・キング」

ふだんは快活なインガソル船長もいらいらと言った。

「大砲を外して来てよかった」

船が走り出すと、パーカーがキングに言った。

「全くです」

船長たちが、砲を外して来たことを、地団駄踏んで口惜しがっていたのを、キングも見ていた。

「ほんとうによかった。こちらも撃ち返したでしょうからなあ」

「そうです、そうです。危いところでした。剣をとる者は剣によって亡ぶと言うキリストの言葉は真理ですから」

ギュツラフも深く吐息をつき、

「それにしても、岩吉たちは一体どうなるんでしょう！」

「それです。わたしには予想もつかない」

故国を目の前にしながら、一歩も上陸できないとは……。さすがのキングのまなざしも怒っていた。

次第に浦賀の港が遠くなって行く。この時、平根山の砲台や、軍船では、遠ざかるモリソン号を見送りながら凱歌を上げていたことを、キングたちは知る筈もなかった。キングたちは三百年の鎖国のつづいた日本の内部事情を詳しくは知らなかった。日本には「異国船無二念打払の令」なるものが、文政八年（一八二五年）に定められていた。それはイギリス船フェートン号事件がきっかけとなって定められた法令であった。当時オランダは国勢が衰えていた。それに乗じたイギリス、フランスの両国は、オランダの海外領土に目をつけ、争奪の機会をうかがっていた。

一八〇八年十月の初め（文化五年八月中旬）二隻のオランダ船を追って、フェートン号が長崎に来た。その時フェートン号はオランダ国旗を掲げて、堂々と入港したのである。当時通商を許されていたのはオランダと中国のみであった。出島からオランダ商館の館員が、何の疑いもなく港口までフェートン号を迎えに出た。が、フェートン号は出迎えに出たその館員二名を捕虜とし、自分たちの追跡して来たオランダ船二隻が逃げこんでいないかどうかを、厳しく調べ上げた。その上、三隻のボートで港内隈なく捜しまわった。出島の館員たちはあわてて奉行所に難を避けた。

港内には、イギリス側の目指すオランダ船はなかった。フェートン号は館員の一名を返し、他の一名を人質として、薪水や食糧を日本に対して強引に要求した。しかも、

「要求に応じなければ、港内に停船中の和船も中国船も、すべて焼き払うであろう」

と、脅し立てた。時の長崎奉行松平康英は、この無礼に怒って、長崎警備当番の佐賀藩にフェートン号焼き打ちを命じた。が、警備当番とは名ばかりであった。太平のつづいた日本に、警備は不要であった。直ちに対応できる用意がなく、長崎奉行は涙をのんで要求に応じた。フェートン号は人質を返して、悠々と長崎の港を立ち去った。

間もなく、大村藩の兵が駈けつけたが騒ぎは終わっていた。この事件で松平康英は責任を感じて自害し、その自害を聞いた佐賀藩家老たちも切腹して果てた。佐賀藩主鍋島斉直は幕府の命で逼塞し、一件は落着した。だが幕府は、前々年、前年とロシア船が蝦夷地で暴力をふるった事件もあり、つづいて三年目のイギリス船フェートン号事件の発生に、甚だしく危惧を抱き、対策に頭を悩ました。その結果が、後の「異国船無二念打払の令」を生んだのである。

当時幕府が恐れたのは、外国船の武力もさることながら、それ以上にキリスト教の布教を恐れた。キリスト教は人間平等と人間尊重の思想を育てる。それは必然的に権力批判をもたらす。幕府にとってそれが何よりもキリスト教を恐れる理由であった。しかも、モリソン号の訪れたこの時代は、天保三年以来至る所に大飢饉が起こり、多数の餓死者が全国に続出した。飢えた民衆は徒党を組んで豪商を襲い、富農を襲った。大坂奉行所の与力、義人大塩平八郎が立ち上がり、大坂市中を焼き払って悪政に抗議したのは、実にモリソン号の渡来したこの天保八年六月のことであった。民衆は米価の高騰が、多分に一部の商人の悪辣な操作によることを知っていた。この米騒動を鎮圧するために、国民の目を他に外らすことが急務であると幕府は考え始めていた。国民が一致できるのは外敵に対する時である。外敵に備えて、各藩の陣地を固めねばならぬと備えていたところにモリソン号が日本に来たのである。文政八年「異国船無二念打払の令」が出されて以来、この日に至るまで、この法令が行使されたことは一度もなかった。

浦賀では、折から異国船に備えて、台地が築かれ、今までは一人であった奉行も二人制となり、外敵に対して心を引きしめていた。いわば、待ち構えていたところに、モリソン号が乗りこんだことになる。飢饉による一揆に手を焼いていた幕府にとって、このモリソン号の外患は、ある意味では救いであった。モリソン号は自分たちの日本に果した役割を知る筈もなく、右手に日本を眺めながら荒波の太平洋を南下して行った。その船内では直接小野浦を訪うべきか、琉球の領主である薩摩藩主に頼るべきか、はた又長崎に行くべきか、論議が戦わされていた。キングは岩吉たちを送り届けることに、決して絶望してはいなかったのである。

一〇

熊太郎も力松も、船室に寝ころんだまま口もきかない。音吉はあぐらをかいて、ぼんやりと宙を見つめていた。波ががつと舷側を嚙む。その度に船もろとも突き上げられるようだ。

(何でわしらは、自分の故国に帰れせんのや)

音吉は先程からくり返しそう思いつづけていた。

今、船は追い風を受けて、伊豆半島の石廊崎の沖合を南下していた。一昨日の二十九日には、音吉たち七人はバウ・スプリット(斜檣)に腰をおろして、懐かしい日本の景色にみとれて過ぎた海だ。だが今は、バウ・スプリットに上ってまで故国を見ようとする者は一人もいない。いや、それどころか、誰もが口をきく気力さえ失っていた。

(みんな日本に帰れると思って、どんなに喜んでいたことか)

その夢が破れたのだ。

(何のために、四年も五年も、苦労をして来たんやろ)

帆柱のない宝順丸で一年二か月もの漂流に耐えられたのも、インデアンのアー・ダンクの鞭を忍ぶことができたのも、山のようなホーン岬の波浪を、歯を食いしばって乗り越えたのも、只々、故国日本に帰りたい一念からではなかったか。家族に会える只その一事に、望みをかけて来たからではなかったか。

「死んだほうがましたい」

先程、誰かが呟いていたのを、音吉もうなずいて聞いた。庄蔵は板壁に背をもたせ、腕を組み、目を半眼にしたままだ。その横で、寿三郎が膝小僧を抱き、折々口を動かして何か言っている。久吉も、打ちひしがれた顔を天井に向けて、

「情けないなあ」

と、力なく呟いている。岩吉だけがこの部屋にはいなかった。音吉は、唯ひとり舳に突っ立ったまま背を見せていた岩吉を思った。

（舵取りさんかて、なんぼがっかりしたことやろ）

平生は口の重い岩吉が、昨夜は岩太郎のことや、父母や妻のことを懐かしげに語っていた。

「岩太郎の奴、わしの半分ぐらいの背丈になったかな」

そう言った岩吉のうれしそうな笑顔を思うと、音吉は泣き出したくなる。

（わしかて、小野浦に上がった夢まで見たのや）

これこそ正夢と喜んだその音吉は、大砲の音に目がさめたのだ。

（口惜しいなあ）

モリソン号目がけて唸りを上げて飛んで来た砲弾を思うと、音吉は新たな絶望を感じた。

（まさか、舵取りさん、海に飛び込むのとはちがうやろな）

不意に音吉は不安になった。

（もし舵取りさんが死ぬんなら……そうや、わしも一緒に死ぬで）

ふらふらと音吉が立ち上がった。久吉がゆっくりと視線を音吉に向け、

「どこへ行く、音」

と、弱々しく尋ねた。

「舵取りさんの所や。舵取りさん死ぬかも知れせんでな」

「舵取りさんが、死ぬかも知れせん？……そうかも知れせんな」

久吉もうなずいた。岩吉が時折、

「ひと目、家のもんに会えたら、腹を切って死んでもええ」

と言っていたことを、久吉も心にとめていたからだ。岩吉が口先だけでものを言う人間でないことを、二人はよく知っていた。

「音、舵取りさんが死ぬんなら、おれも死ぬわ」

久吉が立ち上がりかけた時、今まで半眼になっていた庄蔵が目をかっとひらいて言った。

「わしも一緒に死なせてもらうとです」

つづいて寿三郎、熊太郎、年少の力松までが立ち上がり、

「わしも死ぬ」

「わしも死ぬとです」

と、口々に言った。

今朝、日本の砲撃を受け、危うく難を逃れてから今まで数時間、食事も取らずに呆然としていた音吉たちが、初めて言葉を交わし合った。が、それは、

「死ぬ」

という言葉であった。「死ぬ」という言葉を口に出して、かえってそれぞれの顔に動

きが出た。音吉を先頭に、部屋を出ようとした時だった。ノックもなしにドアがあき、岩吉が無表情に入って来た。岩吉は朝から今まで、甲板から動こうとしなかった。自分の足もとに落ちた弾丸に、岩吉は命を落とすところであった。その事実が岩吉を深い絶望に突き落としていた。たとえ役人の詮議がきびしいにせよ、結局は妻や子供のもとに帰れると岩吉は信じていた。まさか一歩も上陸せぬうちに、日本の砲弾が、自分の足もとに落ちようとは、夢にも思わぬことであった。甲板から見る今日の日本は、ほとんど厚い雲に覆われて、その姿を見せることすら拒んでいるように、岩吉には思われた。

「何や、どこへ行くんや」

音吉たち六人の只ならぬ気配に、岩吉は重い口をひらいた。

「舵取りさんの所に行こうと思うたんや」

「……………」

岩吉は訝しげに音吉を見た。

「きっと舵取りさんは死ぬつもりやと思うたでな。だから、わしらも一緒に死のうと思うてな」

岩吉は黙って一人一人の顔を見まわしていたが、

「船頭さん、本当のことか」

と、どっかと床にあぐらをかいた。その岩吉を取り囲んで、六人も腰をおろした。

「嘘ではなか。本当のこつですたい」

岩吉は暗い目を膝に落とした。六人がその岩吉を見つめた。

「舵取りさん、舳に立って、何を考えていたんや」

久吉が尋ねた。

「死ぬことや」

「やっぱり！　死ぬと考えていたとですか」

寿三郎が岩吉の膝に手を置いた。

「そうや。わしはな……わしは、親爺やお袋の顔をひと目見たくて、今まで辛抱に辛抱を重ねて来たんや。女房と子供を喜ばせたくて、只それだけで生きて来たんや。お前らも同じじゃろ」

同じだと、六人は口々に言った。

「わしら船乗りは、いつも家を留守にするだでな、何も偉いことはできんが、家族仲ようだけはねがって来たものや」

「全くとです。小さなねがいかも知れんとですが、一つ屋根の下に仲ようおまんまを食えさえしたら、何も言うこつなかとです」

「そうやな。けどな、もう日本に帰れる望みは失せたんや。この船に乗って、マカオに帰ったとて、どんな暮らしが待っているというのや」

「ほんとや舵取りさん。日本の夢ばかり見て、故里恋しさに胸を裂かれる思いで異国の中に暮らすのは、もうたくさんや」

「そうやろ。だがな、わしが死のう思うたのは、只それだけのことではあらせん。ミスター・ギュツラフかて、ミスター・キングかて、わしらをこうして親切に日本に送り届けようとしてくれたんや。わしら尾張の者かて、九州の船頭さんたちかて、あの人たちのうしろ姿に、幾度手を合わせたか、知れせん筈や。大砲まで外して、はるばると送ってくれたのに、そのお礼が大砲や」

「ほんとですたい。恥ずかしかこつです」

「あの人たちの親切を思うと、わしは日本人だで、死んで日本の無礼をお詫びせんならんと思うのや」

「なるほど。それはまことですたい。腹かき切ってお詫びせねば申し訳なかとです」

「そうやろ。それにな、わしら七人ば送り届けようと思うて来たのに、またぞろ連れて帰るのは、さぞ迷惑のことやろう思うてな」

みんな黙りこんだ。キングたちは、江戸湾から逃れ出た時に言っていた。

「あんな近くから一時間も激しく攻撃されたのに、只一人の怪我人も出さずにすみました。これこそまことに奇蹟です。神に感謝を捧げましょう」

そう言って、キングたちは神に感謝の祈りを捧げていた。音吉はその時の驚きを忘れない。どんな時にあっても、先ず感謝すべきことを見つけ出すことのできるキングたちの生き方に驚いたのだ。だから、あの祈りを捧げることのできるキングたちは、決して自分たち七人を厄介もの扱いはしないと思う。その証拠に、乗組員たちでさえ、音吉たちの肩を叩いて元気をつけてくれた。だが、今、岩吉に言われて見ると、確かにその好意に甘えてはいられないと思う。どうせ生きる希望を失ったのだ。今が死ぬべき時かと、音吉は改めてうなずいた。

「舵取りさん。どんなふうにして死ぬんや」

「それや。首吊りもみっともあらせんし、海に飛びこんでも、助けられては死に損なう。腹を切っては船を汚す……」

今朝から考えていた死に方は、何れも最良のものとは言えなかった。

「けどな、申し訳に死ぬのは、わしだけでいい」

岩吉はいたわるように音吉を見、力松を見た。

「いやじゃ。わしも死ぬ。わしも」

力松が泣き声を上げると、その泣き声に誘われて、誰もが泣いた。祖国に捨てられた耐え切れぬ淋しさが、号泣となって部屋に満ちた。

一一

「自殺!?　それはいけない！　それは罪です！」

ギュツラフが叫んだ。ギュツラフとキングが、船員の知らせで岩吉たちの船室に駈けつけたのだ。激しく泣く声が、ドアの外に洩れていた。

「しかし、ミスター・ギュツラフ。日本の役人が大砲を撃った。恥ずかしいことをしました。悪いことをしました。わたしたちは役人たちに代わって、死んでお詫びをしたいのです」

岩吉はゆっくりと英語で言った。

「かわいそうに！」

キングが声を詰まらせた。力松や、音吉が目を泣き腫らしている。

「岩吉、あなたたちの気持ちはよくわかります」

ギュツラフは岩吉と音吉の肩を抱いて言った。

「しかし、自殺は罪です。神は喜びません。役人たちの罪は、役人たちが負わねばなりません。あなたたち関係がない。あなたたちが大砲を撃ったのではありません。撃たれたのです」

「しかし、申し訳がなくて、顔向けができません。同じ日本人として……どうやってお詫びをしていいか。ご親切なミスター・キングや皆さんに……」

「岩、早まってはいけない。それよりも、どうにかして家族の所に帰ることを考えましょう」

キングがやさしく言った。

「ミスター・キング、日本に帰ることは、皆諦めました」

「諦めた!? それはいけません。わたしたちみんなで相談しました」

ギュツラフが言った。力松がしゃくり上げながらまだ泣いている。

「相談？　どんな相談とです？」

「庄蔵、その一つは、人のいない浜に、あなたがたを上陸させることです」

七人は顔を見合わせた。誰もいない砂浜は、ない訳ではない。だが、そこから上がって何処へ行けと言うのか。辿り辿ってわが家に帰り着いたところで、たちまち役人の手に捕らえられる。

「それから、もう一つ考えました。通りがかりの船に乗り移るのです。船乗りなら、話がわかるかも知れません」

誰もが首を横にふった。人気のない浜に上がることも、他の船に乗り移ることも、それがどれほど危険であるかを、岩吉たちは浦賀での砲撃に思い知らされたのだ。あれほど多勢の日本人が船に訪れて、何の悪意もないことをよく見て行った筈だ。大砲もなければ鉄砲さえない。しかも、役人が来るようにと、何人かの人々にカードを手渡しさえした。その翌朝の激しい砲撃だった。だが、カードは役人に手渡されてはいなかった。その間の事情はキングたちはむろんのこと、岩吉たちも計り知ることが出来なかったのである。

天保の飢饉の中で、幕府は年々外患に対する備えを固め、外国との接触に、より一層きびしい目を光らせていた。その点、浦賀の住民たちと岩吉たちとには大きな差があった。住民たちは誰一人として、モリソン号を訪れたことなど、役人に届けた者はなかった。パンを食ったことも、ブドー酒を飲んだことも、ましてや外国の貨幣や更紗をもらったことなど、告げた者は一人もなかった。カードを受け取った者も、家に持ち帰ってひそかにしまっておいた。そして、幾日も経た後に、名主と相談の上で、もらった品を恐る恐る役人に届け出た。しかも、それはモリソン号を訪ねて受け取ったのではなく、真っ暗な雨の夜の中で、大船の傍を小舟で通っていた時に、投げこまれた品だと届け出た。それが異国船と知ったのは、後のことだったと、五村の名主連名の書類に書かれてあった。むろん、最後まで届け出をせぬ者も多かった。異国との関わりを持つことは、それほどに厳禁されていたのである。キングたちが渡したカードや、ギュツラフが投げこんだ水を乞うキャンバスが、役人の手に渡ったのは、はるかに後のことであった。だが岩吉たちもキングたちも、それを知る筈はなかった。

　岩吉たちが、無人の浜に上陸することも、他の船に乗り移ることも、賛成しないのを見てキングが言った。

「では、大砲のない所に船を着けて、交渉しましょう。実はあの砲撃は、果たして日本政府の意向か、どうか、疑っているのです。浦賀の役人が勝手に、わたしたちを攻撃して来たのではないかとね」

　何とかして、岩吉の自殺を思いとどまらせようとして、キングは希望的な案を次々と述べた。交渉さえまとまれば、岩吉たちは死ぬほどの責任を感じないですむ。そうなれば、遠からず肉親に再会もできる。キングたちは、どんなことをしてでも、この七人を幸せにしてやりたいと思った。

「ばってん、日本の役人が、自分の一存で、異国船を打ち払うこつはなか」

庄蔵が呟くように言ったが、ギュツラフは笑顔を見せて、

「このまま諦めるのは早過ぎます。もう一度神に祈って、日本と交渉してみましょう」

ギュツラフとキングの、真実こもる言葉に、岩吉たちの顔にようやく生気が戻った。

「したら、舵取りさん。鳥羽はどうやろ」

久吉が言った。

「ああ、鳥羽か。そうやな。鳥羽はいいやろ」

岩吉は、たくさんの千石船が潮懸りしている見馴れた鳥羽の港を思い浮かべながら答えた。この鳥羽と小野浦は目と鼻の先だ。

「鳥羽はいいな、鳥羽は」

音吉も声を弾ませた。

鳥羽は、言ってみれば、小野浦出身の音吉たちにとって故郷のようなものだ。泳いで渡れると言っていい近さだ。涙にぬれた顔を見合わせ、音吉と久吉はうなずき合った。

「では、先ず船を鳥羽に向けましょう。安心して食事を取りなさい。決して死ぬなどと考えてはなりません」

ギュツラフが幾度も念を押した。

「申し訳もありません。ご心配をおかけしました。大砲のこともどうかお許し願います」

岩吉たちは両手をついて、深々と頭を下げた。

「いやいや、わたしたちがあれほどの激しい砲撃を受けたのは、アメリカの捕鯨船が、この近海で何か悪いことをしたためかも知れません。理由もなくあんなに攻撃する訳はありませんからね」

キングは大きく手をふった。アメリカ捕鯨船が日本の近くまで来ていたことは事実だった。が、その捕鯨船が日本に害を及ぼしたことはなかった。むしろイギリス捕鯨船が物議をかもすことが幾度かあって、幕府が外患を説く一因にはなっていた。

やがて、雲の吹き払われた日本の陸地が再び見え始めた。

一二

晴れた空だ。雲一つない空だ。が、海のうねりが大きい。昨日の朝浦賀を出たモリソン号は、激しい追い風を受けて一気に遠州灘を過ぎ、今日はもう鳥羽を目指していた。その甲板に、音吉たち七人が生気づいた顔を並べて立っていた。午近い日の光がまばゆい。

「音、鳥羽からは小野浦の空が見えるで」

「ほんとや。きっと知っている船も鳥羽にはいるわ」

「そうやそうや。したら、家の便りも聞けるわな」

「うん、聞ける、聞ける」

音吉は声を弾ませた。琴のうわさも、そこで聞けるかも知れないと思う。

（どうせ、もう婿(むこ)取りをしたやろけど）

そうは思っても、鳥羽に錨(いかり)をおろすことはうれしかった。

「もしかして、うちの父(と)っさまが鳥羽に来てるかも知れせんで」

久吉は、幾度か鳥羽に行ったことを思いながら言う。

鳥羽のすぐ近くに菅(すが)島がある。そこから飛び石のように答志(とうし)島、海島、神島と伊勢湾の口を小島がつづく。鳥羽の社(やしろ)に登ると、それらの島が渥美(あつみ)半島に向かって延びているのが見えたものだ。その渥美半島と知多半島の間に、篠(しの)島、日間賀(ひまか)島、野島などが点々とつづき、今日のような晴れた日には、師崎(もろざき)のあたりもはっきりと見える筈(はず)だ。

（小野浦はすぐそこや）

音吉は胸苦しくなった。

「今度こそ帰れるやろな、音」

久吉が不意に不安げに言った。

「大丈夫や。大丈夫の筈や」

音吉は自分で自分を励ますように言った。自分の生まれ故郷のすぐ傍(そば)から追い帰されることはないような気がする。とは思いながらも、いやでも浦賀での砲弾の音が思い出される。

「けど……鳥羽には城があるだでな。やっぱり大砲があるかも知れせんな」

久吉がそう言った時、俄かに風向きが変わった。

「おっ、向かい風になったな」

岩吉が呟いた。

「悪か風向きじゃ」

庄蔵も答えた。一同は眉をひそめた。

やがて岩吉が言った。

「この風では暇ばかりかかって、陸に近づくのは難儀やな」

「ひどい風やけど、舵取りさん、今に弱まるとちがうか」

音吉が言う。

「そう願ったとおりになってくれると、ありがたいけどな」

言う間もなく、逆風がますます強くなった。激しい西風だ。立っている二、三人が吹き飛ばされそうによろめいた。潮流も船に逆らっている。モリソン号はしばらくの間その逆風と潮流に抗っていた。

「何としてでも、鳥羽に行きたいな、な、音」

水鳥が矢のような早さで、船の前を風に煽られて過ぎた。

「まったくや、鳥羽を見たい。鳥羽をな」

宝順丸で鳥羽を出た夜の嵐を、音吉は思いながらうなずいた。

（あん時、鳥羽を出んとよかった。したら、兄さも、船頭さんも、炊頭も、みんな死な

んですんだ）

「なあ、音。むごい風やな。風までわしらば追い帰すつもりやろか」

「まさか。間切りながら、今に鳥羽に近づくで」

絶え間なく動索が軋む。帆柱が青い空の中に大きく動く。船が右に左に傾き、水平線が左に浮かび、右に沈む。船員がきびきびと、命綱につかまりながら働いている。

半刻ほど経って、モリソン号は遂に向きを変えた。鳥羽に入ることを諦めたのだ。浦賀で薪水の供給も受けなかったモリソン号は、時間を浪費するわけにはいかなかった。

「何やって、鳥羽にも寄れんのか！」

インガソル船長の、鳥羽を諦めるという言葉に、音吉も久吉も声を揃えて叫んだ。

「久、音、仕方あらせん。この風や、この潮や。抗うにも限りがあるだでな」

たしなめる岩吉の顔にも、ありありと失望の色があった。

船は紀伊半島の新宮に向かうとキングが言った。が、この新宮に近づくことも、風と潮が阻んだ。岩吉と庄蔵がキングの部屋に呼ばれた。

「残念です。あなたがたの望む港に入りたかったが、ごらんのとおりです」

キングの言葉を伝えるギュツラフに、二人は頭を下げ、庄蔵が言った。

「仕方なかとです。わしらも諦めていたとです」

「そこで相談があるのですが、あなたたちはこれからどこの港に向かったらよいと思いますか」

岩吉と庄蔵は顔を見合わせた。新宮にも近づけないと見て取った時、七人は話し合った。日本中の大名の中で大きな力を持つ薩摩藩に頼るがよいと、九州組が言い出したのだ。そのことを告げると、

「薩摩？　では薩摩の鹿児島ですね」

キングが大きくうなずいた。ギュツラフが言った。

「ミスター・キング。薩摩藩の権威はご承知のように、九州はむろんのこと、先に寄った琉球、台湾に至るまで、まことに広い範囲に及んでいるのです」

「そうですね。鹿児島と言えば、ザビエルが初めて日本に上陸した所ですね」

「そうですそうです。二百九十五年前にポルトガル人が漂着したのも、確かこのあたりだと聞いています」

キングとギュツラフがうなずき合った。庄蔵が言った。

「鹿児島には、長崎に入った清国の船や、オランダの船が、いつも寄っておるとです」

「え？　長崎以外に外国船が入れるのですか」

「いいえ、お上に隠れて、残り荷を薩摩に売るとです」

「ほほう、薩摩はオランダや清国と、単独に貿易をしているということですか」

オリファント商会の重責にあるキングの目が輝いた。ギュツラフが思い出したように、

「そう言えば、わたしもそのうわさを一、二度聞いたことがあります」

「わかりました。とにかく、江戸の政府を恐れず、かなり自由にふるまっている領主で

すね、薩摩の領主は。では、岩吉たちにも理解を示すでしょうし、わたしたちの望む貿易にも、話に乗ってくれることでしょう」

キングは江戸湾を出て以来、初めて晴々とした微笑を見せた。キングたちが話し合っている間にも、モリソン号は逆流に阻まれて、毎時一マイル半以上も速度が落ちていた。だが目的地を定めたキングの心は軽かった。

一三

八月十日――。モリソン号は佐多岬を右に見て、鹿児島湾に舳を向けた。

「おうっ！」

思わず人々が声を上げたほどに、日の出の鹿児島湾は、朝焼けに映えて美しかった。隈なく晴れた空の彼方に桜島がはっきりと見えた。左手に突き出た薩摩半島には裾を長くひろげた円錐型の開聞岳が、のびやかな稜線を見せていた。

「懐かしかーっ」

熊太郎が声を詰まらせた。

「懐かしかーっ」

寿三郎も声を上げた。庄蔵は桜島の上になびく煙を眺めながら、瞬きもしない。

「とうとう薩摩やな」

庄蔵から幾度も聞かされていた鹿児島湾の景色に見入っていた久吉が、頂上まで耕された左手の段々畠に目を注めて言う。

「ほんとやな、ようやく来たわ」

音吉は安堵の色を顔一杯に浮かべて言った。追い立てるような激しい風に、僅か一昼夜で浦賀から鳥羽の沖までモリソン号は一気に南下した。が、八月四日になって急に風を失い、その後は遅々として進まなかった。四日の日は六十マイル走ったが、北に流れる潮が強く、二十マイルしか前進できなかった。更に六日には、潮に流されて逆戻りし、七日には、さすがのインガソル船長も、危機を感じたようであった。キングはその日の日記にこう書いた。

〈一日、七十マイルに達したこの潮流は、全くわれわれの予期しなかったもので、毎日怠らず観測をつづけなかったならば、遂には危険に陥ったことであろう〉

八月八日の早朝、ようやく彼方に九州が見え、昨九日は大隅半島と種子島の間の大隅海峡にさしかかった。が、夕刻突如として風が全く止み、小波さえも海上から消えた。南アメリカ沖でのべた凪を思い起こさせる無気味な海であった。

こうして、今朝、浦賀を追われて以来十一日目に鹿児島湾に入って来たのである。

船が佐多浦の沖に投錨した時、

「大砲がないやろな、船頭さん」

音吉は一番気がかりなことを尋ねた。

「この辺には大砲はなかとです」

庄蔵は自信ありげに言い切り、

「何なら、ミスター・キングに頼んで、寿三郎とこの辺りの様子を探って来てもよかとです」

「え⁉　船頭さんが陸に上がるとですか。そぎゃん危なかこつ……」

熊太郎の言葉を遮るように寿三郎が言った。

「いや、熊太郎。薩摩の殿さんは偉いお方と聞いとるばい。浦賀の小役人とは扱いがちがうと」

岩吉が庄蔵を伴ってギュツラフとキングのもとに相談に行った。二人は机の上に地図を出して、何か話し合っていた。朝日がその地図の上に明るくさしていた。岩吉たちの申し出を聞いたキングとギュツラフは、しばらく考えていたが、

「わかりました。ご希望なら、ご意向に沿うように、努力しましょう」

キングはこの航海中、何をするにも日本人の意見を重んじて来た。ここに投錨したのも、日本人たちの願いを受け入れてのことであった。出来ることなら、もっと湾の奥深く、西岸の宮浜の近くまで進みたかった。が、岩吉たち七人は浦賀で受けた攻撃に懲りていた。いつでも逃げ出せる場所に停泊してほしいと願った。その願いをもキングたちは聞き入れていたのである。

キングは直ちにパーカー、ウイリアムズ、インガソル船長と相談して、ボートをおろした。その上、二、三人の乗組員も同行させた。

「大丈夫やろか、舵取りさん」

モリソン号を離れて行くボートを見送りながら、音吉が言った。

「わからん、わしには」

浦賀では、モリソン号は多くの日本人たちにパンやブドー酒を分け与えた。大砲のないことも日本側にはわかった筈だ。それでもあのような砲撃を受けたのである。立ち去るようにとの事前の通達さえなかったのだ。岩吉が日本にいた時も、役人は常に横柄であった。が、まさかあのような仕打ちを外国船に対してなすとは、思いもよらぬことであった。五年間にわたる海外での生活の中で、岩吉は個人の意志を尊ぶというあり方に馴れて来た。そしていつしか、日本の役人も話せばたやすくわかるような錯覚を抱いていた。が、日本人と欧米人との考えが、全くちがっていることを、岩吉は浦賀において改めて思い知らされたのだ。

庄蔵がこのあたりの様子を探りに行きたいと言い出した時、岩吉は反対した。だが庄蔵は言った。

「薩摩藩の殿さま親子は只者ではなか」

藩主は島津斉興と言った。この斉興が二十七代の藩主になった時、薩摩藩は多額の借財を抱えて疲弊していた。琉球と合わせて人口八十万余の、その一人当たり六両弱の負債であった。斉興は倹約質素を旨とし、茶人調所笑左衛門を取り立て、藩の財政整理に当たらせた。笑左衛門は各種の産業を盛んにし、砂糖専売法を定め、大坂地方の富商に五百万両の藩債を引き受けさせた。その上税法を改め、窮民を助けた。藩は着々と力を蓄え、ついには大坂における砂糖売り上げが年額二十三万両にものぼった。

だが、この藩主斉興よりも、息子斉彬の名が日本全国に鳴りひびいていた。斉彬は十一年前の文政九年、十八歳でドイツ人シーボルトの弟子となった。医学、動植物学をはじめ、ヨーロッパの文化を学び、その上洋学者箕作阮甫、高野長英、夏木弘安などに蘭学を進講させ、海外の形勢に極めて明るく、その器の大きいこと、識見の優れていること、一度会った者は畏敬せずにはいられないと伝えられていた。しかも、領土領民を藩主が私してはならぬと常々戒めていることも、近隣の噂にのぼっていた。

「それにの、薩摩の若殿は、横文字を自在に喋ったり書いたりするとです」

「何⁉　横文字を書ける？　そりゃあ大したもんや。確かに只者ではあらせんな。ほかの殿さんとはちがうな」

岩吉は、蘭学がいかなる学問かを知らなかった。が、横文字を知っているということで、その考え方がキングやギュツラフたちに似ているのではないかと思った。そして、キリシタンに対しても、酷い詮議はしないのではないかと思ったのだ。岩吉は知らなかったが、蘭学書には聖書の言葉や、聖画が組みこまれていたのである。特に斉彬に蘭学を講義した箕作阮甫は、旧約聖書にも暗くなかったから、岩吉の推量は図らずも当たっていたと言える。だが今、音吉に庄蔵たちが無事に戻って来るかと聞かれれば、ふと心がゆらいだ。庄蔵と寿三郎が、役人に高手小手に縛り上げられ、打ち据えられるのではないかと不安になった。

「わしにもわからんな」

岩吉はくり返した。

湾内も意外に波が荒かった。ボートは波間に浮き沈みしながら、本船を遠ざかって行った。佐多浦の浜は、砂利浜だと聞いているが、船から眺める岸は、小山が海まで迫っているように見えた。

佐多浦の海には、磯舟もかなり出ている様子だ。しばらくの間、残された五人は落ち着きなく船室に戻ったり、甲板に出たりしていた。

庄蔵たちが出て行って、およそ四時間が過ぎた。

「そろそろ帰って来てもええ頃やがなあ」

船室に寝ころんでいた久吉が、起き上がって言った。

「そやなあ。もう帰って来てもええわな。テン・オクロックを過ぎたわ」

「ややこしいことにならんとよか」

力松は泣き出しそうな顔をしている。

「大丈夫たい。泣くこつはなか」

熊太郎が力松を叱りつけた。熊太郎自身が不安だからだ。しばらく、みんな黙った。

と、熊太郎がいらいらと船室を出て行った。が、すぐに戻って来るなり、久吉と音吉に向かって言った。

「何で九州の者ばかり、二人も陸に上げたとな」

岩吉は甲板にいる。音吉と久吉は顔を見合わせた。

「尾張のあんたらは何で行かんかったと？　恐ろしか？」

「わしら知らん。舵取りさんと船頭さんの話し合いで決まったことだでな」

「話し合い？」

熊太郎はちょっと押し黙ったが、

「もし船頭さんらが帰らん時は、どうしてくれると？」

熊太郎は心配のあまり気が立っていた。船窓から、湾内に立つ白波を眺めながら、音吉は熊太郎の心配がよくわかった。口をつぐんだ二人に熊太郎が嵩にかかって言った。

「尾張のあんたらに、取り返しに行ってもらうとです」

熊太郎の言葉に、年少の力松が怯えたように熊太郎の袖を引いて叫んだ。

「大丈夫たい！　船頭さんは大丈夫たい！」

「そうや。大丈夫やな、力松」

音吉がやさしく相槌を打った。

「大丈夫？　ばってん、どこにその保証があると？　日本のお上は恐ろしか。お前ら浦賀の大砲を忘れたと？」

「忘れはせん。な、音。けどな熊太郎。肥後の船頭さんは考え深い人だでな。阿呆なことはせん。すぐに戻って来る。すぐにな」

久吉が熊太郎をなだめるように言った。

「ばってん、船頭さんが船を出てから、かれこれ二刻も過ぎているたい。あー」

熊太郎は太い吐息をつき、

「お伊勢、船玉さま、天神さま、仏さんでも神さんでもよか。わしらの船頭さんらを帰して下され」

と、床に頭をすりつけた。と、その時音吉が叫んだ。

「あ⁉ あれは何の船や？」

波に傾いたモリソン号の窓に、青い空だけが映った。

一四

「して、おはんの名は何と申す？」

藩の役人は、視線を庄蔵から岩吉に移した。白角に白丸の薩摩の定紋の染め抜かれた青地の着物を着た役人が数人、ずらりと床几に腰をおろして居並んでいる。

「熱田宮宿の岩吉と申します」

岩吉は神妙に答えた。幾度か江戸に往来して世間の広い岩吉は言葉を改めて言った。

庄屋の家の庭先に、今、岩吉と庄蔵は土下座していた。土地の者たちが多勢、その場に押しかけていた。雛を呼ぶのか、屋敷の一劃でしきりに雞の声がする。

「ほほう、熱田の宮宿とか。して、出帆は何月何日でごわしたか」

「天保三年十月十日六つ半でござりました」

「何、天保三年？　とすると、今年は八年、五年も前のこつ……」

「はい、長い長い五年でござりました」

中年のその役人は膝（ひざ）の上で扇子（せんす）をぱちりと鳴らし、

「して、船主の名は？」

「はい小野浦の樋口源六にござります」

傍（かたわ）らで、若い役人がさらさらと筆を走らせていた。

「船頭は？」

「小野浦の樋口重右衛門」

岩吉は宝順丸の上で死んで行った重右衛門の顔を思い浮かべながら答えた。岡廻（おかまわ）り六右衛門、水主頭（かこがしら）仁右衛門、炊頭（かしきがしら）勝五郎、水主の利七、政吉、辰蔵、三四郎、千之助、吉治郎、常治郎、そして久吉、音吉の名を、岩吉は順々に告げながら胸の熱くなるのを覚えた。

「十四人のうち十一人は、体に赤い斑（まだら）が出来、歯ぐきから血を出して、その果てに死んだのでござります」

「十四人のうち、十一人が死んだとのう」

役人たちは顔を見合わせ、土地の者がざわめいた。

「して、嵐に遭（お）うたのは？」

「はい、十月十一日遠州灘（えんしゅうなだ）においてでござりました」

岩吉の目に、あの日水平線上に現れた疾（はや）て雲がありありと浮かんだ。その疾て雲は、見る見る頭上一杯にひろがった。疾て雲の恐ろしさを知らぬ水主（かこ）はいなかった。あれが嵐の始まりだった。

「舳（へさき）を陸に回せーっ！」

船頭重右衛門の上ずった声が今も耳の底にある。岩吉はその嵐の様（さま）を、問われるままに役人たちに告げた。

「うーむ。船を飛び越えるような、そぎゃん大きな波がのう。よう水船にならんとじゃった」

「はい。お伊勢様に、熱田様に、船玉様（ふなだまさま）にと、一同一心に祈って、荷打ちをするやら、アカ汲（く）みをするやら、遂には帆柱を切り倒すやら、それは懸命でござりました」

滝のように流れ落ちる海水に打たれながら必死にアカ汲（く）みをしていた岡廻（おかまわ）り六右衛門の姿を岩吉は思った。汲んでも汲んでも、水は増すばかりだった。あの嵐の中で、宝順丸が沈まなかったのは確かに不思議なことであった。

「して、そいからどぎゃんしたとか」

黒潮に流されて、大海に出た次第を岩吉は話した。

「来る日も来る日も、只（ただ）海ばかりでござりました。水が尽き、野菜が尽き……」

岩吉はらんびきをして水を得た苦労も話して聞かせた。

「なるほど、潮水を沸かして真水を取る。えらかこつじゃ。当然、船の上では焚くものにも限りがあったじゃろう」

「はい。水の不足が何より辛うございました」

岩吉の髪が風に乱れて額にかかる。その異国ふうの髪をした岩吉の言葉に、土地の者たちは一心に耳を澄ましていた。

「一同無事に帰れるか、いずこのあたりに船があるものか、幾度伺いを立てたことか数知れませぬ」

太平洋の真っ只中で、ひたすら伊勢神宮に熱田の宮に、八幡の社に、各々の氏神に、金比羅に、稲荷に、そして仏にと、必死に祈った仲間たちの様子を、岩吉は辛い思いで思い返した。

話がアメリカ大陸の見えた所にさしかかると、土地の者が、思わず大きな吐息を洩らした。

だが、インデアンの奴隷となってアー・ダンクの鞭に追い廻された生活に及ぶと、洟をすすり上げる者もいた。イーグル号で、ロンドンまで行った話に、役人は驚き、

「何!?　エゲレスまで？」

と言ったが、若い役人たちにはイギリスがどこにあるのか、見当もつかぬようであった。ついで、イギリスからマカオまでの旅、マカオでのギュツラフ夫妻の親切を、岩吉は力をこめて語った。そして遂に、キングの計らいによってモリソン号を仕立て、大砲

を取り外し、浦賀まではるばる送られて来たが、日本の大砲に撃ち払われ、一時は悲歎の余り、七人揃って首をくくって死のうか、腹かき切って死ぬべきかと、覚悟したことも余さず告げた。懐かしい故国日本を目の前に撃ち帰された話を語った時、土地の者はむろん、役人たちも涙をこらえかね、語る岩吉もまた言葉が途切れ勝ちであった。

「そぎゃん酷か……酷かこつでごわしたのう」

土地の者が口々に言うのを、岩吉は土に涙を落としながら聞いた。役人が言った。

「そいどん、お上のご定法じゃからのう。異国の船は二言なく打ち払えと定められておる。しかしじゃ、おはんたち日本人が乗っておったと知れば、よもや大砲は撃たんじゃったでごわそう」

その年長の役人は、柔和なものの言い様をする、情け深げな男であった。

「ほんのこつ、一年二か月もの苦しか漂流に、ようも耐えたものじゃ。言葉も通ぜぬ異国の家に、よう我慢して生きたものじゃ。さぞ辛かことでごわしたろう。親兄弟、妻子がさぞ恋しかこつでごわしたろうのう」

「はい。わたくしどもは只々家族に会いたさに、どんな苦労も辛抱して参りました」

岩吉の目に、妻の絹、愛し児岩太郎、そして両親の顔が浮かんで消えた。

「そうでごわすとも、そうでごわすとも。音吉、久吉とやらも、十四、十五の童の頃に故土を出て、今は十九、二十の若者じゃ。今、おはんが話したこつは、書き役がすべて書きとった故、直ちにこれより鹿児島に届けもす。おそらくおはんたちは、何のお咎めもなく、各々の家に帰るこつとなりもそう。よき便りを安心して待つがよか。のう岩吉、庄蔵」

「は、はい」

岩吉は耳を疑った。役人は今確かに、何の咎めもなくそれぞれの家に帰れるであろうと言ったのである。熱いものが胸にこみ上げ、岩吉も庄蔵も只肩をふるわせ、声もなかった。

「ところで、おはんたちはキリシタンの教えに染まってはおらぬでごわすの」

役人は俄に今までにない厳しい語調になった。

「決してそのようなこつは……命にかけてござりませぬ」

庄蔵が平伏し、岩吉も共に平伏した。

「うむ。岩吉の話の端々に、お伊勢さんや熱田さんが度々出たこつ故、よもやそぎゃんこつはなかと思うたが、何せ長い異国の生活じゃ。しかとそいに相違なかとな！」

「は、はーっ、誓って相違ござりませぬ。わたくしどもは只、日本の神々に仏に、国に帰れるよう朝夕念じておりました」

答えた岩吉の胸に、ギュツラフを助けて、聖書和訳に励んだ日々の姿がよぎった。だがキリシタンになったわけではない、と岩吉は頭を上げた。

「さようか。キリシタンにさえなっておらねば、問題はなか。日本人が日本の国に帰るこつは当然。安心して待つがよか」

あたたかい励ましの言葉に、庄蔵と岩吉は肩をふるわせて再び土に平伏した。

庄蔵は今朝早く、寿三郎と二人で佐多浦に上陸した。その時庄蔵は、命よりも大事にしていた乗組員名簿と積み荷目録を懐に入れていた。それが役人の信用を得るのに大いに力となった。そしてこの穏和な役人はモリソン号まで同行してくれ、何かと便宜を計らってくれた。庄蔵と寿三郎の帰りを不安のうちに待ち佗びていた岩吉たちは、この役人に接して、俄に帰国の望みを強くしたのである。キングはこの役人に、薩摩藩主宛の書状を托した。この役人が折り返し陸に戻る時、庄蔵は岩吉と共に、再び佐多浦に行った。庄蔵たちは九州組の漂流の模様は、寿三郎と二人で、こもごも役人に語ったが、宝順丸の漂流については、当事者である岩吉の口から述べられねばならなかった。

　こうして岩吉は、役人や土地の者たちの前に、漂流の辛苦を一心に語った。それと共に、ハドソン湾会社の示してくれた親切や、ギュツラフ、キングたちが親身になって自分たちを日本まで送り届けてくれるに至ったいきさつを、語り伝えたのである。

　役人はそれが癖の、扇子を膝の上で忙しく開いたり閉じたりしながら、感じ入ったように言った。

「ふーむ、それにしてものう、見も知らぬ異国の人たちが、おはんたちをそいほどに親切に扱ってくれたとか。各々方、その異人たちは、おいどんと同じ人間でごわすとか」

「ほんのこつ、おいどんも感じ入って聞きもしたが、それは人間よりも、もっと優れた何者かではごわはんか」

「まことじゃて。人間よりも、神か仏に近い者ではなかか。並の人間にはとても出来るこつではなか」

中年の役人がそう言った時、若い役人が言った。

「そいどん、おはんら、今聞けば、毎日腹一杯食い物を与えられていたと言うではなかか。なんでこの飢饉騒ぎの日本に帰って来たとじゃ」

「そうじゃ、そうじゃ。大坂では米騒動で、今年の二月、大塩平八郎ちゅうもんが市中に火をつけたわ。全国至る所で、飢え死にする者が出ておるとじゃ。この辺りでも、乞食があふれているとじゃ。なんでそぎゃん所に帰って来たとな」

「これ、何を申す！　つぶさに辛酸をなめての末に帰って来たその心根が、おはんらにはわからんとか。親兄弟ほど懐かしか者はなか！　大切なものはなか！」

年長の役人は、若い役人たちをたしなめた。岩吉は必死になって言った。

「お役人様、そんな飢饉の時に故里に帰っては、さぞご迷惑でござりましょう。しかしお許しさえ下されば、わしら七人が口にする米ぐらいは、マカオから船で運んで参ります。どうか……どうか……わしらを国元に帰して下さりませ」

岩吉の言葉に、土地の者たちも、

「おねがいでごわす」

と、涙ながらに頭を下げた。

「安心するがよか。今の言葉も書き添えて、殿に早速一切を書き送るとじゃ。嵐に遭うたは、おはんらの罪ではなか。必ずやお許しが出ると思うて待っちょるがよか。よかな」

あたたかい声音(こわね)に、岩吉と庄蔵は喜びにあふれて、その日の午後二時モリソン号に帰ったのである。

一五

「それじゃあ舵取(かじと)りさん。今度こそはほんとに帰れるんやな。ほんとやな」

音吉が声を弾ませた。佐多浦からモリソン号に戻(もど)り、キングたちへの報告をすませた岩吉と庄蔵は取り調べの様子を五人の者たちに詳しく話して聞かせたのである。

「ほんとや、のう船頭さん」

岩吉の声も明るい。

「まちがいなか。今度こそまちがいなか。わしらの話に、土地のもんも涙流して聞いてくれたとです」

「涙を流して!? わかってくれたんやなあ。なあ、音」

「そうやなあ。わしらの話を聞けば誰でもわからせん筈(はず)はないだでな。けど、船頭さんも舵取りさんも、ようわかるように話してくれたんやなあ」

「やっぱりわしらじゃ、そうはうまく話せんかも知れせんな。頭がカーッとして、胸がどかどかして、ろくなことは話せんかったかも知れせんな」

久吉も深くうなずく。庄蔵が言う。

「わしらは命がけで話したとです。真剣に話したとです。のう舵取りさん」

「そうや。言葉の端々に気をつけてな。そりゃあ真剣に話したで。自分の言葉ひとつで、みんなのこれまでの苦労が、水の泡になってはいかんでな。前にも話し合ったことだが、異国の土地や人の名は、わかりにくいものだでな。つとめて出さんようにしてな、苦労したで。それはともかくお役人は、安心して待てと言うてくれた。何のお咎めもあらせん、きっと家に帰れると、何度も言うてくれた」

岩吉は人が変わったように多弁になった。

「うれしかのう。じきに家に帰れるたい」

「夢のようですたい。浦賀で大砲がわしらを撃ち帰した時、死ぬよりほかはなかと……

……」

寿三郎の声が途切れた。誰もが一瞬、口をつぐんだ。みんなで共に死のうと心に決めたあの時の絶望感が思い出されたからだ。が、久吉がすぐに言った。

「とにかく、今度こそは帰れるんやな」

「帰れるとも。お役人が安心して待てと言うてくれたんや」

「そうやな、お役人が言うてくれたんやな。お役人は嘘は言わんわな。お上は嘘は言わんわな」

「うん、お役人は嘘は言わん。武士に二言はないと言うだでな」

「ああ、安心した。父っさまーっ、母さまーっ、久吉はここに生きているでなーっ。久吉は……久吉は……もうすぐ帰って行くでなーっ」

久吉は拳でぐいと目尻を拭いた。力松が一同に背を向けて、不意に泣き出した。熊太郎が仁王立ちに立ち上がって、足を踏み鳴らし、

「うおーっ！　今度こそ帰れるたーい！」

と、吠えるように叫んだ。岩吉も庄蔵も、ふだんの二人に似合わず、落ちつきなく部屋の中を行ったり来たりした。

「三日待てばいいんやな、三日待てば」

音吉は小野浦に上がった夢を思った。

（やっぱり正夢やった！）

父の武右衛門は、あの夢のように、杖をひきひき、浜まで迎えに来るにちがいない。音吉は泣いてよいのか、笑ってよいのかわからなかった。誰もが安心して、今こそぞんぶんに故郷を思うことができた。

その頃、キングの部屋で、ギュツラフ、パーカー、ウイリアムズ、インガソル船長の五人がテーブルを囲んでいた。テーブルの上には、午まえ役人に渡した書類が置かれてあった。この書類は、岩吉と庄蔵を送って来た三人の役人が持って来たものである。上役が、この書類の受け取りを拒んだというのである。だが三人の役人は、通訳のギュツラフに、次のような理由を告げた。

「異人の手紙を、佐多浦の役人の一存で受け取る訳にはいかない。ましてや、鹿児島の領主に届けることは憚られる。しかし、本日漂民から聞いた詳細を、報告書として領主に届け、この書類についても書き送っておいた。近日中に、鹿児島の重臣が、漂民たち七人と、この差し戻した書類を直接受け取りに参るであろう」

キングたちはそのことについて先程から語り合っていたのだ。

「しかし、書類を受け取ることさえ、いちいち上司の許可が要るとは……自由のない国ですね」

ウイリアムズの言葉にギュツラフがうなずいて、

「その点、清国とよく似ています。しかし鹿児島から、この書類と七人を受け取りに来ると言うのですから、わたしたちも日本にやって来た甲斐があるというものです。岩吉たちもさぞ喜んでいることでしょう」

「浦賀ではいささか腹が立ちましたが、一人の負傷者も出なかったことを神に感謝しておいてよかったですね」

「全くです。とにかく漂民たちが喜んでいることは何よりうれしいことです。しかしいよいよ彼らと別れると思うと、急に淋しくなりましたな」

この部屋にも安堵の色が漂っていた。が、しかしキングだけは、

「わたしは喜ぶのはまだ早いと思います。浦賀での苦い経験を、そう簡単に忘れてはならないと思います」

と、差し戻された書類を机の引き出しに納めた。波の荒い八月十日の午後であった。

一六

その日一八三七年、天保八年八月十二日、前日の霧は朝から小雨に変わっていた。鹿児島湾の上には雨雲が低く垂れこめ、肌寒い日であった。

「いいか、みんな。今日はこのモリソン号ともお別れかも知れせんで、きちんと荷物を取りまとめてな。最後のお礼や、この部屋もほかの部屋もよう清めておくんやで」

朝食が終わるや否や岩吉が言った。庄蔵たち六人が「おう！」と弾んだ声で応じた。その六人を置いて、岩吉一人雨の甲板に上がった。岩吉と庄蔵が佐多浦に上陸し、役人に事情を聴取されてから今日が三日目であった。

「遅くとも三日目には、鹿児島から役人がおはんたちを受け取りに参る」

と、二人は役人から言い渡されていた。その三日目が今日なのだ。岩吉は、昨夜のうちにも鹿児島の役人が到着してはいまいかと、眼をこらして、十二丁程向こうの児ヶ水の村に目をやった。

モリソン号は、一昨日の夕刻、東岸の佐多浦沖から、西岸の児ヶ水の近くに移っていた。役人の指令に従ったのである。

鹿児島から役人が到着すれば、児ヶ水の村に何らかの気配がうかがえる筈だった。が、今見る児ヶ水の村は、四、五丈の切り立った崖の上にひっそりと静まりかえっていた。

小さな森や果樹の木立が村の中に散在し、その間に民家の白壁が、雨雲の下にも清らかであった。白波が切岸の裾に絶えず沫を上げてい、カモメが低く波の上を飛んで行く。なだらかな丘が、この児ケ水ののどかな村を取り囲むようにして、その豊かな緑を見せていた。この児ケ水の風景を昨日、キングたちは龕に納まったようだと、しきりに興がっていた。

村の一劃に墓原が見え、その墓原のめぐりにも木々が丈高く繁っている。岩吉はふと、マカオで見た日本人の墓を思い浮かべた。

（どうやらこれで、わしは日本の墓におさまることができる）

五年にわたる長い年月であっただけに、感慨はひとしお深かった。しかも、浦賀で撃ち帰されただけに、岩吉の喜びは大きかった。今、岩吉はしきりに、鹿児島からの役人の到着が待たれてならなかった。

「お!?　あれは？」

磯舟が一隻漕ぎよせて来るのが見えた。役人たちの舟かと、岩吉は胸をとどろかせて、身を乗り出すように手摺りに寄った。岸近くには監視船が三隻、昨日以来依然として近寄りもせず、遠ざかりもせず波の上に漂っている。今近づいて来るのは、その監視船とはちがっていた。

近づくにつれて、乗っているのが役人ではないことに岩吉は気づいた。蓑笠をつけた漁師ふうの男たちであった。

（何や、がっかりさせるで）

岩吉は呟《つぶや》いた。磯舟は監視船からは見えぬモリソン号の右舷《うげん》に廻《まわ》った。岩吉は思い立って、右舷《うげん》に駈《か》け移って手をふった。磯舟の一人が、手を上げて岩吉に応《こた》えた。折から、ウイリアムズとギュツラフが甲板《かんぱん》に出て来た。三人は並んで磯舟を見おろした。

風はさほど激しくはないが、波が荒い。その荒波の中を、磯舟はモリソン号に近づいて来た。

「おいどんたちゃ、これから釣《つ》りに行くとじゃ」

三人の中の一人が、日に焼けた顔を上げて、大声で呼びかけた。

「釣りに？　この波の荒い時にかあ」

折しも七時半の時鐘《じしよう》が鳴った。今日はまだ、磯舟《いそぶね》が一隻《せき》も姿を見せていない。

「おう、波の荒いのには馴《な》れちょるでのう――」

「ちょっと上がって、遊んで行かんか」

岩吉が誘った。佐多浦では、百人からの住民たちが、浦賀でのようにモリソン号に上がって来た。だが、ここ児ケ水では、住民は一人として訪ねて来ない。

「遊んで行きたいがのう、異国船には近づいてはならんと、お上《かみ》から禁じられとるでのう。ま、ここから見物させてもらうとじゃ」

「見物――？　そうか。ではちょっと聞くがなあ。鹿児島からのお役人は、まだ児ケ水にお見えにならせんのやろか」

なぜか磯舟の三人は顔を見合わせた。が、真ん中の年嵩の男が、何かうなずいてから言った。

「まだじゃ。噂によるとのう、鹿児島からはお役人が来んちゅうこつじゃ」

「何、お役人は来んと？」

「そうじゃ、お役人は来んちゅう噂じゃ。そしてのう……」

男は言いよどんだ。

「そして何やぁ」

「言いにくいこつじゃが、この船は大砲で撃たれるっちゅうこつじゃ」

「大砲!? 大砲で撃つ？」

岩吉は耳を疑った。他の男が言った。

「そうじゃあ。大砲で撃つとじゃ」

「そ、そんな馬鹿な。からかってはいかん、からかっては。冗談にも程があるでな」

岩吉は笑って見せた。磯舟の三人は押し黙った。蓑を着ている三人の上に、小雨が降りそぼつ。舟が波のうねりに大きく上下する。黙りこんだ三人に、岩吉は怒鳴った。

「冗談も程々にせい。わしはまじめに聞いとるだでな」

岩吉の言葉に、思い切ったように年嵩の男が顔を上げた。

「気の毒なこつじゃが、これは決して冗談ではなか！　おいどんもまじめに話しとるとじゃ！」

「それでは……ここでもお上は、わしらを撃ち帰す言うのか！　大砲で撃つと言うのか！」

「…………」

三人は只岩吉の顔を見つめた。

「そんな……嘘や！　嘘に決まっとる。佐多浦のお役人はな、わしらは無事に帰れると、請け合うてくれたんやで」

岩吉は必死だった。磯舟の一人が声を励ますように言った。

「いや！　おはんらは故里に帰るこつはかなわんとじゃ。故里に帰るこつはできんとじゃ」

「故里に帰れせん!?」

岩吉には信じられなかった。

「気の毒なこつじゃけん……今の話は嘘ではなかーっ」

年嵩の男が声を張り上げた。岩吉の体がふるえた。

先程からギュツラフは、双方の会話に耳を傾けながら、ウイリアムズに通訳していた。

岩吉は気力をふるい立たせて叫んだ。

「そんなことを……誰が言うたんや。どこの誰が言うたんや！」

「…………」

「答えて見い。どこの誰が言うたんや！」

三人は何やら小声で語り合っていたが、一人が答えて言った。

「どこの誰が言うたとでもなか。噂じゃ。村中のもっぱらの噂とじゃ」

「噂？」

岩吉はやや安心して、

「何や、噂か。噂なんぞはでたらめなものだでな。あのな、児ケ水の者はな、お役人も村の者も、わしらの話をまだ詳しう聞いてはおらんでな。何も知らんのや。それであらぬ噂を飛ばすのや。けどなあ、あっちの佐多浦では、お役人も村の者も、みんな涙を流して聞いてくれたんやで。そしてなあ、すぐにわしらを迎えに鹿児島のお役人が来ると、幾度も幾度も言うてくれたんやでえ」

岩吉の言葉を聞いた三人は、再び何か話し合っていたが、真ん中の男が言った。

「いやいや、おいどんものう、あらかたの話は聞いとるのじゃ。村の者もお役人も初めはどこの異国船が攻めて来たかと、大変な騒ぎじゃった。そいどん、おはんたちを送って来た船と聞いて、誰もがおはんたちに同情しとるのじゃ。しかしのう、悪いこつは申さん。とにかく大砲が火を噴く前に、船出するがよか」

「何⁉　大砲が火を噴く前に？　では、あのお役人たちが嘘を言うたと言うのか」

「…………」

「武士に二言があった言うのか」

三人はそれには答えず、魚を釣ったら届けると言って、モリソン号を離れた。男たちは舳から釣り糸を垂れてはいたが、本気で釣るふうもなく、間もなくモリソン号の船首を廻って、児ケ水のほうに帰って行った。

話を聞いたギュツラフとウイリアムズは、今の三人の態度には、確信が欠けていた、格別気にとめることはないと岩吉を励ました。

一七

三人を乗せた磯舟が、児ケ水の岸に着くのを見届けず、岩吉は船室に降りて行った。今の男たちの言葉を、他の六人に告げるか、告げまいか、階を降りながら迷っていた。嘘かも知れないのだ。六人をその嘘で悲しませたくはなかった。

（しかし、本当かも知れぬ）

考えて見ると、この荒波の上を、伊達や酔狂でモリソン号に近づいて来る訳はない。話しかたから言っても、あの三人のうちの二人は武士であったような気もする。

（もしかすると……）

岩吉は、一昨日佐多浦で事情を聴取してくれた、あの中年の役人のおだやかな顔を思い浮かべた。あの役人は、確かに自分たちを迎え入れようとしてくれた。が、薩摩藩は、江戸直轄の浦賀奉行の例にならって、モリソン号を打ち払うことに決めたのかも知れない。それであの役人が、ひそかに今の三人を差し向け、危機を知らせてくれたのではないか。

（とすると……）

俄に岩吉の足から力が脱けた。

船室の前に立つと、賑やかな話し声が聞こえ、笑い声がした。ひときわ大きな声は、久吉の笑い声であった。岩吉はドアをあけた。誰もが船室の窓にへばりつきながら口々に言っていた。

「うれしいなあ」

「うれしかーっ」

「もうすぐ迎えに来るたい」

「今度こそ故里に帰れるんやなあ」

入って来た岩吉に気づく者はない。誰もが只狂喜していた。

「何や、どうしたんや」

岩吉の声に、六人がふり返った。

「舵取りさん。あれ見て見い！」

音吉が喜びにあふれた声で、窓の彼方を指さした。岩吉は音吉ののぞいていた窓に額をつけた。

「おっ！　あれは！」

児ケ水の切岸の上に、青と白の幔幕が張りめぐらされているのが見えた。岩吉は全身から血が引いていくのを覚えた。

「のう、舵取りさん。鹿児島のお役人や、ミスター・キングたちを迎える準備かのう」

庄蔵の顔も輝いている。

「やっぱり佐多浦のお役人の言うたとおりや。三日目にちゃんと迎えに来るわ」

久吉は大声で笑った。笑うまいとしても笑いがあふれて来るようであった。岩吉は幔幕を見て、今しがた聞いた磯舟の三人の言葉が、真実であることを悟った。

(あれは……陣幕や。戦の幕や)

だが、岩吉は、それをすぐに口に出すことは出来なかった。岩吉は只、音吉、久吉、庄蔵、寿三郎、熊太郎、力松の顔を順々に見た。岩吉の目に涙が盛り上がった。その岩吉の膝をゆすって音吉が言った。

「ほんとうにうれしいな。な、舵取りさん。わしの夢は正夢やったで」

音吉は岩吉が喜びの余り涙ぐんでいるのだと思いこんだのだ。岩吉の口がわなわなとふるえた。六人は岩吉の涙に誘われて、洟をすすりあげた。久吉が言った。

「喜びに涙は不吉や。泣くのは陸に上がってからでええ」

岩吉はたまらなくなって顔を上げた。

「あのな……」

岩吉の顔が歪んだ。

「何や、舵取りさん?」

音吉が不意に不安な顔色になった。

「もう、駄目や！」

血を吐くような声であった。

「駄目？　何が駄目なんや」

久吉がきょとんとした。岩吉は拳骨で涙をふり払い、思い切って言った。

「みんな喜んでいるのに、言いたくはないが、あれはな、鹿児島の役人を迎える準備ではあらせん。陣幕や」

「何!?　陣幕とな！　では、戦の準備となっ!?」

庄蔵が大声で聞き返した。

「そうや。今……大砲がこの船を撃つと言う知らせが……来たばかりや」

岩吉は磯舟の三人から聞いた話を手短に話し、顔を伏せた。も早誰の顔も見ることができなかった。

「ほ、ほんとか!?　舵取りさん！」

音吉の声がかすれた。

「そんな馬鹿な！」

久吉が怒鳴った。

「迎えに来てくれる約束はどうなったと!?」

寿三郎の顔が蒼白だった。

「もう約束も何も……あらせん」

岩吉の言葉に、力松が吠えるような声で叫んだ。

「帰りたかーっ！　帰りたかーっ！」

その声に、一同が泣いた。が、やがて岩吉は立ち上がり、

「わしは……ミスター・キングに、あの陣幕が戦のしるしやと言うて来る」

と、泣き声から逃れるように船室を出て行った。

(信じられせん、信じられせん)

音吉はうつろな目で、児ヶ水の幔幕に目をやった。

「音！　ほんとやろか。ほんとにお上は、わしら日本人を、撃つんやろか」

久吉が音吉の肩を揺さぶった。寿三郎が床を叩いて叫んだ。

「わしらが何の悪いことをしたとかぁーっ！　何をしたとかぁーっ！」

「何のために、五年間、今日まで辛抱してきたんや」

久吉が打ちなげいた。

(信じられせん。何でわしらを撃つんか)

音吉はゆらゆらと首を横にふった。

大砲が火を噴いたのは、それから間もなくであった。モリソン号は急きょ錨を上げ、帆を張ったが、あいにくと風が落ちた。しかも、潮は満ち潮であった。岩場の多いこの辺りで、満ち潮に遭うことは、砲火にさらされるよりも恐怖であった。船員たちは、激しい怒りに耐えながら、必死に岩場を避けた。無風のために、モリソン号は押しこめら

れるように、数マイルも湾内をさかのぼった。そのモリソン号を薩摩藩の武士たちが岸に群がって高みの見物をしていた。

やがてモリソン号は、引き潮に乗りじぐざぐに湾外に向かって走り始めた。西岸に近づくと西岸から砲弾が飛び、東岸に近寄ると東岸から弾丸が唸った。

モリソン号がようやく佐多浦の沖に近づいたのは、午後三時をまわっていた。時々雨が激しく降り、甲板に音をたてて過ぎた。

長くつらい一日が暮れた。雨が止み、暗闇があたりを覆った。庄蔵、熊太郎、寿三郎は、船室に骸のように横たわっていた。今、甲板には岩吉、久吉、音吉、力松の四人が立ち並んで、黒ぐろと横たわる日本の国土を見つめていた。モリソン号に向けて砲火が遠く闇の中に赤かった。

（あれが日本や、あれが日本なんや）

音吉の目に又しても涙がこみ上げて来た。

「おっかさーん！　おとっつぁーん！」

年少の力松が、砲火が光る度に狂ったように叫んだ。その声が風にむなしく散る。他の三人は、只黙って力松の声を聞いていた。いや、心の中で、誰もが力松と同じく叫んでいた。もはや二度と会うことのない父に、母に、妻に、わが子に、兄弟に、それぞれが身を引きちぎられる思いで別れを告げていた。

（父っさまーっ！　大事になーっ！　母さまーっ！　達者でなーっ！　おさとーっ！

幸せになーっ！……お琴ーっ！　さようならーっ！）

音吉は顔をくしゃくしゃにして、胸の中で叫んだ。小野浦の白い砂浜が言い様もなく懐かしかった。

力松はまだ、砲火が見える度に泣き叫んでいた。それは誰もとどめようのない悲痛な声だった。その力松の泣き声に、音吉はふっと、

（お上って何や？　国って何や？）

と、呟いた。傍らに声もなく泣いていた久吉が、不意に嗚咽を洩らした。そして叫んだ。

「もうやめぇ――っ！　もう撃つのはやめぇ――っ！」

尚も火を吐く砲口に、久吉はたまりかねて叫んだ。その声を聞きながら、岩吉は思った。

（……わしは、生みの親にさえ捨てられた。今度は国にさえ捨てられた）

お絹の白い横顔、走りまわる岩太郎の姿が、闇の中に浮かんでは消えた。そして自分を拾って育ててくれた養父母のやさしい顔が大きく浮かんだ。

やや経ってから、岩吉はぽつりと言った。

「……そうか。お上がわしらを捨てても……決して捨てぬ者がいるのや」

その言葉に音吉は、はっとした。

（ほんとや、ハドソンベイ・カンパニーのドクター・マクラフリンのようにわしらを買

い取って、救い出してくれるお方がいるのやな）

音吉は、今岩吉が何を言おうとしているかわかったような気がした。砲火を吐きつづける暗闇を見つめながら、

（みんな……みんな……もうわしらのような目には、あわんようになあーっ）

と、心の中に祈った。

大砲は尚も、遥かに遠ざかったモリソン号を威嚇するように、赤い火を噴きつづけていた。

創作後記

一八三七年八月十二日（天保八年七月十二日）、砲火に追われて鹿児島湾を出たモリソン号は、八月二十九日夕刻、再びマカオの港に錨をおろした。不安のうちにも期待を抱いて、祖国に向かって旅立った音吉たち七人の、日本から受けた傷手はいかばかりであったろう。その後の七人の消息を簡単に記して置くこととしよう。

熊太郎

熊太郎に関する史料は最も少なく、マカオに到着後、ウイリアムズの家に、庄蔵、寿三郎、力松と共に引き取られたらしいことだけは残っている。だが六年後の一八四三年頃には既に病死したようである。熊太郎の性格は内向的であったとも言われ、仲間たちからもうとんじられていたそうだが、そうであればあるだけに、異国での早逝は何とも哀れに思われてならない。

寿三郎

寿三郎もウイリアムズのもとに引き取られていたが一八五三年、三十九歳で病死した。アヘン中毒による死であったらしい。寿三郎は、マカオに戻ってから数年後、日本の家族に手紙を出しているが、その手紙は小説「海嶺」の中に引用した。日本人七人の中、アヘン中毒にかかったのは寿三郎だけだが、その哀切な手紙を読み返すとアヘンの誘惑に負けた寿三郎の心の裡が、痛いほどわかるような気がするのである。

力松

最年少の九州組力松は、庄蔵たちと共にしばらくウイリアムズと共にいたが、後に庄蔵と共に香港に移り住んだ。力松は新聞社の社員として成功したらしい史料が残っている。年少であっただけに、外国語を習熟するのが早かったようだ。通訳として、一八五五年九月、日英条約批准の際長崎に来港している。また、同年函館にも通訳として現れ、この時日本人たち漂流民の消息を、函館奉行支配調役の力石勝之助に伝えている。その妻はアメリカ人で、三人の子供をなし、一人を失っていた。

長崎を訪れた際、肥前の母を自費で呼び寄せたいと奉行に願い出たが、実現を見なかったという。

庄蔵

庄蔵はマカオに戻って、ウイリアムズに日本語を教えていたが、数年後香港に渡り、裁縫屋をして大成したと記録に残っている。三階建ての家に住み、中国人を妻にし、子供は男児一人であった。多くの使用人を使い、生活は裕福で土地の人々の信用も大きかったようである。後年日本の漂流民が庄蔵の家を訪ねた時、あいにく庄蔵はカリフォルニアに旅行中であったという史料もあるから、アメリカに幾度か渡っていたのでもあろうか。力松と隣り合って住んでいたが、性格的には合わなかったようである。音吉もまた力松とは心が合わなかったと言っているが、最年少であった力松が、いち早く外国の風習に馴じんだからではないかという説もあって、必ずしも力松の罪とは言えないような気もする。

庄蔵夫妻は円満であったらしく、心を合わせて日本からの漂流民に接していたようだ。この庄蔵の消息は一八五五年以後(四十六歳)何歳まで生きたか不明である。

岩吉

岩吉は久吉と共に、ギュツラフの勤めるイギリス貿易監督庁(商務庁)に、通訳として勤めていた。アヘン戦争を前に、イギリスが清国の舟山列島を占領の際(一八四〇)ギュツラフはその司令官となったため、岩吉、久吉も舟山に移った。この岩吉については、私は少なからぬ興味を抱いている。彼は北アメリカにおいてインデアンの奴隷となった時、ひそかに、誰へともなく助けを求めて手紙を書いている。その手紙が、他のインデアンからインデアンの手に移り、遂にはハドソン湾会社のマクラフリン博士のもとに届いた。マクラフリンはその手紙にある漢字を見て、最初その書き主を中国人と思いこんだらしいが、とにかく、相手が字が読めようが読めまいが、手紙を書いたという岩吉の積極性に私は瞠目した。宝順丸の乗組員十四人の中、十一人が死んだ。残ったのは少年の久吉、音吉であり、岩吉は言わば奇蹟の一人であった。なぜなら大人はすべて死に絶えてしまったからである。これは、岩吉の並々ならぬ体力と精神力を物語っていると私は思っていたが、漢字の手紙がマクラフリン博士の手に届いた事実によって、更にその思いを強くした。

尚、岩吉たち三人のうち、誰の筆跡か不明ではあるが、イギリス公文書館に保存されているという「日本天保三辰年十月十一日志州鳥羽浦港出、備州尾張国会賤（回船）宝順丸重右衛門船十四人乗（以下略）」の筆跡は、優れた筆致であると、書道の心得ある二、三の人から私は聞いた。恐らく三人の中、最年長である岩吉が書いたものと推測するが故に、この筆跡からも私の岩吉に対する評価は大きいのである。また、「米船モリソン号渡来の研究」に載っているキング、ウイリアムズ、パーカーの日記を見ると、七人の漂流民の中、最もしばしば名前の出て来るのが岩吉で、岩吉は水深測量にもモリソン号において活躍している。潮流に流されるモリソン号を危機から救ったのも、小説にあるとおり岩吉である。ギュツラフが岩吉と久吉を舟山につれて行ったのは、ヨハネ伝翻訳の際、彼らが少なからず役立ったからにちがいない。

しかし岩吉は、ギュツラフが香港で死んだ翌年の一八五二年六月、四十六歳で寧波において死んだ。姦通していた妻の手によって殺されたという。何とも無残な話だが、私は何となく、岩吉が抵抗もせず妻に殺されたような気がする。岩吉の心の中に、消し難い日本の妻があって、そのために岩吉は死んだような気がするのである。

久吉

久吉は岩吉と共に、イギリス貿易監督庁の通訳として働いていた。幕府の書類を翻訳して昇給したという記録があるというから、漢字もかなり読み得たのではないか。ギュツラフ宅において、音吉と共に三人、モリソン号に乗る以前に、既に中国語を習っていた訳だが、いつの頃からそれだけの力を得たかは明確ではない。

久吉は中国人の妻を娶り、子供もあった。一八六二年福洲に住んでいたが、その四十三歳以降の生活については記録が残っていない。

音吉

音吉は、マカオに戻るなりモリソン号に乗って、水主としてアメリカに出航している。この時モリソン号にインガソル船長は乗っていなかった。なぜなら、インガソル船長は八月二十九日にマカオに着き、十月十八日には悼ましくも世を去っていたからである。日本への航行が、特に日本の砲撃が船長インガソルの死を早めたであろうことは、想像に難くない。中でも鹿児島での砲撃は、折からの満潮時にぶつかり、岩に衝突する危険があったという。何れにせよ、悼ましい死であった。

とにかく、音吉はインガソル船長のいないモリソン号でアメリカに向かって出発した。

音吉は以後数年間は商船に、軍艦に働いていた。後に音吉は舟山、そして上海に移り、イギリスのデント商会の高級社員として活躍した。妻は、初めイギリス人であったらしいが早逝し、後にシンガポールのマレー人の女と結婚し、二男一女をもうけた。

上海に音吉が移った頃、上海にはギュツラフの姪キャサリンが、医療伝道師のロカートと結婚して山東路病院（後の有名な仁済医院）を創立している。キャサリンは、上海に初めて上陸したイギリス婦人で、人々に慕われていたという。このギュツラフの姪キャサリンの存在が、音吉を上海に住まわせたかどうかは不明だが、無縁でなかったことは確かであろう。尚、キャサリンの弟ハリー・パークスは僅か十四歳の時から、アヘン戦争の終わるまで、ギュツラフから習ったその中国語をもって、外交交渉の雑用に当たったと記録されている。

音吉のこのマレー人の妻は甚だ性格がよく、夫婦仲も極めて睦まじかったようである。少し遠く旅行く時は、必ず音吉は妻を伴ったという。また日本人の漂流者たちに大きな慰めを与えた夫婦でもあった。摂津の船栄力丸の十二人は四十日間この音吉の家に世話になったといわれるが、その長い間の世話も行き届き、決してその場限りの扱いはしなかったようである。当時の上海における音吉の家は、八畳間が四室あり、三人の中国人を召し使いとし、一八五七年に訪れた永久丸の漂流者二人は「一万石の大名のようである」とさえ表現している。デント商会において、音吉は七十人の部下を取り締まっていたという。またその妻は日本語を話したというから、音吉は音吉なりに幸せな生活を築いていたにちがいない。

私たちは一八四九年のイギリス軍艦マリーナ号の来日を記憶している。このマリーナ号に乗っていた通訳が、実は音吉であった。音吉がかつて追い払われた浦賀に来て、どんな思いを抱いたか、想像するさえ胸の痛むことである。

更に一八五四年、イギリス東印度支那艦隊司令官スターリングが長崎にやって来、この時日英和親条約が締結された。この時の通訳もまた音吉であった。この時熱田を出て以来初めて音吉は故国日本の土を踏んだ。長崎奉行邸を訪ねるスターリングに随行したからである。

一八六二年、音吉は妻の故郷、シンガポールに移り住んだ。上海の内乱を避けるためとも、イギリスとの関わりを避けるためともいわれている。このシンガポールの音吉の家に、日本の遣欧使節が訪れている。この時の家は、部屋数が八室もある二階建てで、広々とした美しい庭もあり、自家用の馬車も持っていたという。現地人の召し使いを幾人も使い、その豊かな様子に使節たちが驚き、職業を尋ねたところ、貨物の口入れ業をしていると答えたそうだが、この時は音吉自身、十日前にシンガポールに来たばかりで、果たして職が定まっていたかどうか。あるいは上海での蓄財で、悠々自適の生活であったのかも知れない。

一八六四年以降の音吉に会った日本人はいたのか、いなかったのか、今のところ記録は見当たらない。が、私は幾人かの人から、その子孫が日本に訪ねて来た話を聞いた。

春名徹氏著「にっぽん音吉漂流記」には、このことについて、次のように書かれてある。

〈一八七九年（明治十二年）六月十八日の『東京日日新聞』に、一つの記事がのった。「尾州知多郡の産にして、四十年前に亜墨利加へ漂流したる山本乙吉の子」ジョン・ダブリュー・オトソンという者が帰朝して神奈川県へ入籍を願い出た、というのである。

同紙に掲載された入籍願によれば、音吉は「一千八百六十三年上海を去り、シンガポールに赴き、其後同処にて鬼籍に入り申候」という〉

この入籍願が、文字どおり音吉の心からの願いであったのであろう。その願いを叶えたいと、シンガポールからはるばるやって来た音吉の息子は、音吉のように心優しく、聡明な、そして積極的に生きる息子であったろう。父の願いを単なる願いとして聞き流さず、しっかりと受けとめたこのジョン・W・オトソンはその後どう生きたか。とにかく、この入籍願が受理された形跡がないのが残念である。

なお漂流民の家族たちについては過去帳以外に記録は残っていない。モリソン号渡来の前年、久吉の父が死んでいることだけは小説にも記した通り明らかである。

以上で七人のその後を簡単にまとめたが、決して簡単にまとめ得るその後ではなかったにちがいない。誰一人の生きざまを見ても、例えばアヘン中毒で死んだ寿三郎、妻に殺されて死んだ岩吉をみても、また入籍願を子に託して死んだ音吉を思っても、その心の奥深くに、故国日本がなまなまと生きていたと思わずにはいられない。故国は即ち、外地にある者にとって血縁である。血族である。それだけに、浦賀においても、鹿児島においても、大砲をもって撃ち帰された心の傷はどんなに深かったことか、計り知れないものがある。

漂流！　江戸時代における漂流は、幕府の鎖国政治が作り出した人災とも言えた。なぜなら、鎖国の禁を厳にする余り、造船技術が優れているにもかかわらず、遠洋航行に耐える船を造ることを許さなかったからである。千石船は地方航法を主とする近海船であった。ひと度嵐に遭って大海に流れ出た時、帰り得た者は果たして全体の何パーセントあったであろうか。涯しも知れぬ大海の中で、他の船に会う確率が、どれほど僅かなものか、想像ができる。島に漂着する確率もまた極めて少ない。それは点と点が大海の中でぶつかるに等しい奇跡であると誰かが書いていた。大海の中で死んで行った者、どこかの島で果てた者、それらは造船技術を抑えた幕府の犯した罪の結果でもある。しかも日本には思想信仰の自由がなかった。これがまた、運よく帰って来た漂流者たちを、どんなに苦しめたことか。取り調べのきびしさは、あるいは発狂せしめ、あるいは自殺者を出さしめたという。私は彼ら音吉たちの漂着したインデアンの村や、助けられて何か月か住んでいたフォート・バンクーバー、寄港したハワイ、そして、ロンドン、マカオ等を取材して廻った。その後更に北海道から船で名古屋に向かった。船が伊勢湾に入り、小野浦の沖を通った時、私は涙が流れてならなかった。彼らはどんなにこの小野浦に帰りたかったことであろう。どんなにこの小野浦の海を見、山を見、あの砂浜に立ちたかったことであろう。そう思うと、とどめようもなく涙が流れてならなかった。一体、何がモリソン号の悲劇を起こしたのか。そう私は鋭く誰かに問いたい思いで、この小説を書きつづけた。

題名「海嶺」は最初にも書いたとおり、百科辞典によれば「大洋底に聳える山脈状の高まり」とある地理用語である。私はこの海嶺という言葉を知った時、ほとんど人目にふれないわたしたち庶民の生きざまに似ていると思ったことである。たとえ人目にふれずとも大海の底には厳然と聳える山が静まりかえっているのである。岩吉も音吉も久吉も、それぞれに海嶺であったと思う。自分の生を見事に生きた人生であったと思う。しかも彼らは、その結果として、自分自身は知らずに、この日本の歴史に大きな関わりを持った。

即ちモリソン号が日本に与えた影響である。この事件を只事ならずと感じとったのが先ず蘭学者たちであった。モリソン号という船名によって、日本の学者たちは、高名な中国語学者モリソンが日本に訪れたと誤解したこともあったが、それのみでなく蘭学者は海外の事情に敏感であった。モリソン号を撃ち払った事実に大きな危機を感じた渡辺崋山、高野長英らが「慎機論」「夢物語」などを著し、幕政を批判した。これが世に有名な蛮社の獄を引き起こしたわけだが、とにかくモリソン号事件以来日本はいや応なく開国への道を徐々に歩き始めなければならなかったと言えよう。またモリソン号が砲撃を受けたために、アメリカは一八五三年、軍艦四隻からなるアメリカ東印度艦隊をもって、威圧するごとく日本に開港を迫ることとなり、更には一八五六年のハリスの来日となったわけである。むろんこれらのことと、自分たち漂流の因果関係を、岩吉たちがどこまで知ることができたか、それは知らない。只彼らは祖国を恋いつつ、異国に生き、そして死んだ。

この小説を書きながら、私はいやでも人間の持つ信仰について考えざるを得なかった。板子一枚下は地獄という生活の水主たちは、まことに信心深く、船玉をはじめ様々な神々に依り頼んで生きていた。が、それはあくまで国境のある信仰であった。自分たちの国にだけ通用する信仰であった。キリシタン禁令の日本に育った彼らにとって、日本の神々だけが安心して信ずることのできる対象であった。しかし、国を一歩外に出た時、彼らは今まで知らなかった宇宙の創造主、キリストの神に無縁であることはできなかった。それがどれほど彼らを恐れさせたか、現代の私たちの想像をはるかに超えたものがあったろう。「真実の神には国境はない」にも関わらず日本にはキリシタン禁制があった。そのことに彼らが、苦しみ恐れながら生きた姿を私はくどいまで書いた。これに関して言えば、音吉と力松は受洗したといわれるが、他の者が受洗しなかったという記録もない。とにかく岩吉たち三人はギュツラフ訳聖書にかかわった。それがその生涯に多かれ少なかれ影響を与えたことだけは言えると思う。

尚、どこまでが小説で、どこまでが史料なのかという問いを、幾度か受けたが、このことについても少しふれておきたい。例えば、重右衛門日記は史料ではなく私のフィクションである。また漂流した宝順丸の十四人と、九州組の四人については、史料による事実も記したが、当然フィクションが多い。吉治郎が水を盗むくだりがあるが、恐らく大半がこの誘惑に負けた筈で、事実はもっと悲惨な様相を呈していたと思う。また、千石船の水主たちが、米のみならず、油も、その他の品物も、抜き荷したという伝えは多い。小説の中では吉治郎が米をくすねたという話を書いたが、これも恐らくどの水主も役得としていたことと聞いている。しかしそれは今の政治家や官僚の収賄に比べれば、まことに微々たる役得なのである。ともあれ一人吉治郎だけがしたかのように書いたのは、小説のなりゆきとは言え、申し訳ない次第であった。

　千石船や帆船内での用語については二、三表現を違えている。例えば「水主頭」は「親爺」と呼ばれていたらしいが、私はわかりやすくするためにわざと「水主頭」という言葉を使い、「艫の間」を「水主部屋」とした。また「精神棒」は「気合棒」と名づけて見たこと等もそれである。

　その他、私はイーグル号を二、三の史料から軍船として書いたが、イギリス海洋博物館の記録には、当時イーグル号という名の船が数隻あり、軍船もあれば商船もあったようである。これに関して、三人の乗ったイーグル号は商船ではなかったかとの意見も寄せられている。何れにせよ、この点もまた小説としてお読みいただきたいと思う。

　この小説を終わるに当たって、御礼を申しあげなければならない方が、余りにもたくさんおられる。初めて私に音吉、岩吉、久吉の存在を知らせ、知多半島に案内して下さり、十年にわたって祈りつづけてくれた聖文舎の田中啓介氏、史料提供に努めてくれた歴史家の目賀田裕一氏、小野浦取材の度に、高齢にもかかわらず献身的なご協力を賜った中川英一氏、音吉たちの菩提寺の良参寺住職鈴木邦良氏、音吉の血縁の、知多半島美浜の山本屋旅館山本豊治郎ご夫妻、その他小野浦の方々、更には千石船の権威石井謙治氏、帆船の権威山形欣哉氏、大きな模型によって千石船を説明して下さった馬詰耕輔氏、今は亡き日本聖書協会の新見宏主事、青山四郎牧師、海老沢有道氏、朝日広告社の岡本敏雄氏、京都竜谷大学の沖田一氏その他多くの方々の積極的な御協力を頂戴した。心から御礼申し上げる。また春名徹氏の名著「にっぽん音吉漂流記」が、たまたまこの小説の連載中に出版されたことは、私にとって大いなる師の出現で、まことに幸いなことであり、感謝なことであった。

（昭和五十六年三月二十日記）

解　説

桝井寿郎

三浦綾子氏の文学が『氷点』以来かわらず、熱烈でひろい読者層をもっているのは、何故だろう。氏は、人間の「原罪」をテーマとする作家ともいわれるが、病身にもかかわらず、一人でも多く救われてほしいと祈りつつ書くという、その大いなる意志が、生きる価値を見出(みいだ)せないでいる現代人の心を動かすのであろう。

『細川ガラシャ夫人』『千利休とその妻たち』とつづく三浦氏の歴史文学の系譜があるが、『海嶺』はその三作目にあたる大作である。一般に漂流物といわれる文学作品には、主にその数奇な運命における冒険や苦労話が描かれているが、この『海嶺』はさらに、日本人がもつ「こころの鎖国」という厚い壁に焦点をあてることにより、そこから人間として本当の愛、本当の生き方をさぐりあてていこうとするところに特色がある。

天保三年十月十日、尾張熱田港を出帆した宝順丸が、江戸へ向かう途中、嵐に合って一年二ヵ月間、太平洋を漂流し、やっとたどりついたのが、アメリカ西海岸のフラッタリー岬であった。すでに洋上で十一名が壊血病で死亡し、生き残ったのは、たったの三名。その岩吉・久吉・音吉も、アメリカインディアンのマカハ族に捕らえられ、奴隷にされてしまう。やがて白人たちによって、高い代価と引換えに救出されて以来、日本の神々への信仰をひきずり、キリシタン禁制の幻影におびえつつ、白人たちの信仰に合わせてアーメンと唱えるようになる。それも、ただ神仏の祟りをおそれる、という日本的発想からだった。岩吉は、「お天道も一つやろ。神さまも一人やないか」と気づき、音吉も礼拝堂に入ると、「じっとここにいれば、いるほど、心がきれいになるような気がする」と自分の心の変化を経験する。そして後年、三人は「神」という言葉も概念も知らないまま、暗中模索しながら彼らの素朴な智恵を寄せあい、ギュツラフの聖書和訳を完成させた。それは「ヨハネ伝」と「ヨハネの手紙」上中下三巻で、歴史上はじめての和訳であった。音吉はさらに、「ほんもののいうのは一つやなあ。ほんものの神さまに頭を下げんで、ほかの方にばかり頭下げてたら、こりゃ一大事だな」と天地創造の神が、この世の唯一の神だと悟りはじめる。それまで日本人的な見方で眺めていた十字架上のイエスが、救い主として目にうつるようになり、心やすらかな日々をすごす。音吉は三人のうちで最も年少者であり、「カラマーゾフの兄弟」のアリョーシャを思わせる、聡明で心やさしい素直な少年として描かれている。

いよいよモリソン号で日本へ送り届けられる日がやってきて、浦賀沖へ碇泊すると、日本側の砲撃を受けた。鹿児島湾へ向かうが、ここでも砲火を浴びた。命がけでやっと日本へ帰ってきた者の気持も何もかも、拒絶される。(あれが日本や)と音吉の目に涙がこみあげる。祖国から拒絶されたことは、どんなに彼らの意識を変えていくことだろうか。「……そうか。お上がわしらを捨てても……決して捨てぬ者がいるのや」という岩吉の言葉は、この「捨てぬもの」を見つけることの重要性を暗示し、それが、私たちの父イエス・キリストではないかと、問うのである。

モリソン号に砲火をあびせた天保八年夏の日本は、まだ鎖国令が敷かれていたので仕方ないとしても、現代の私たち日本人の心の奥深くに、まだ「こころの鎖国」が放置されていて、世界の国々との経済上、外交上のさまざまなトラブルをひきおこす遠因にもなっている。外見はいかに日本人が欧米風の生活様式を身につけているにしても、欧米人の精神風土にとけこめないものがある。海外で生活する日本人たちが、自分たちだけの群をつくり、日本人社会から外へ出たがらないことが多い。これが「こころの鎖国」というものであろう。音吉ら三人も、やはりこの「こころの鎖国」のなかに閉じこもっていて、外界をおそれおののいて眺めていた。外国の風俗習慣がなじめない、ということよりも、いっそう奥深いところで、拒絶反応を示さざるを得ない。そんな三人が、日本を離れることによってはじめて、日本とは何かを問い、自我にめざめてゆくことになる。「こころの鎖国」は一五〇年前のこととして、すまされない。今日の日本人社会においても、その中にいるかぎりは、身内意識によって守られる。しかし一歩そこから離れると、非情なまでに仲間はずれにされてしまう。真の信頼によって成り立つとはいえず、鎖国時代の名残りが、今だに潜在意識として残っている。音吉らも「こころの鎖国」という厚い壁にいくども、挑戦をくりかえしては、失敗している。多神教しか知らない日本人の視点から、キリスト教の本質をさぐってみても、いよいよわからなくなってしまうのが常であろう。そのような迷える三匹の小羊に救いの手をさしのべたのが、マクラフリン博士であり、キングであり、パーカーやウイリアムズであり、ギュツラフであった。神はこれらの人びとを通して、音吉らの「こころの鎖国」を解き放って、神の光をそそぎ入れようとなさったのである。

三浦氏の小説の中には、心底からの悪人は登場しない。登場しても、つまらない嫉妬心や意気地なさから、やむにやまれぬ思いで悪を行なうことが多い。漂流中の船上で、吉治郎が、大切な水を盗む場面がある。悲惨な結末になるところを、音吉の登場で、心あたたまる思いにさせられる。またモリソン号が砲撃される直前、漁船で危急を知らせてくれた日本の役人など、登場人物一人ひとりのその人なりの良心をひきだして行動させている。また、音吉らを中心に象徴される日本人というものは、何と慈愛と勇気にみちていることか。それは今日、私たちがすでに忘れかけている善良さと勤勉と、正義感にあふれた、かくあれと私たちの願う人間像でもある。

それというのも、三浦氏の文学を一枚の絵にたとえるならば、そのカンバスに描かれた人物像のバックには、いつも神の光がうつくしく映えているといってもいいだろう。そしてその光に人物像の一人ひとりが照り映えている。それ故に、登場人物たちはいつも希望を失わないのかも知れない。「患難は忍耐を生み出し、忍耐は錬達を生み出し、錬達は希望を生み出す」（ローマ人への手紙五・三―四）のである。この与えられた患難が、けっして悲劇だけに終らぬのだという信念に支えられて書き進められたと思う。

太宰治は「一燈」のなかで、「芸術品の一等品というものは、つねに世の人に希望を与え、怺（こら）えて生きて行く力を貸してくれるもの」だといっている。三浦氏も「美しい魂に触れて感動し、生きる道を求める、そのような文学を創造していきたい」と願い、常に、神に祈りながら原稿の口述筆記をしているという。このキリスト者の伝道実践としての文学精神は、現代の文壇が陥っている不毛の状態に、大きな光と世界文学への道をひらく明日への示唆を与えているのではないか、と思うのである。

参考文献・資料

「七人の日本人漂流民　日本語訳聖書の誕生」保永貞夫著　小峰書店
「アメリカ彦蔵自伝1」ジョセフ・ヒコ著　中川努、山口修訳　平凡社（東洋文庫）
「海の男／ホーンブロワー・シリーズ〈10〉海軍提督ホーンブロワー」セシル・スコット・フォレスター著　高橋泰邦訳　ハヤカワ文庫
「日本漂流誌」相川広秋著「日本漂流誌」刊行会
「アメリカ・インディアンの民話」S・トムスン編　皆河宗一訳　岩崎美術社
「おろしや国酔夢譚」井上靖著　文藝春秋
「西学東漸記　容閎自伝」百瀬弘訳注　坂野正高解説　平凡社（東洋文庫）
「船の本」柳原良平著　至誠堂
「世界の帆船　海のロマン六千年」ビョールン・ランドストローム著　石原裕次郎監修　ノーベル書房
「漂流　―鎖国時代の海外発展―」鮎沢信太郎著　至文堂
「船　ものと人間の文化史1」須藤利一編　法政大学出版局

「香港・マカオの旅」ワールドフォトプレス
「天保八年米船モリソン号渡来の研究」相原良一著　野人社
「にっぽん音吉漂流記」春名徹著　晶文社
「督乗丸の漂流」川合彦充著　筑摩書房
「日本人漂流記」川合彦充著　社会思想社
「北前船の時代　近世以後の日本海海運史」牧野隆信著　教育社
「日本の歴史22　天保改革」津田秀夫著　小学館
「日本史年表」歴史学研究会編　岩波書店
「ロバート・モリソンとその周辺　中国語聖書翻訳史」都田恒太郎著　教文館
「マクドナルド『日本回想記』インディアンの見た幕末の日本」ウィリアム・ルイス、
村上直次郎編　富田虎男訳訂　刀水書房
「アメリカ・インディアン　その文化と歴史」W・E・ウォシュバーン著　富田虎男訳
南雲堂
「ギュツラフとその周辺」都田恒太郎著　教文館
「海の桃山記」山崎正和著　朝日新聞社
「開国の夜明け　明治の歴史第1巻」大久保利謙、寒川光太郎著　集英社
「方言風土記」すぎもとつとむ著　雄山閣
「もっこす語典　肥後狂句で解説した熊本弁のすべて」山口白陽編　〝呼ぶ〟の会

「愛知県南知多方言集」鈴木規夫編　国書刊行会
「浦賀奉行」高橋恭一著　學藝書林
「世界各国史1　新版　イギリス史」大野真弓編　山川出版社
「異国漂流記集」荒川秀俊編　気象研究所監修　気象研究所
「日本の歴史23　開国」芝原拓自著　小学館
「新日本ガイド11　名古屋・美濃・三河湾」清水英二編　日本交通公社出版事業局
「帆船　その艤装と航海」杉浦昭典著　舵社
「帆船史話」杉浦昭典著　舵社
「帆船時代」田中航著　毎日新聞社
「北槎聞略」桂川甫周著　亀井高孝、村山七郎編・解説　吉川弘文館
「沖縄風俗絵図」川平朝申監修　月刊沖縄社
「カラー　沖縄海の歴史」佐久田繁編　月刊沖縄社
「日本庶民生活史料集成第5巻　漂流」三一書房
「日本風俗史事典」日本風俗史学会編　弘文堂
「日本歴史大辞典」河出書房
「世界大百科事典」平凡社
「ワイドカラー日本19　南九州」世界文化社
「これが新しい世界だ別巻　台湾　付香港・マカオ」国際情報社

「香港10」香港日本人学校
「覆刻ギュツラフ訳聖書」新教出版社
「文語訳　聖書」日本聖書協会
「口語訳　聖書」日本聖書協会
「野間町史」野間町
「知多のまつり」知多社会科同好会（東浦町立緒川小学校）
「日本人漂流記」荒川秀俊著　人物往来社
「岩吉　久吉　乙吉　頌徳記念碑由来記」山本豊治郎著
「CLASSICA JAPONICA 第10次ヴァリア篇II　解説　最初の邦訳聖書　ギュツラフとベッテルハイム訳聖書」海老沢有道著　天理大学出版部
「The Indians of Cape Flattery（フラッタリー岬のインディアン達）」James G. Swan 著　谷里香、大垣由賀、渋谷光世、辻なか子訳
「美浜町民俗誌2」（図録〈野間の千石船〉）美浜町教育委員会
「小野浦の船員たちとギュツラフ訳の聖書」都田恒太郎著
「箕作阮甫と聖書」菱本丈夫著
「佐多町勢要覧　町制30周年記念誌」佐多町
「黄金のゴア盛衰記　欧亜の接点を訪ねて」松田毅一著　中央公論社

本書は角川文庫（昭和六十一年）を底本としました。

本文中には、気が狂う、クロンボ、乞食といった現代では使用すべきでない差別語、インデアンという語句を含むネイティブアメリカンに対する差別的表現、並びに今日の医療知識や人権擁護、また歴史認識の見地に照らして不当・不適切と思われる表現がありますが、作品発表時の時代的背景と、著者が故人であるという事情に鑑み、一部を改めるにとどめました。

編集部

海嶺

（下）

三浦綾子

昭和61年 11月25日　初版発行
平成24年　8月25日　改版初版発行
令和7年　9月10日　改版17版発行

発行者●山下直久

発行●株式会社KADOKAWA
〒102-8177　東京都千代田区富士見2-13-3
電話　0570-002-301（ナビダイヤル）

角川文庫 17544

印刷所●株式会社KADOKAWA
製本所●株式会社KADOKAWA

表紙画●和田三造

●お問い合わせ
https://www.kadokawa.co.jp/（「お問い合わせ」へお進みください）
※内容によっては、お答えできない場合があります。
※サポートは日本国内のみとさせていただきます。
※Japanese text only

ISBN978-4-04-100431-9　C0193

◆◇◇

角川文庫発刊に際して

角川源義

第二次世界大戦の敗北は、軍事力の敗北であった以上に、私たちの若い文化力の敗退であった。私たちの文化が戦争に対して如何に無力であり、単なるあだ花に過ぎなかったかを、私たちは身を以て体験し痛感した。西洋近代文化の摂取にとって、明治以後八十年の歳月は決して短かすぎたとは言えない。にもかかわらず、近代文化の伝統を確立し、自由な批判と柔軟な良識に富む文化層として自らを形成することに私たちは失敗して来た。そしてこれは、各層への文化の普及滲透を任務とする出版人の責任でもあった。

一九四五年以来、私たちは再び振出しに戻り、第一歩から踏み出すことを余儀なくされた。これは大きな不幸ではあるが、反面、これまでの混沌・未熟・歪曲の中にあった我が国の文化に秩序と確たる基礎を齎らすためには絶好の機会でもある。角川書店は、このような祖国の文化的危機にあたり、微力をも顧みず再建の礎石たるべき抱負と決意とをもって出発したが、ここに創立以来の念願を果すべく角川文庫を発刊する。これまで刊行されたあらゆる全集叢書文庫類の長所と短所とを検討し、古今東西の不朽の典籍を、良心的編集のもとに、廉価に、そして書架にふさわしい美本として、多くのひとびとに提供しようとする。しかし私たちは徒らに百科全書的な知識のジレッタントを作ることを目的とせず、あくまで祖国の文化に秩序と再建への道を示し、この文庫を角川書店の栄ある事業として、今後永久に継続発展せしめ、学芸と教養との殿堂として大成せんことを期したい。多くの読書子の愛情ある忠言と支持とによって、この希望と抱負とを完遂せしめられんことを願う。

一九四九年五月三日

角川文庫ベストセラー

草のうた　三浦綾子

一九二二年、私は旭川で生まれた。不気味さと淋しさ、不安、恐怖の入りまじった幼年期。小学校時代の多感な日々、姉の厳しさと優しさ……生きるということの真実の意味を問う長編自伝小説。

石ころのうた　三浦綾子

国家が軍国主義に染まっている時、女学校を卒業し小学校の教師となった平凡な一少女は懸命に生きようとする。だが、敗戦で世の中の価値観の変化に激しく動揺する。多感な青春期をふり返って描く長編自伝小説。

病めるときも　三浦綾子

青年九我克彦と、キリスト者の家に育った明子。幸せそうにみえる二人の行く手に、試練の道が……愛を信じひたむきに生きる明子を描く表題作ほか、愛と自由の問題を描く傑作短編集。

氷点（上）（下）　三浦綾子

辻口は妻への屈折した憎しみと、汝の敵を愛せよという教えへの挑戦とで殺人犯の娘を養女にした。明るく素直な少女に育っていく陽子だったが……人間にとって原罪とは何かを追求した不朽の名作！

続　氷点（上）（下）　三浦綾子

「あなたは殺人犯の娘なのよ」という母の声を遠くに聞きながら、睡眠薬を飲んだ陽子……愛憎交錯するなかで、悩み、成長してゆく陽子の姿を通して、罪のゆるしとは何かを世に問う感動の巨編！

角川文庫ベストセラー

角川文庫ベストセラー

相田みつを ザ・ベスト
にんげんだもの 道　相田みつを

平坦ではない道を歩む私たちの行く手をそっと照らしてくれる言葉の数々を厳選。大ベスト&ロングセラー『にんげんだもの　逢』の対になる、いまこそ読みたい言葉を詰め込んだ文庫オリジナル版。

相田みつを ザ・ベスト
しあわせはいつも　相田みつを

「しあわせはいつもじぶんの心が決める」。苦しいとき、悲しいとき、うれしいとき。人生にそっとよりそう言葉たち。書籍未収録作品を加えたオリジナル編集、「相田みつを　ザ・ベストシリーズ」第4弾！

バッテリー　全六巻　あさのあつこ

中学入学直前の春、岡山県の県境の町に引っ越してきた巧。ピッチャーとしての自分の才能を信じ切る彼の前に、同級生の豪が現れ!?　二人なら「最高のバッテリー」になれる！　世代を超えるベストセラー!!

福音の少年　あさのあつこ

小さな地方都市で起きた、アパートの全焼火事。そこから焼死体で発見された少女をめぐって、明帆と陽、ふたりの少年の絆と闇が紡がれはじめる――。あさのあつこ渾身の物語が、いよいよ文庫で登場!!

ラスト・イニング　あさのあつこ

大人気シリーズ「バッテリー」屈指の人気キャラクター・瑞垣の目を通して語られる、彼らのその後の物語。新田東中と横手二中。運命の試合が再開された！　ファン必携の一冊！

角川文庫ベストセラー

生きるヒント 全五巻　五木寛之

「歓ぶ」「惑う」「悲む」「買う」「喋る」「飾る」「知る」「占う」「働く」「歌う」。日々の何気ない動作、感情の中にこそ生きる真実がひそんでいる。日本を代表する作家からあなたへ、元気と勇気が出るメッセージ。

いまを生きるちから　五木寛之

なぜ、日本にはこれほど自殺者が多いのか。古今の日本人の名言を引きながら、我々はどう生きるべきか、苦しみ悲しみをどう受け止めるべきかを探る。「情」「悲」に生命のちからを見いだした一冊。

気の発見　五木寛之　対話者／望月　勇

世界中で気功治療を行う気功家を対談相手に、日常の身体の不思議から、生命のあり方を語る。今の時代にあった日常動作の作法、養生の方法について、熱く深く語り合った対談集。

神の発見　五木寛之　対話者／森　一弘

なぜ私は聖書に深い感動をおぼえながら、いまだにブッディストなのか。問いをもつ小説家が、カトリックの司教に質問をぶつける。キリストの生涯を問うことは、釈迦の生き方を確かめること。宗教の核心に迫る！

霊の発見　五木寛之　対話者／鎌田東二

霊、霊能者ブームには、どのような歴史的背景、文化的背景があるのか。「霊」にまつわる伝承や土地をさまざまな視点から探り、日本特有の霊性についてとことん語り合う。

角川文庫ベストセラー

前巷説百物語
京極夏彦

江戸末期。双六売りの又市は損料屋「ゑんま屋」にひょんな事から流れ着く。この店、表はれっきとした物貸業、だが「損を埋める」裏の仕事も請け負っていた。若き又市が江戸に仕掛ける、百物語はじまりの物語。

もう悩まない！ 心が軽くなるブッダの教え
アルボムッレ・スマナサーラ

なぜ人生には苦しいことばかりなのか……その「苦しさ」とは、自分自身が勝手に作り上げたもの。ほんの少しの考えを変えると、人生も劇的に変わります。ユーモアたっぷりちょっぴり辛口。そんな長老のお話。

心に怒りの火をつけない ～ブッダの言葉（法句経）で知る慈悲の教え
アルボムッレ・スマナサーラ

初期仏教とは、釈迦の時代から完全に近い形で残された経典に基づき、二千五百年間の長きにわたり一切の改変なく受け継がれてきた「釈迦の根本の教え」。人生につまずいたとき支えにしたい、心に響く言葉の数々。

鉄砲無頼伝
津本陽

根来衆の津田監物は、種子島に伝わった鉄砲をいち早く導入、最強の鉄砲集団を形成する。傭兵としてその圧倒的な戦力を示しながら転戦する根来鉄砲衆の、凄絶にして自由奔放な生きざまを描く歴史長編。

信長の傭兵
津本陽

鉄砲の製造に成功した津田監物は、傭兵軍団「根来鉄砲衆」を率い、織田信長の天下布武実現のため命を賭ける。戦国の世を駆け抜けた監物の波乱に満ちた生涯と、凄絶なその最期を描く歴史長編、鉄砲無頼伝続編。

角川文庫ベストセラー

武神の階 (上)(下) 新装版　津本　陽

14歳の初陣を大勝で飾った長尾景虎は、指揮官として非凡の才を発揮、やがて越後統一に成功する。人望は高まり、武田や北条の圧迫を逃れた諸将が景虎に庇護を求めた。世に名高い、川中島の戦いが幕を開ける！

下天は夢か 全四巻　津本　陽

戦国の世に頭角を現した織田信秀は、尾張を統一し国主大名となる夢を果たせず病没。家督を継いだ信長は、内戦を勝ち抜き、強敵・今川義元を討ち取ると、天下布武を掲げ天下を目指す。歴史小説の金字塔！

虎狼は空に (上)(下) 小説新選組　津本　陽

幕末の京都に江戸から上洛した浪士たちは、いかにして暗殺集団へと変貌していったか。市中警護に飽きたらず、厳しい規律のもとに敵対者を容赦なく斬り捨てていった血まみれ軍団「新選組」の実像に迫る長編。

独眼龍政宗 (上)(下)　津本　陽

東北を制し、豊臣政権から徳川政権へ激動の時代を生きつつも、天下の覇者を夢見て果たせなかった、遅れてきた戦国武将・伊達政宗。随一の人気を誇る、その栄光と挫折の生涯を活写した傑作歴史長編の決定版！

ポケットに名言を　寺山修司

世に名言・格言集の類は数多いけれど、これほど型破りな名言集はきっとない。歌謡曲から映画の名セリフ。思い出に過ぎない言葉が、ときに世界と釣り合うことさえあることを示す型破りな箴言集。

角川文庫ベストセラー

Kadokawa Art Selection
ルノワール―光と色彩の画家
賀川恭子

幸福の画家と呼ばれる巨匠の人生に深く迫り、隠された若き日の葛藤から作風の変化に伴う危機の時代まで詳しく解説。絵画史に残された大きな足跡をたどるエキサイティングなオールカラーガイドブック！

Kadokawa Art Selection
若冲―広がり続ける宇宙
狩野博幸

空前絶後の細密テクニック、神気に迫る超絶技巧、謎の多い人生。その若冲の魅力に迫り、再発見に沸いた「象と鯨図屏風」の詳細と、これまでの人物研究をくつがえす新資料による新解釈を披露。オールカラー。

Kadokawa Art Selection
黒澤明―絵画に見るクロサワの心
黒澤明

黒澤明監督が生涯に遺した「影武者」「乱」など映画6作品の画コンテとスケッチ約2000点から200点強をセレクトしたミニ画集。映画の迫力さながらの名画の数々。映画への純粋な思いがあふれ出す。

Kadokawa Art Selection
ゴッホ―日本の夢に懸けた芸術家
圀府寺司

写実主義に親しみ、印象派に刺激を受け、アルルの地で完成していく芸術と自身の魅力を、ゴッホ研究の第一人者が解説。さまざまな伝説がひとり歩きするが、ゴッホは何を考えていたのか。名画も多数登場！

Kadokawa Art Selection
レンブラント―光と影のリアリティ
熊澤弘

早熟な天才としてのデビュー、画家としての成功による経済的繁栄、そして没落、破産、孤独な死……文字通り波乱に満ちた生涯を生きた「光と陰影」の画家の生涯を作品と共に綴る、大好評カラー版アートガイド。